U0900646

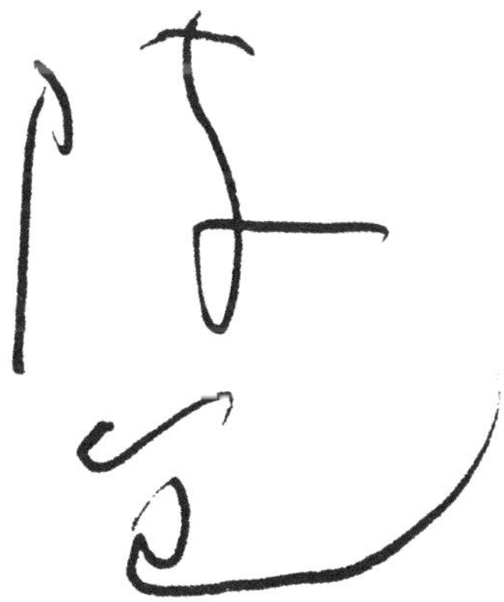

从前有座庙

陳仓

半早不早，陈小元才懒洋洋地下了床，一边套上自己的僧袍，一边推开小旅馆的百叶窗。往日推开窗子的时候，对面理发店里的小月，必定会笑吟吟地朝着小阁楼上招招手说，下来吧，理个发吧。陈小元会双手合十地笑一笑，似乎告诉小月，一个和尚，不必了吧？小月便会说，和尚才应该多理发呀。陈小元明白，此是小月开玩笑的，算是打招呼的一种方式，类似于"早上好"的意思。

如今呢，窗外这条石板街清冷而空虚了下来，卖汤团和生煎的已经收了摊子。唯有那家理发店显得有些热闹，传来邓丽君的一首老歌《夜来香》，把几只麻雀都吸引了过来左顾右盼地听着。不过，理发店并无半个客人，三五个理发师也不见了，唯有小月独自一人对着镜子，像隔夜的花儿似的蔫着，一会儿给自己吹发，一会儿给自己涂涂口红。涂完了口红，像和谁生气了一般，把口红狠狠地扔出了门外，吓得麻雀们一哄而散。

晚秋的风从窗口摸了进来，陈小元眯着眼睛望了望天空。天空是蓝色的，一朵朵棉花云堆在高处。陈小元由棉花云想到了自己的头发。他的光头有些扎手了，似乎应该去理发店刮一刮了。若是不刮一刮的话，便不太像出家

从前有座庙

陈仓 著

河北出版传媒集团
河北教育出版社

年轮典存丛书

名誉主编：邱华栋

主　　编：杨晓升

编 委 会：王　凤　刘建东　刘唯一
徐　凡　陆明宇　董素山
金丽红　黎　波　汪雅瑛
陈　娟　张　维

工 委 会：孙　硕　庞家兵　符向阳
杨　雪　何　红　刘　冲
刘　峥　李　晨

编者荐言

中国当代文学已走过七十多年，每一次文学浪潮的奔腾翻涌，都有彪炳文学史的作家留下优秀作品。

回首20世纪七八十年代，改革开放开启了中国当代文学持续至今的繁盛，由于几百家文学刊物的存在，中短篇小说曾是浩荡文学洪流中的浪尖。然而，以1993年“陕军东征”为分水岭，长篇小说创作成为中国文坛中独立潮头的存在，衡量一个作家的创作成就及一个时期的文学成果，往往要看长篇小说的收获。中短篇小说的创作和读者关注度减弱，似乎文学作品非鸿篇巨制不足以铭记大时代车轮驶过的隆隆巨响。

进入21世纪，特别是党的十八大以来的新时代，我们乘着光纤体验世界的光速变迁，网络文学全面崛起，读图时代、视频时代甚至元宇宙时代的更迭，令人应接不暇，文学创作无论是体裁还是题材都呈现出一种扇面散播效应，中短篇小说创作也再度呈扇面式生长，精彩纷呈。

为此，我们特编辑了这套“年轮典存丛书”，以点带面地梳理生于不同年代的当代优秀作家的中短篇小说精品，呈现不同代际作家年轮般的生长样态。

我们不无感佩地看到，生于1940年前后的文学前辈，青年时已是文坛旗手，在当下依然保持着丰沛的创作力，他们笔耕不辍，使当代文学大树的根扎得更深。

“50后”一代作家已走过一个甲子，笔力越发苍劲。他们不断返回一代人的成长现场，返回村镇故乡、市井街巷；上承“40后”的宏大命运主题，下接烟火漫卷的无边地气；既广受外国文学的影响，又保有中国古典文学的高蹈气质。

在“60后”这一中坚力量的年轮线上，我们能看到在城乡裂变、传统向现代过渡的进程中，一代人的身份确认、自我实现，以及精神成长的喜悦和焦虑。

“70后”作家因人生经验与改革开放四十年紧密相连而被称为“幸运的一代”和“夹缝中壮大的一代”，也是倍受前辈作家的成就影响而焦虑的一代。如今已与前辈并立潮头，表现不俗。

而作为“网生一代”的“80后”和“90后”，他们的写作得到更多赞誉的同时，也承受了更多挑剔和质疑。但经过岁月淘洗，我们欣喜地看到，曾经的文学小将已在文坛扎扎实实立稳脚跟，相继以立身之作进入而立和不惑之年。

六代作家七十年，接力写下人世间。宏阔进程中的21世纪中国当代文学，正在形成新的文学山峰的山脊线。短经典历久弥新，存文脉山高水长。

目　录
CONTENTS

从前有座庙

一

半早不早，陈小元才懒洋洋地下了床，一边套上自己的僧袍，一边推开小旅馆的百叶窗。

往日推开窗子的时候，对面理发店里的打工妹小月，必定会笑吟吟地朝着小阁楼上招招手说，下来吧，理个发吧。陈小元会双手合十地笑一笑，似乎告诉小月，一个和尚，不必了吧？小月便会笑着说，和尚才应该多理发呀。陈小元明白，此是小月开玩笑的，算是招呼的一种方式，类似于“早上好”的意思。

如今呢？窗外这条石板街，清冷而空虚了下来，卖汤团与生煎的贩子们，已经撤了早点摊子。唯有那家理发店，显得有些热闹，传来邓丽君的一首老歌《夜来香》，把半条街的耳根子全拽了过去。连几只麻雀也欢喜地落下来，一边跳跃着一边左顾右盼地听着。不过这热闹也是自己营造出来的，并没有一个半个客人，理发店里三五个理发师都不见了，唯有那个二十来岁的小月，独自一个人对着镜子，像隔夜的花儿似的蔫着，一会儿给自己吹发，一会儿给自己涂涂口红。涂完了口红，像和谁生气了一般，把一支口红狠命地一扔，就扔出了门外，一直滚到了石板路边。

晚秋的风从窗口灌了进来，陈小元眯着眼睛望了望天空。天空是蓝色的，一朵朵棉花云堆在高处。陈小元由棉花云想到了自己的头发。他摸了摸自己的这颗光头，有些扎手了，似乎应该刮一刮了。若是再不刮一刮的话，便不像一个出家人了。

陈小元在这家小旅馆，已经住了半月有余。他看上去是个和尚，却是没有寺庙的，没有寺庙的和尚，便不能称为和尚了。他老家是陕西秦岭那边的，在那边犯事之后，逃走时路过一座破庙，他就钻了进去，披了别个和尚的僧袍逃出来了。他并没有目的，而是直朝着一个方向走，中间还搭了几趟车，整整跑了六天六夜，终于跑到了上海西南角的七宝镇。他起初并不明白这是上海的七宝镇，只觉得这里小桥流水，九曲回廊，石板路，甚是好看。加上还有一座寺庙，关键是感觉没有人再追着他撵着他了，便在七宝寺旁边找了一家小旅馆，暂且住了下来。

陈小元早就想来上海了，没有犯事前想到上海打工。

如今是逃到上海的，觉得唯有当和尚是安全的，住到寺庙里更是双保险的了。在这个世上没有什么伪装能比当和尚更让人安心。许多人怀疑过他，盘问过他的身份，尤其是在住店的时候，小旅馆要他出示身份证，又问他是哪里人，还问他从哪里来到哪里去。陈小元什么也不回答，只是双手合十，统统地说上一句，阿弥陀佛。然后抬起头，远远地望一眼七宝寺的尖顶。人家以为他是到七宝寺朝圣来的，也就不问什么了。

陈小元在这里住下后，是第一次想理发了。

他出了小旅馆，走在石板路上，有些犹豫和彷徨。这家理发店确实挂了一个理发店的牌子，明地里确实也在帮人家理发，有时候也洗头、刮胡子、掏耳朵。但是暗地里呢？陈小元不明白这家理发店，暗地里还会不会干点儿别的什么。若是人家明地里是理发，背地里再做些风月场的营生，那他穿着这样一身僧袍进去，不仅败坏了佛门的名声，而且会不会让人看穿他是一个假和尚呢？

小月隔着玻璃幕墙，对着外边大吼一声，那是我的，别动我的口红。

陈小元打眼一望，是一个蓬头垢面的疯子，把小月扔到门外的口红捡了起来，捧在手中嘿嘿地笑着。他像是捧着一条蛇一般，恐惧地抖动着，又不忍心扔掉。小月指了指陈小元说，麻烦你，给我送过来好吗？陈小元双手合十，从疯子手中接过了口红，名正言顺地走进了理发店。

小月拿着口红，又朝自己的嘴唇涂了涂。她那有些开裂的嘴唇，原来是粉红色的，一下子被涂得有些湿润，而且呈现出暗红色。小月不仅涂到了嘴唇，还涂到了脸上，然后又一跺脚，一生气，把口红再次扔到了门外。这一次，门外的疯子捡了口红，不再停留，捧着它，乐呵呵地走开了。

陈小元说，你会理发吗？小月说，不会。陈小元说，那会剃光头吗？小月说，更不会。陈小元说，那小姐会做什么？小月说，你不是说了吗，我是小姐，我会卖身！陈小元双手合十说了一句，阿弥陀佛。正准备抽身时，小月拉过来一把椅子说，坐下吧。

小月放倒了椅子，拿来一把剃头刀，按着陈小元的一颗光头，认真地剃了起来。小月剃得十分仔细，从额前到脑后，再到鬓角。她剃一遍，用手摸一摸，又从头再剃一遍。似乎不想放过任何一根头发。陈小元能够感觉得到，她搭在自己肩膀上的手腕在微微地颤抖着。小月说，我是第一次。陈小元笑了笑，并不言语。小月说，半年前我也有过第一次。

陈小元不明白她指什么，是第一次剃头呢，还是第一次理发。小月似乎意识到他的不明白，于是说，第一次和那个臭男人，真是倒霉透了。陈小元还是不明白她说的，是和哪个男人第一次了，还是第一次和男人那个了。

小月毕竟是个新手，还是弄破了陈小元的头，鲜红的血流了出来。

小月说，我把你弄破了。

陈小元说，没有关系。

小月说，我是故意的。

陈小元说，为什么？

小月说，我想看看和尚的血是不是红色的。

陈小元说，你以为是什么颜色的？

小月说，是绿色的，原以为和尚的血都是绿色的，和一根草一棵树一般，一根草一棵树的血都是绿色的，唯有绿色的血才是干净的。

陈小元说，为什么这样想？

小月说，因为草木无情又无义。

陈小元感觉，又有一条条蚯蚓，在自己的头顶上爬来爬去。他以为小月弄破了他更多的地方，但是他仰头一看，从头顶爬向背心的，不是自己的血，而是小月的眼泪。小月一边给陈小元剃头，一边在默默地流眼泪。她哭得那么凄楚，那么动人。

陈小元有一丝丝冲动，是怜悯的冲动。他从椅子上爬了起来，想安慰一下小月，比如给她拭去眼泪，甚至上去抱抱她，拍拍她的肩膀。但他还是躺下了，因为他明白他是一个和尚，虽是一个假和尚，只要自己的心不是假的，那么他就得坚守住自己。

小月把陈小元的头剃得十分光亮。从外边照进来的阳光打在他的额头上，像是又一颗小太阳似的。陈小元从镜子里看到自己的光头，一时又自信了许多。他站起身，准备走出理发店。小月说，你是和尚吗？陈小元说，是的。小月说，在哪座寺庙？陈小元说，以四海为家。小月说，我怎么没看到你的戒疤？陈小元正要踏出理发店的脚，一下子收了回来。他不明白怎么回答小月，也顾不得回答小月。

透过理发店的玻璃幕墙，陈小元看到一辆警车闪烁着，停在了小旅馆的楼下，有两名警察走了进去，在小旅馆里比画着什么。

陈小元不安地又坐了下来，对着镜子说，还有两根头发被你漏掉了。小月按住陈小元的头，剃掉了那两根头发，然后捧在手心说，你看看，你多大个年纪，也就三十左右吧，竟有白头发了。所以不能怪我，要怪就怪这两根头发，它们不是黑色的，而是白色的，很容易漏掉的。陈小元说，不怪你，哪能怪你呢。

警察开着车走掉了，陈小元才起了身，递了一百块钱给小月。小月说，这钱哪里来的？陈小元没有言语。小月说，你是和尚，趁着老板不在，我就给你免费吧。陈小元说，为什么呢？小月说，你在念佛的时候，叫菩萨保佑他一下。

小月说着的时候，摸了摸自己的腹部，换了一副心肠一般，又笑吟吟的了。陈小元把一百块钱放在桌子上，小月要找他零钱，他双手合十，说了句“阿弥陀佛”，便径自出门去了。

陈小元明白，这个理发店里的打工妹小月怀孕了。

二

过了午饭时辰，陈小元出了理发店，没有直接回小旅馆，而是朝着七宝寺的方向走去。

往日他也常去七宝寺，到那里帮忙洒扫一下院子。他想感动七宝寺里的方丈收下他。一旦把他收进了寺庙里，他就可以安安心心地礼佛，安安心心地待在黄色的高墙内，一辈子不出来也是可以的。陈小元有时候琢磨，自己犯的那档子事儿，若是真被抓住了的话，也不明白要关多少年，许是要关上一辈子的。他宁愿一辈子被关在寺庙里，也不愿意被关在监狱里。关在监狱里，除了高墙和铁丝网，应该什么都没有了，而寺庙里有佛，自己可以整天烧香拜佛，寺庙外有苍生，力所能及地做些善事儿，照样是可以洗刷自己的罪恶的。犯完那档子事之后，他是没有后悔的，他不相信自己会是一个犯事的人，他有时候恍惚间以为犯事的人不是自己。

陈小元每天都要去七宝寺，说是洒扫院子也是不对的。

他其实连七宝寺的大门还没有进去过呢。每天他到七宝寺的时候，都被人家挡在了外边。他开始直接告诉人家说，自己想在这里出家。人家说，想在这里出家，比进名牌大学还难，你没有文牒是不可能的。他后来就告诉人家说，我云游到此，只想进去烧炷香而已。人家似乎已经明白，他进去不是烧香的，而是为了在这里出家的。

七宝寺是收费的，门票不过十块钱罢了。陈小元却觉得买票进门，似乎有些不妥，哪有和尚买票进寺庙的呢？于是每次被拦住后，他也不争，也不吵，就在院子外边，帮忙干点活儿。秋天的时候，院子外边落叶纷飞，陈小元就和信众们一起扫落叶。如今已是晚秋了，落叶是没有多少的，他便开始顺着院子拔草。几天时间便把草给拔得干干净净的了，似乎连根也被除掉了。寺庙一下子显得十分精神，像一只天鹅被拔掉了脖子上的羽毛。

这一日，陈小元绕着七宝寺转了一圈，把四周的几片垃圾拾了拾，然后在旁边的素食店吃了碗面条。陈小元在黄昏时分回到了七宝寺正门，一下子跪在了大门外边。此时七宝寺已经关门，陈小元从门缝里，望着里边的佛像，然后拜了三拜，塞进去十块钱。见有人从门缝塞钱，小和尚便开了门，对陈小元招招手说，进来吧，进来转转。陈小元笑了笑说，不必了。便起身回小旅馆去了。

陈小元回到了小旅馆，天已经将黑未黑。将黑未黑的时候，是最为安心的时候，此时人的面目尽是模糊的，人与人，人与树，人与动物，差别都不是很明显了。陈小元上楼的时候，小旅馆的前台从背后喊住陈小元，师父，你们出家人应该也有身份证吧？

陈小元一愣，并没有言语，也没有回头，径自上楼去了。陈小元回到楼上，就响起了敲门声，是前台追过来了。

前台说，还是身份证，你来住店时，是不是没有登记身份证啊？公安局来人了，说这几天发生了几起意外，所以对身份不明的人让我们格外注意。陈小元说，我身份不明吗？前台说，你得证明自己才行。陈小元说，我这身僧袍不就是证明吗？前台说，这恐怕过不了关，公安还说了，看到不明身份的人必须向他们报告，不报告就要处罚我们，明天还会来检查的。

陈小元说，这不是草木皆兵吗？前台就把房间里的电视打开了，电视台果然正在播出两宗凶杀案，一宗为情，一宗为义。听得陈小元心里发虚，只顾着跪在一个蒲团上。

蒲团前边的桌子上，放着一尊小小的观音菩萨。陈小元在观音菩萨前点了三炷香，整个房间里顿时弥漫了檀香的味儿。他闭着眼睛，嘴里咕咕叨叨地念起了《八十八佛大忏悔文》，是从一本经文汇编上背诵的。不论前台说了什么，问了什么，他都是不言语的，似乎已经不在尘世了。

前台万般无奈地出了房门。陈小元听到脚步声下楼而去，赶紧朝着面前的观音菩萨，又深深地磕了三个头，这一次他磕头的力气很大，每次都把头贴到了地面上，甚至还磕出了响声。三炷香正好已经烧完，陈小元把火灰扫入手心，张口吞咽了下去。火灰还是烫的，中间还夹杂着一根香尾巴，陈小元照样一起吞咽了下去，感觉这些香火还在自己腹内燃烧着一般。

他一边吞咽，眼泪一边大颗大颗地朝下落。自从穿上一身僧袍之后，他每天晚上上床之前，都会给面前的这尊观音菩萨敬香，敬完香他还觉得不踏实，要把火灰也悉数吞咽掉。他吞咽火灰的时候，总觉得这是一味药，一味镇定药，吃下这味药，他才会镇定下来。

陈小元吃完了火灰，然后爬起身子，收拾了几本经书。

他准备离开了。

陈小元推开了百叶窗，窗外已经黑透了，对面的理发店还在开着，是已经亮了灯的，和早上完全不一样了。早上它还是素面朝天，此时已经浓妆艳抹。客人也进进出出，有东倒西歪喝高了的，有神色诡异遮遮掩掩的。倒是那首歌，依旧是邓丽君的《夜来香》。陈小元始终没有看到小月。他双手合十，对着楼下的这条石板街说了句“阿弥陀佛”。这算是对这条街的告别，也算是对小月腹中孩子的祝福。

陈小元已经走出了小旅馆，走过了理发店的门口，还是回过头返了回去。他走得匆忙，忘记自己在小旅馆里的账，不仅欠了两天的房钱，还打碎了人家一只茶杯子，这些都是应当结清的。前台说，我们也是没有法子的。陈小元说，本应该走了。前台说，这么晚了，你去哪儿？明天一大早再走也不迟吧？陈小元说，出家人，哪分什么夜晚还是白天？这一次，陈小元轻松地笑了笑，没有双手合十，而是挥了挥手，调皮地说了一句“谢谢侬”。

陈小元茫然地走过七宝寺。寺庙里已经漆黑一片，唯有大殿上还亮着灯，有些昏暗而阴森了。远远望去，偌大个寺院像伏在地上的一只猛虎，那点着灯的大殿就是它的胃，消化了人世的灾灾难难和恩恩怨怨，尽显了疲态和无奈。接着是七宝老街的入口，一个牌坊上写了一行字，能清晰地看见是赵孟頫的笔迹，老街是青石板铺就的，被踩得十分油滑，灯光打在上边便有了倒影。感觉这些石板，似是发光的一般。整个老街入夜后，人烟便稀少了。

陈小元喜欢这样的老街，喜欢这样的石板街，更喜欢这样的清静，这与陕西秦岭中的老家一般，他曾经带着她——一个小月一般的姑娘，半夜三更就在这样的石板街上走动，有时候来来回回地走下去，一直走到血红的太阳升上了天空。他犯事儿的时候，她的腹中也有那么一个还未临盆的孩子。

恐怕哪里又出事了，有一辆辆警车闪烁着，伴随着几辆消防车，朝着一个方向呼啸而去。随后就听到了呼救声和喧哗声。望见一个地铁入口，陈小元匆匆地钻了进去，原本以为到了地下，这属于逝者的安息处，应该是更加黑暗的了，不承想这地下比起地上，人更多了，更加亮堂了。一列列地铁载满了形色各异的人，无声地开来又无声地开走，全部去了一个不为人知的地方。

陈小元是用不着方向的，所以他错过两趟之后，就随着人流拥上了车厢。陈小元找了个位子坐下了，有一段凄凉的二胡声，是盲人阿炳的《二泉映月》，由远及近地传了过来。拉二胡的是一个盲人，被一个女子扶着。女子背着个孩子，孩子正叼着奶瓶，似醒非醒地睡着。女子手中端着一只碗，算是乞讨的器物。当他们从陈小元身边经过的时候，旁边有个黄毛小青年，朝着陈小元说，这都是假的。

陈小元笑了笑，从挎包里摸出五块钱，仍旧放进了碗里。

“黄毛”说，你这和尚不信是吗？

“黄毛”便从碗里拿走五块钱，伸到了盲人的面前，对着盲人说，认得吗？若是你认得这张钞票，我就给你一百块，若是你不认得，这些钱我就没收了。盲人只顾着拉二胡，并不吱声。“黄毛”嘿嘿一笑，就把五块钱装进了上衣口袋。陈小元也不言语，便从挎包里摸出十块钱来，放进了那只碗中。“黄毛”说，你这和尚真是假慈悲，怕你这钱都是人家捐的，就不心疼了吧？

“黄毛”又从碗里拿走了那十块钱，再次装进了上衣口袋。那女子忍不住，欲上前去夺，被陈小元给制止了。陈小元还是没有言语，又从挎包里摸了摸，摸出了一张二十块放入碗中。这时，地铁正好停了下来，陈小元双手合十，对着各方说了句“阿弥陀佛”，然后就下车了。

盲人在那女子的扶持下，也在这一站下车了。陈小元对身处何地自然是不清楚的。那女子跟上来，感激地说，谢谢师父，请问师父你这是去哪里呀？陈小元四下环顾了一周，迷茫地笑了笑说，附近可有寺庙？女子说，有倒是有，近有真如寺，远有玉佛寺，好几座呢，怕是已经关门了。师父若是不嫌弃，就到我们那里将就一夜吧。

出了地铁，回到地面上，除了车流和一扇扇窗户，四处又是一片幽暗。陈小元才明白，这么多人，要么被装在车里，要么被装在屋子里，要么就在地下了。像被囚禁于一个个法器中的小怪物，是不由自主的，或者是着了魔一般。

陈小元随着盲人夫妇一起，拐来拐去，就拐进一片树林，实际是一个绿化带式的公园，显得十分僻静。挨着一棵大树，搭着一个小木屋。小木屋里不但有张床，还有一个小电视，看来便是盲人的家了。

女子名叫小兰。小兰把孩子哄睡后，开始在小木屋外边生火做饭。她拿出一口锅，铲了一锅泥巴。小兰说，我不会用泥巴招待你的，你们出家人是吃素的，我们平时炒个肉炸个鸡，沾染了太多的荤腥，用泥巴把锅涮涮就干净了。

陈小元笑了笑说，用泥巴待客也是不错的。陈小元心想，自己烧完香，咽下去的火灰，不就是泥巴吗？何况前段时间是装着要吃素的，看到那些大鱼大肉还是馋得要命，如今已经习惯了，闻到荤腥味儿，还有点儿恶心。

小兰指着电视说，出家人看电视吗？你不要误会啊，他真是一个盲人，连影儿都是看不见的。那年有个流氓欺负我，他为了护着我，被人家给打了。这个电视是我看的，他喜欢听秦腔，所以我看画面，他听声音。陈小元说，你们爱听秦腔，应是陕西人吧？小兰说，对啊，我们是陕西蓝田的，早些年是出玉器的。他被人家捅坏双眼后，那流氓被判刑入狱了，流氓的老婆天天跑到盲人家，像个疯子一般，把粮食和值钱的东西拿走了，东西拿走也就算了，那个小寡妇还有特殊要求呢。

小兰转身对着盲人说，你当着菩萨说句真心话，你有没有把人给睡了？

盲人苦笑着说，说过一百回了，当时我心里唯有你，哪容得下别人？

小兰说，谅你也不敢对菩萨说谎的，这回我就信你了。小兰又回过身对陈小元说，那个小寡妇，隔三岔五地跑到盲人家，说是男人在监狱里，她一个人寂寞了，非得让盲人把她给睡了。有一天晚上，都后半夜了，那女人踹开了盲人家的门，不管三七二十一，稀里哗啦地脱了个一干二净，就钻进盲人的被窝里了。

小兰又转身对盲人说，你没有睡她，你老实交代，看到那个妖精赤条条的身子，你心里是怎么想的？盲人苦笑了笑说，能有什么想法？乌漆墨黑的什么也看不见啊，而且我那时不是已经成盲人了吗？小兰说，那你碰到她身子了吧？是什么感觉？是不是特别想？盲人说，你在外人面前问这些干什么呀？

小兰说，这是外人吗？人家是菩萨呢，菩萨能是外人吗？

小兰又回身对陈小元说，那时候盲人还是光棍，我们就一起跑掉了，算是嫁给盲人了。盲人你说说吧，如今你后悔吗？你青的蓝的，什么都看不见了，会不会后悔啊？盲人说，我不是还能看见你吗？小兰说，你看见我什么了？你是不是说胡话呢？

盲人说，我看到的你，还像以前一般年轻漂亮。

陈小元心想，如今他形单影只的，与盲人相比还是幸运一些的。自己披着一件僧袍，还是受人敬仰的。走在大街上，不时有人对自己点个头，弯个腰，拜一拜，不管遇到什么人，人家看在菩萨的面子上，也不太为难他。盲人呢？不仅什么景儿也看不见了，出门在外还常常遇到人家的刁难。如此一比，陈小元对自己所犯的事儿更是不后悔了，何况后悔与罪恶还不是一码子事儿。

陈小元说，我是陕西丹凤的，与你们蓝田就隔着个秦岭了。小兰十分激动，说，我们是老乡呀，今晚电视里有秦腔《十五贯》呢，你也一起听听吧。说着，就打开了小电视。电视画面并不清晰，声音还是相当清楚的。小兰炒了一盘子土豆丝，一盘子西红柿，一盘子烧豆腐，还有一盆子青菜汤。没有放葱，也没有放辣椒，都是没有荤腥的。三个人坐在小木屋外边，盲人一边随着电视哼着：“伸手要摘天边月，可恨足下不生云。”一边从草丛里提出一壶酒，摸索着倒了一杯递给陈小元。陈小元说，我不沾酒的。盲人说，上海这边潮湿阴冷，喝几杯暖暖身子。小兰说，人家出家人，这是犯戒的。

盲人嘿嘿一笑说，要我说呀，出家人和盲人也没什么区分。不管你是僧人还是俗人，在我们面前都是一般的，我们是认不出来的。所以你喝了酒吃了肉，若是没有人看得见，也就算不得什么了。陈小元说，但是出家人讲的，不是别人怎么看，而是自己心里怎么想，既已出家还是守着的好，这守着的不是佛门清规，而是自己的心。

陈小元本来是披着僧袍想掩人耳目而已，却不承想披上它之后，整个的心肠就变了。他不明白，是想为犯的事儿赎罪才变的，还是因为不想污了僧人的名声或者要把这个角色演得更像一点儿而变的。反正内心每每升起邪念时，他都会想到那桩子事儿，都会想到自己配不配身上穿着的这身衣服。

盲人说，哎呀呀，你修行不浅啊。陈小元说，什么修行，不过是戴罪之身罢了。陈小元差点就把自己犯的事儿说出来了，这事儿除了对观音菩萨诉说过之外，这么久了一直是在心里憋着的。

陈小元还是改口说，你恐怕还不晓得吧，今天是十五，天上是有一轮明月的，还是听听你的二胡吧。

于是一首《二泉映月》就响了起来，如泣如诉地从树林间传出去，传遍了周边的夜空，把太阳给呼唤了上来。

三

小兰扶着盲人，背上孩子，还未休息就直接出门了。陈小元说，用不着这么早吧？小兰说，早上人多，况且乞丐的名声坏了，要讨几个钱挺费力气的。孩子又大了，马上要念书了，得积点儿学费了。陈小元说，原本以为你们这个营生，只是伸伸手的事儿，不承想这般的辛苦。小兰说，如今做什么都不容易。出家不辛苦吗？要念经要吃斋，也不是一般的吧？你只管在这里休息片刻，走时把门给掩上就是了。陈小元茫然地说，我也得上路了。

陈小元离开小木屋之后，又摸出了一百块钱，折回身从门缝里塞了进去。陈小元没有再进地铁，也没有走大路，而是顺着这片路边公园，茫然地朝前走着。这片路边公园很宽，很长，植满了玉兰树与香樟树，还有成片的竹子。晚秋时分，还是一片绿色，却尽显了肃杀的气氛。有一条石板小径，在林子中间蜿蜒着，老头老太立在林子间，打太极拳，舞剑。

陈小元走了约莫一二里，遇见一个水塘，上边长满了芦苇。陈小元感觉有些昏沉，恐怕是一夜未眠的缘故。他看此地十分清幽，又避风，就钻进芦苇中，找了一条长椅子，躺在上边迷迷糊糊地睡着了。

陈小元做梦了。梦里的情景与自己所犯的事儿是一模一样的，这让陈小元把那种痛又前前后后地经历了一番。只是在梦的末尾，陈小元被抓了。想到自己被抓，生的希望破灭了，他就十分恐惧。梦里的痛，梦里的绝望，还有梦里的恐惧，都是未经任何遮掩和伪装的，所以比起醒着的时候更加厉害。他是活脱脱被恐惧给惊醒的，以至于被惊醒之后，还误以为不是头一次犯的事儿，而是第二次又犯了事儿。

陈小元睁开眼睛，在芦苇的摇晃中，看到了两个身影，从眼前虚晃而过。他立马坐了起来，拨开了芦苇打眼一望，一名女子如此熟悉，长发，小脚，走起路来扭来扭去，有如古时候的三寸金莲。在她身后，尾随着一名男子，不远也不近地跟着，有些急切而又不怀好意。陈小元对此并不陌生，他犯事之时便是这样的情景，只不过那是一个晚上，而这是光天化日之下罢了。陈小元彻底清醒了，明白自己不在梦中，于是没有一丝的犹豫，便远远地尾随着那个男子。

晨练的老人都散了，路边公园有些清静。那女子十分慌张，一会儿溜进一片草丛，一会儿溜进一片树林，一会儿又溜进一堵围墙背后，像一只急着下蛋的老母鸡。那男子追随着那女子，拐来拐去地跑了半里地，终于进入一个小凉亭，有些按捺不住地左瞅瞅，右看看，然后就扑了上去，把那女子顶在一根柱子上，上来就要剥那女子的衣服。

陈小元一阵小跑，追上去，从背后揪住那男子的衣领，轻轻一掼，就把他给掼倒在草地上了。那男子滚在草地上，有些蒙，见是一个和尚立在旁边瞪着眼睛，赶紧爬起来扭头就走，一边走一边叨咕着说，在公园里碰到一个和尚，是不是见鬼了？那女子伸手拦住那男子，仍旧笑嘻嘻地说，钱呢？那男子说，事儿没有办，要什么钱？那女子说，但衣服被你撕坏了，况且你碰到了我的身子，女人家的身子是随便好碰的吗？

那女子回头看了看陈小元，接着说，他是我老公，不给钱你能脱身吗？那男子有些疑惑地说，这老公是假的，还是和尚是假的？那女子说，他那拳头是真的。那男子说，你们合谋好了骗人，小心我报警。那女子说，你赶紧报警，谁不报警谁是孙子。那男子有些畏惧，不情不愿地掏出三百块钱，在临走的时候说，不管你们是什么关系，小心遭到报应。

那女子不是别人，却是理发店的小月。陈小元离开时，以为再见不到小月了。小月给陈小元剃过光头之后，也不晓得陈小元已经离开小旅馆了，两个人在这花花绿绿的公园里遇上了，不禁觉得十分稀奇。

小月从三百块里，抽出一百块交给陈小元。小月说，你怎么跑到这里化缘来了？这算我捐的香油钱，你收下吧。陈小元拒绝了，说你怎么又跑到这里来了？小月说，说来话长，不过真要谢谢你，你出现得太及时了。

陈小元说，我也是糊里糊涂的，正做着噩梦呢，就看到那人不太规矩，便跟上来了，今天算是便宜他了，放在以往我还会杀了他的。

小月笑吟吟地说，出家人是不能杀生的，况且你误会他了。陈小元笑了笑，不再言语了。小月说，是我引他来的，引他来这里也是万不得已。陈小元似乎明白过来，想叫住那男子时，那男子已经上了大路，早就不见踪影了。

小月说，你想把钱还给他吗？其实他也是动了色心的，不然我再怎么引他，他也是不会来的，权当是他积德了吧。陈小元想想也有几分道理，便说，你到底怎么了？好好的不在理发店给人理发，跑到这里来干这个做什么呢？小月就抹着眼泪说，心情一片麻乱，以后有机会再说吧。

两个人在石板小径上默默地走了一段，小月便告辞了。小月背着个双肩包，像个学生一般，双手插在裙子两旁的口袋里，幽幽怨怨地走了。陈小元感觉出事了，便从包里掏出一本《阿弥陀佛》递给了小月。小月说，我一定要好好读，若是有缘的话，我们还会遇见对吗？

小月走后，陈小元一时无事，就更茫然无措了，继续在路边公园里低着头，顺着一条林荫小道不紧不慢地朝前走。陈小元寻思着，七宝寺都容不得他，更别提静安寺和玉佛寺了，况且自己还不是个真和尚，只是个假和尚罢了，投奔这两处上海名刹，定是不合适的，说不定还露了破绽。

夕阳西下，太阳和前些日子不再一般，像是化成了一个血淋淋的心脏，挂在这座城市的边缘，稍有不慎就会掉下去。

陈小元不明白到了何处，只觉得有些幽深，似是更大的公园一般。这时天很快就黑了，公园里没有路灯，显得更加黯然。陈小元在这黯然之中，忽然发现了一些异样，有一个半月形的湖泊，湖边有一棵枝繁叶茂的榆树，想必是有些年头了。依树建了一个不大的院落，围墙是米黄色的，上边写着几个大字。

陈小元借着远处投来的霓虹，定睛一一认去，不禁唏嘘。几个大字原来是“阿弥陀佛”，想必正是一座自己苦寻的寺庙了。

陈小元来至院前，确实望见门楼上写着“清水寺”。清水寺比不得其他寺庙，有个三进三出的前庭后院，像是小户人家的一个院子，唯有几间正殿，东西各有两间偏房。院前除了一对石狮子，四处竟是清清落落的，没有任何香炉和烛台，更别提香火了。院门也没有漆成红色的，而是一片灰色。陈小元轻轻一推，虚掩的门就开了。寺庙正殿里亮着两根红烛，恐怕是灯泡替代的，供奉着一尊两米多高的观音菩萨。

陈小元跪在蒲团上，正欲磕头时，忽然有人问道，侬谁啊？陈小元打眼一望，发现有个和尚坐在昏暗之中。陈小元没有言语，仍旧磕完了头。和尚本该是瞌睡了的，见有人上香来了，便精神了起来，又坐直了身子，继续念起了经，敲起了木鱼。经声起，木鱼生，一时便有了生气。和尚见陈小元拜完了，东张西望地并不见撤退，又问了一句，侬到底是谁呀？陈小元笑了笑，仍在四周里看了看。和尚说，侬在找功德箱吗？陈小元还是笑了笑，点了点头。和尚说，还没有来得及设呢，侬放香案上吧。

陈小元掏出五十块钱，放下了。

陈小元终究还是开口了，问了一句，师父，住持在不？和尚说，侬有事吗？就老实和侬讲吧，这清水寺呀，我既是敲钟的，又是挑水的，本是同门中人，有话尽管讲就是了。陈小元说，师父，容我在此借宿一晚如何？和尚说，可以呀，当然可以了。和尚说完了，就起了身，把陈小元带入偏房中。

陈小元又问，师父，有斋饭吗？和尚说，有啊，侬别看这里，麻雀虽小，却是五脏俱全，禅房、寮房、斋堂、藏经阁，一样不少的。陈小元说，师父，我不是怀疑什么，我是滴水未进啊。和尚笑了笑说，这样啊，有是有，侬自己动手好了，我也饿了，捎带着给我也预备一口吧。

不多时辰，陈小元就下了一锅清汤面。二人坐在院子里吃完了斋饭，陈小元又一应收拾了个干干净净，然后两人坐在院子里，攀谈了起来。和尚说，终究吃了一顿消停的，原来喝个汤、吃粒米，都得自己淘洗下锅啊。陈小元说，清水寺就师父一个人吗？和尚说，侬不要一口一个师父，以后叫我的法号洗尘吧。

洗尘师父说，老实对侬讲吧，这清水寺原本在真如老街，那地段多繁华呀，但是政府要搞开发，才刚刚搬迁到此。陈小元说，这也不错，似个公园一般。洗尘师父说，哪里是公园呀，上边都是高压电线，所以下边才建成了公园，不然的话这么金贵的地方，自然是舍不得栽个花花草草的了。当时搬迁，政府东也舍不得，西也舍不得，就在这里给划了块地。我说高压线下边有辐射的，政府却说，菩萨还怕辐射吗？

洗尘师父说，侬别看我这寺庙小，却是相当有来头的，相传有个秀才犯了点事儿，逃到此处又饥又饿，陷入了绝境，忽然遇到一片莲花池，有一条鲤鱼跃出水面，送来一堆食物，搭救了秀才。秀才后来隐姓埋名，逐步考取了功名，回到此处寻访，并不见任何池塘，也无一株莲花，心想应该是菩萨显灵，就盖了这座清水寺。意思侬明白了吧？就是清水洗尘之意。清水寺在原处时，虽是个繁华地方，恐怕受了传说的牵连，香火本来就很清冷，如今搬来时间不久，也就半年有余，更清冷得不得了，总共还没有十个香客呢，原有一个小和尚和你一般大小，最后跑掉了。

陈小元说，有道是，“山不在高，有仙则灵”嘛，这香火旺不旺，还不是取决于修行？

洗尘师父说，侬讲得太对了，到哪里都是行善的，供奉的不都是观音菩萨吗？出家人哪能挑挑拣拣的？敢问侬在哪里出家？

陈小元苦笑了笑说，原本在陕西秦岭之中，不承想一把大火，把寺院给焚了个干干净净，如今只好以四海为家。陈小元说的，被大火焚掉的，其实不是寺庙，而是自己所犯事儿中的一幕，但是他既不想说谎，又不想说出实情。说谎有违身上的僧袍，说出实情会把自己逼上绝路。

洗尘师父说，那太好了，侬不嫌清水寺这座庙小，就留下来吧，原本法号叫什么？

陈小元说，既已归于清水寺，还是请师父赐我一个好了。

洗尘师父双手合十，然后说，侬就叫洗空吧。这座寺院的香火从今往后就靠侬了。

止静前，陈小元独自来到了正殿，点燃了一炷香，伏在地上跪了一炷香的工夫，还是如从前一般，把火灰捂入口内，吞咽了下去。陈小元一边吞咽，一边唤了声“阿弥陀佛”，就又泪如雨下了。

一晚安静无事，只是陈小元还如从前一般做了梦，梦见自己犯了事儿，梦的结尾却大不一般，这次他是没有被抓住的。因为在梦中，没有被抓住，是逃掉了的，就没有被噩梦惊醒，那种时时提心吊胆的梦，整整做了一个晚上，着实是更加折磨人了。

四

第二天清早，天才刚刚泛白，陈小元就起了身，把寺前寺后洒扫了一遍，挎着包准备出门。

洗尘师父问，侬到底还是看不起清水寺，执意要离开吗？陈小元说，哪里呢，我这是想到外边给咱们拉几个香客过来，如今做什么不都得嚷嚷吗？洗尘师父说，是啊，原本也想出去宣传宣传的，只是没有一个守着的人，我一出去，这不就关门了吗？侬还不熟悉周边吧，前边有个真如老街，那是个热闹的地方，有市场，也有民宅，侬能拉几个香客，就拉几个香客，拉不到香客就随意转转，可不要迷路回不来了。

洗尘师父说着，又回寺庙里拿出一沓小卡片，交给了陈小元。卡片与平日的小广告一般，正面印着清水寺的方位图，反面印了一首诗：

瓶中甘露常遍洒，
手内杨枝不计秋。
千处祈求千处应，
苦海常作渡人舟。

陈小元还没有走出几步，洗尘师父就又喊道，洗空啊，步行恐怕太艰辛了，我处有个三轮车，侬骑着去吧，万一有人捐点什么，侬也好把它们拉回来。说着，就从寺庙背后的拐角处，推出一辆锈迹斑斑的三轮车来。

清水寺位于上海西郊地区，是普陀区与嘉定区的交会处，马路虽也是宽阔无比，到处都是高楼大厦，毕竟还是有些荒凉的，到真如老街还有五六里远。天刚亮，早晨的太阳像个剥了皮的柿子，从地下慢慢地浮了上来。早起的人并不多，有的骑着电瓶车，有的如陈小元一般骑着三轮车，仔细一看却都是负了重物的，有蔬菜，有大肉，还有带着活鸡的，大家都是赶早市的。

陈小元每每与人在十字路口等绿灯的时候，就会问一句，你明白清水寺在哪里吗？多数人是摇摇头的。也有人说，会不会在杭州啊？上海这地方浑着呢，清水都没有，哪来的清水寺呀。到底还是有人明白地说，清水寺不在西边吗？如今好像拆掉了。不管人家怎么回答，陈小元都会递上一张卡片，说这是新地址，得空了去我们那里上个香吧。人家会问，清水寺是求什么的？陈小元说，供的是观音菩萨，求的是个干净。人家又问，今秋雾霾格外厉害了，这个能管吗？

陈小元说，这是老天爷的事儿，给你打个比方，你们是做生意的，平时若是有个短斤少两，亏待了别人，心里过意不去，就到我们那里上炷香，是可以求个宽恕的。大家听了，都会说，你是和尚，我就给你掏个心吧，如今不做亏心事儿，这生意还怎么做呢？得空了，一定去你们清水寺。

陈小元来到真如老街，天已经大亮了，大家都是更加匆忙的。陈小元递给人家一张卡片，人家要么不接，要么看也不看，顺手就扔掉了。陈小元觉得发小卡片，终究也不是个法子，正愁着的时候，眼见着两个年轻人，提着一桶油漆，顺着老街两旁，在刷广告。广告内容就两条，一条是“无痛人流”，一条是“百分之百查男女”，后边留有联系电话。那油漆是血红血红的，刷在墙上，刷在电线杆上，甚至是石板路上，像这个世界被谁捅了一刀，正在血流一股，显得十分惹眼。

陈小元看着看着，便受了启发，自己也买了一桶油漆。不过，他买的不是红色的，而是白色的。他也要刷广告了。他的广告没有刷在空白的墙上，也没有刷在电线杆上，更没有刷在石板路上。而是在刷广告之前，他把“无痛人流”这些字儿，先给齐齐地涂掉了。用白油漆涂掉了红油漆，像给受伤的墙壁包扎一般，然后再在上边刷上自己的广告。陈小元的广告是为清水寺刷的，他照着小卡片的样子，把清水寺的方位图给画上了，只是反面的那首诗，被他给改掉了，改成了“我有罪，得洗洗”，写在了方位图的下方。

陈小元刷得十分陶醉，尤其是那行“我有罪，得洗洗”，感觉是专门为自己写的。陈小元一个上午，刷了多少条标语，他是不清楚的。不觉已近中午，他有些饥渴，就买了一个面包、一瓶纯净水，算是吃了顿午斋。望着自己刷上的广告不显山不露水地出现在墙上，犯事儿这么久了，他的心第一次有了些许的轻松。

太阳到了下午，忽然下起了小雨，晚秋的雨有些冷，却无法阻止陈小元继续涂掉“无痛人流”，刷上“我有罪，得洗洗”。他处于一种无我的状态中，竟把自己身处的环境忘在了脑后，以至于有一群穿着制服的人靠近他围着他的时候，他仍是毫无觉察的，还以为是被自己引来的觉醒者呢。

陈小元连同他的三轮车，一齐被带上了一辆卡车。把他带走的人陈小元是认得的。他认得的不是人，而是他们的衣服，这衣服不是公安，而是城管。在城管办公室里，一个穿制服的队长问，你是哪个寺庙的？陈小元说，清水寺的。队长问，是清水寺的吗？我看你在为清水寺刷广告，我怎么不认识你呢？陈小元说，我是新来的。队长问，你怎么证明你是清水寺的？你们清水寺的师父叫什么？陈小元说，师父叫洗尘，他可以证明我。队长问，你没有证件吗？陈小元说，不在身上，而且你是城管，你查我的身份做什么？队长嘿嘿一笑说，你这出家人还挺清醒的嘛，你明白在大街上刷广告，是破坏市容环境，是违法的吗？我们是要罚款的。陈小元笑了笑，不再言语了。队长便招来一个年轻人说，去，到清水寺，把洗尘师父给请过来吧。

队长继续朝着陈小元说，如今这个世道，有几类人是真正干净的？奸商是一类，腐化是一类，还有男女关系，更是了不得了。我们政府也是万般无奈的，拿他们如何办呢？全逮起来吗？如何个逮法？拿男女关系来讲吧，你刚刚涂掉的“无痛人流”，为何生意甚是火爆？因为人的关系太混乱，而又不是违法的。你们出家人怕是不清楚的，你那句“我有罪，得洗洗”非常好，比我们政府的标语还好，照这样讲下去谁没有罪啊，我这个干部有罪，你这个和尚恐怕也有罪，全部拉出去洗洗的话，弄个东海那么大个池子，恐怕也装不下的吧？只好拉到你们寺庙里去，不是有句话叫“佛法无边”吗？

队长抽出一支烟递给陈小元，被陈小元给挡住了。队长说，和尚也要戒烟吗？你别担心，我说你有罪，不是说你真有罪，拿今天这桩子事儿讲，你乱涂乱画确实有罪，但是我们也是没有法子的，接到了市民投诉电话，不出来装模作样地转一圈，人家恐怕又得告我们失职了。我们在旁边已经观察半天了，其实你这是做善事呢，表面上看是为了清水寺，实质上是在帮社会做宣传。

陈小元低下头，双手合十地说了一句“阿弥陀佛”。

队长猛吸了一口烟，说你那个洗尘师父就没有罪吗？他也有罪，罪还很大。他几条马路之隔的地方有个家，家里还有妻儿老小，虽然那是出家前的事儿，似乎已经根绝了尘缘，但是血脉在那里放着，他能根绝得了吗？儿子刚刚结婚生子，子子孙孙还在向下开枝散叶，他能根绝得了吗？这应该也是一种罪吧？所以大家都有罪，都得洗洗啊。

洗尘师父坐着年轻人的车急急地赶来了。洗尘师父见了队长，双手合十地连连念叨“罪过，罪过”。队长则笑着打趣说，洗尘师父，你罪过什么呢？是不是偷偷跑回家抱孙子了？洗尘师父说，侬这俗人，积点口福好不？侬倒是讲讲，为何要抓阿拉行善之人？队长说，这不是抓好吧！是请，我们不怕得罪你们这些和尚，还怕得罪寺庙里的菩萨呢。洗尘师父说，那侬把阿拉都请来为何？难不成请我们吃斋？

队长说，我这大鱼大肉的样样都有，你不嫌弃就留下来吧，我只问你一句，这个在大街上刷小广告的和尚，是你们清水寺的吗？洗尘师父说，当然是了。队长说，你一句话，认得就行，你们可以走了。

陈小元便骑着三轮车，带着洗尘师父，顺着一条石板小径，朝着清水寺骑去。陈小元问，今天有香客了吗？洗尘师父说，还没有呢，一个也没有呢。陈小元说，我刷了很多标语，恐怕还没有生效。洗尘师父说，但愿吧。陈小元说，我明天继续。洗尘师父说，侬再想想法子，着急啊。

又过一日，陈小元起得更早了，他不再带着油漆到处刷标语。自己虽然碰到了城管，没有被抓起来，毕竟是惊心动魄的。何况自己在墙上乱涂乱画，真是违法了的，他不愿意用犯罪的法子来赎罪，若是如此的话，一样罪了了，另一样罪又生了，如此反反复复何处是个头呢？陈小元决定开始敲门，凡是见到家里亮着灯的，他都想前去敲门。

天还没有亮，家里亮灯的，一种是一夜未睡的，一种是早起有事的。无论属于哪一种，生活定是有煎熬的，都是需要祈求解脱的。

陈小元没有再去真如老街，那地方实在太繁华了，太繁华了就太商业化了，行善之心就淡了。他出了清水寺，骑着三轮车朝着更荒凉的一面，拐进一片居民小区。这个时辰，窗户大都是黑漆漆的，唯有少数的几扇窗户有了微光。陈小元爬上三楼，敲了敲亮灯的一家，门没有开，人家说，牛奶放在箱子里吧。他再爬上六楼，敲了敲亮灯的一家，门就开了，人家带着锅碗瓢盆，正欲出门卖早点呢。他再爬上另一座楼，又敲了敲门，里边立即传来婴儿的啼哭，原来家里添了新丁，人家起来是喂奶的。

陈小元连着敲了几家，都没有搭上一句腔，便心生了一些迷茫。他把三轮车骑得飞快，经过一块荒地的时候，听到一阵撕心裂肺的叫声。陈小元是放过羊的，对此再明白不过，这是羊的哀鸣。羊的哀鸣与其他动物是不一般的，其他动物的哀鸣有些尖厉，而羊原本那“咩咩”之音，有时如呼唤“妈妈”一般，更是凄切的了。

陈小元停下三轮车，仔细一辨认，方知这哀鸣来自荒地中间一个破落的废院子。陈小元敲了敲门，前来开门的是一个屠夫，围着一条油乎乎的皮裙子，嘴上叼着一把尖刀。屠夫说，还没有杀好呢，要肉还得等会儿。屠夫带着陈小元进了院子，这才折过身问，你怎么找到这里的？屠夫再定睛细看，发现还是一个和尚，就觉得更是稀罕了。

屠夫问，难不成羊肉不算荤腥吗？陈小元笑了笑，并不言语，继续朝着哀鸣处走，就望见一只白山羊，被拴在一棵树上。屠夫说，既然来了就打个帮手，你别看这小东西，厉害着呢。

陈小元过去放过羊，并没有杀过羊，也没有见过杀羊。过去是不忍心杀羊的，何况如今穿着僧袍，尤其被清水寺收留后，陈小元对出家人又多了一层体悟。其实出家人是没有真假的，真正剃度了才算出家吗？有许多人看似身处佛门外，其心已在佛门中，关键看的是善念。

陈小元起初把自己当成假和尚，别人却把他看成了真和尚，慢慢地，他觉得自己就是个真和尚了。羊不杀也是不对的，不杀羊世人吃什么？冬天拿什么祛寒呢？但是一个和尚，帮一个屠夫去杀一只羊，那肯定是不对的。再看看这乱七八糟的地方，也不像正经的屠宰场，应该是制造注水羊肉的黑窝点。

所以陈小元就更不忍心了。

陈小元问，你天天都杀羊吗？屠夫说，是呀，有时候杀羊，有时候杀猪，不过要看市场上需要什么。陈小元说，你杀生，不怕报应吗？屠夫说，报应什么，我都杀了十多年了，还不照样活得好好的？畜生被我杀了，变成鬼了，还是一只羊鬼，或者是一只猪鬼，它又能对我如何呢？

陈小元说，不是不报，时候未到，清水寺你晓得不？你得到清水寺去烧香。屠夫笑了笑说，原来你是拉客的呀，你帮我把它给杀了，我就随你去烧香。陈小元说，我如何帮你？屠夫说，原本都是直接按在地上，一刀下去就解决了，但这只羊力气大得出奇，不像一只羊，倒像是披着羊皮的狼，不绑起来怕是放不翻了。

陈小元蹲下身子，把那拴着的绳子一点点解开。解开之后，他把手伸到羊的裆部，使劲地捏了一把它的蛋子。那羊一阵剧痛，“咩咩”两声，蹬腿就跑。院门未关，它冲出院子，不久就消失掉了。此时天已经亮了，但是起了很大的雾，仍旧是一片迷茫。屠夫追出院子，却是空手而归。屠夫提着一把刀，对陈小元说，你是不是故意的？你这不是假慈悲吗？陈小元说，你权当是放生了吧。

屠夫嘿嘿一笑说，它被放生了，我的损失怎么办？陈小元说，从去中去，从来中来。屠夫说，别神神道道的，你若不是和尚，我就把你杀了，冒充羊肉一样也能卖个好价钱。念在你是个和尚，我也把你放生了，你赶紧给我滚吧。

陈小元说，你不去清水寺了？屠夫说，还去个屁，羊都跑了，真是倒霉透了。陈小元说，你刚才是应了的，不去恐怕不好吧。屠夫不敢多言，把陈小元推出院子，骂骂咧咧地抽出十块钱，说是捐给清水寺的香火钱，就把门给闩了起来。

陈小元想添个一百，可惜自己囊中所剩不多，仅仅加了十块钱，从门缝里还了回去。

那只羊一路狂奔，跑进了一家超市。大家平时吃过羊肉，哪里见过这等活物，便引起了相关部门的怀疑，派人四下一通查访，终究查到了屠夫的院子，果真是一个黑窝，不但加工注水羊肉，还加工死猪肉。黑窝被端掉了，而屠夫却翻墙逃跑了，最终再没有了下落。

为放生一只羊而伤害了一个屠夫，陈小元还一直心存内疚呢，听此一说，心也安然。此都是后话了。

五

陈小元天天骑着三轮车，早早地起来外出拉客，清水寺的香火还是没有一点儿起色。

有天晚上，陈小元正准备止静时，被洗尘师父给呼唤了去。洗尘师父说，侬这么早出晚归地晃荡了半个月，香客总共就来了五六个，多数是在公园里晨练的老头老太，他们来烧炷香，磕几个头，顶多就投一个硬币，这还不够清水寺的电费呢。如今有公司关门的，未曾想到还有寺庙也会关门的。

陈小元把挎包拿出来翻了翻，总共也就翻出了三百来块。陈小元给洗尘师父全部递了过去，说我就这么多了。洗尘师父说，我不是这个意思，出家人要钱也无别的用处，我们的电费水费都是免了的，这斋饭还得有个着落吧？陈小元说，那是自然的。两个人又说了些话，大意是世道变了，按说出家人吃素的，理应更节省了，不承想如今一把青菜，比肉还金贵了几分。

陈小元别了洗尘师父，正想回房歇息，打眼望见一个人，跪在正殿当中。

陈小元一阵惊喜，莫不是这些天听了自己的，有香客趁着晚上空闲烧香来了？这香客点燃了一炷香，正微闭着双目，双手合十地许愿呢。陈小元不敢打扰，悄悄绕了过去，盘腿坐在正殿侧面的阴暗处，开始轻轻地敲着木鱼。陈小元是第一次敲木鱼，在他的印象中，有人敬香时就得敲木鱼。敲木鱼时，理应是要念经的，陈小元却不会念经，所以他只念“南无观世音菩萨”。

灯光有些暗淡，等香客许完了愿，磕了三个头，爬起身时，陈小元侧眼细看，几乎吓了一跳。

陈小元说，你是理发店的小月？！

小月也侧头认出了陈小元，话还未出口，已涌出两行热泪。

陈小元说，你不是长发吗？咋就剪掉了，倒像个假小子一般，险些都不认识了。小月说，只许你们和尚剃头，就不许小女子变个发型吗？说真话，我差点儿就和你一般剃了个精光。陈小元说，这是何苦呢？又不出家，剃光了就不好看了。小月说，谁说我不想出家？我不出家能去哪儿呀？你就收下我吧，起码今晚你不收我，我得流落街头了。

小月说着说着，就又哭了起来。

有女香客来了，而且要在此留宿。陈小元赶紧去向洗尘师父禀报。洗尘师父听到木鱼声，早已披衣而起，立在偏房的走廊里了。洗尘师父说，伊说的，我早就听见了，寺里还有一间客房，从未有人住过，侬去收拾收拾，让伊留宿一夜吧。

陈小元安顿好小月住下，便又去了斋房，给小月下了一锅清汤面。小月一连吃了三碗，然后放下碗说，我饭量大吧？陈小元笑了笑说，是的，挺大的。小月说，原本可不是这样的，小小一碗就够了。陈小元说，原本你是一个人，现在是两个人了，理当多吃点儿，孩子多大了？小月说，五个多月了，不过怕是长不大了。小月说着，又幽幽怨怨的了。陈小元说，发育不正常吗？这得到医院看看去。小月说，明天就去吧。

天亮后，陈小元推出三轮车，准备出门的时候，被小月给拦住了。小月说，今日有空吗？陈小元说，得出去化缘了。小月说，我要去医院，心里怕得慌，想借你半天工夫。陈小元明白，小月想让他陪着去医院，一个出家人去医院没有什么，如今陪人去医院进行胎儿检查，恐怕就有些不妥了。但看小月如此凄凉，陈小元还是骑上三轮车，带着小月上路了。

陈小元尽量朝着僻静处走，还是引来了指指点点，有说这和尚是个假的，有说这和尚是个花和尚，这些陈小元皆是没有听清的，唯有一个人的说法，传进了陈小元的耳朵——色即是空。在行善者眼里，哪还分个男的女的？即便这般，陈小元路过一家服装店，心想还是换件常人的衣服，别人指指点点也就罢了，若招来一帮警察上前盘问，那还了得？

小月说，你是怕冷吧？陈小元说，不是的。小月说，你是怕人闲话？陈小元就不言语了。两个人进了服装店，便挑了一件灰色的羊毛衫。小月看见陈小元脱去僧袍，穿上羊毛衫显得十分帅气，便笑嘻嘻地说，你一换衣服，怎么看也不像个和尚。陈小元照了照镜子说，那像什么？小月说，像个演员，也像个有钱的大老板。陈小元便脱下羊毛衫，换回了自己的僧袍。

小月以为陈小元生气了，其实是陈小元忽然想起自己是身无分文的。

陈小元重新换回僧袍，还有另一层原因。这羊毛衫厚了许多，理应暖和多了，却比不得那薄薄的僧袍。陈小元穿着羊毛衫，感觉有一股股寒气，直朝自己的背心里扎。陈小元心里明白，这不是衣服的原因，而是自己心境的原因。穿上僧袍，就如穿上了戏服一般，暂时把自己犯下的事儿放下了。

陈小元带着小月，来到一家小医院门前。医院毕竟有些小，就显得清清冷冷。小月坐着不肯下车。陈小元说，很怕吧？小月说，我会死吗？陈小元说，哪会呢，不过是照照B超罢了。小月说，还要动刀子呢。陈小元说，又不是生孩子。小月说，其实就是生孩子。陈小元说，不是五个多月吗？你难道不清楚是十月怀胎？

小月顿了顿说，实话跟你说吧，我肚子里怀着的是个孽子，理发店的老板你还记得吧，这个孽子就是他的。我发现怀孕后，和他明白地说了，他却死活不认账了，说和我睡的人多着呢，谁晓得是谁的？他就和老婆一起，硬是把我赶了出来。中途我回了趟理发店，心想孩子毕竟是他的，但是他死活不露面，他老婆还报了警，口口声声说我是个小姐，要让警察把我抓起来。

陈小元说，那天我们在路边公园一遇，你是不是就离开了？

小月说，正是那天。被赶出来时，我连件衣服也没有。我没有法子啊，我不干那个，能做什么呢？别人干那个，起码还有一张床预备着，我连一张床都没有，只好去树林子里了。但是如今，孩子大了，每次干那个的时候，感觉有一双眼睛睁着，在肚子里看着一般。自己的孩子盯着自己，哪还有心思侍候那些王八蛋！好不容易接一两个客人，这些王八蛋的要求太出格了，我只好告诉他们，我怀孕了。人家就很扫兴，骂我说，你挺着个大肚子，出来干这个营生，你自己不觉得缺德，我们还觉得缺德呢。

小月说，你是出家人，按说不能在你面前说这些乌七八糟的，但是我得把话交代清楚，今天叫你来陪我，其实不是检查胎儿，而是来引产的，我要把孩子引掉。

小月又哭了。她迷茫地望着小医院，摸了摸自己的腹部说，宝贝，妈妈对不起你，妈妈好想生下你，让你陪着妈妈，但是妈妈连理发都不会，只会给人家洗头，原本给人家洗头也是假的。妈妈明白，忍受几个月后，一旦生下了你，我就不孤单了，在这个城市里，就有一个亲人了。但是生下你容易，我怎么养你呢？我连自己都养不活，怎么能养活你呢？对不起啊，宝贝。

陈小元听到此处，也是一脸泪水。他骑着三轮车掉了个头，离开了小医院，顺着一条小巷子狠命地朝前骑着。

小月说，你不愿意陪我，也是情理之中，让我自己去好了。说着话，就要朝三轮车下跳。小月说，我也是犹豫再三的，他也是我的亲骨肉呀，我也不忍心呀，我没有法子了呀，我一个人带着他都没有脸活着回老家了呀。小月说，你能带我去哪里？你一个和尚能带我去哪里？难道还能回你们清水寺吗？除非你不想当和尚了。

陈小元心想，清水寺自然是回不去的了，还有什么地方可以去呢？最方便的就是去住小旅馆。而自己身无分文，是住不起的。自己果真不当和尚了，带着小月就不会遭到指指点点。但是不当和尚，不仅没有任何遮掩了，他的罪恶感也如水中的残渣一般，会立即浮起来的。

陈小元有些绝望。他把三轮车骑得飞快，感觉这不是三轮车，而是悬在空中的一只风筝。在一个十字路口，有一个乞丐抱着个孩子，拦住汽车在乞讨着。陈小元一时想到了那个盲人老乡，于是便朝着那个路边公园奔去。

老乡一家是晚上九点回到小木屋的。小兰看到陈小元时，一阵惊喜地说，我们一直寻思着，你云游去了哪里，有一次我们到了静安寺，还专门从地铁里跑出来，进静安寺烧了炷香，顺便想看看，你在不在那里。陈小元说，人家是个大庙，哪里容得下我。

小兰说，门缝里的那一百块，定是你塞的吧？如今我得还你。陈小元说，我有事儿寻你们，你们是不是不想帮忙？这个姑娘如今落了难，在你这里借宿一阵子如何？小兰说，看样子是怀孕了，应有五六个月了吧？不过是添张床、加双碗筷的事儿，让她尽管留下来好了。

寒暄过后，小兰又把一口锅，用泥巴擦洗了一番，小月帮着一起炒了几个素菜，几个人围着吃了一顿。吃完了，听盲人拉了一曲《二泉映月》，陈小元便骑着三轮车，顺着路边公园里的小径，独自回清水寺去了。

回到清水寺，洗尘师父还没有睡。问陈小元，那女子呢？陈小元说，走了。洗尘师父说，走了？哪去了？陈小元说，回去了。洗尘师父说，空即是色，色即是空，你懂吧？陈小元说，请师父放心，你给我起的名字，不是叫洗空吗？我一个出家人，别说个女子，就是我自己，终究也是要洗空的。

陈小元不管多晚，都会到正殿烧香，然后把火灰吃掉，这火灰是他的一味药，似乎有了依赖一般，不吃掉肯定是无眠的。这天晚上，陈小元吃火灰时，与平时不同，不仅没有流泪，也没有大口地吞咽，而是小口地慢慢地咀嚼，有了些细品的意味。品来品去，只感觉这火灰就是尘土，比不得其他的食品，也比不得人间最苦的药，吃起来无味，不苦不辣，却那般地难以下咽。

六

陈小元是个犯事儿的人，原本是想找个寺庙躲避一下，只要他陈小元多做善事儿，多做利他的事儿，化解掉自己身上的罪恶，便算是圆满的了。至于寺庙里的香火旺不旺，和自己关系是不大的。但是一穿上僧袍，尤其是来到清水寺，他的想法与处事方式就不由自主地变了。

经过这些日子，陈小元忽然悟出，信仰这个事儿，与卖东西还是不一般的。卖东西你发个小卡片，在墙上刷个标语口号，在电视上请明星打个广告，洗洗脑子就把人给整迷糊了。但是自己卡片发了，标语也刷了，还敲门宣传了，似乎一点儿效果都没有。不是人家没有苦难，也不是没有愿望，而是人家有苦难要解脱，或者要许愿，不来他们清水寺，而是舍近求远，不怕舟车劳顿，都去了七宝寺、静安寺、玉佛寺，甚至更远一些的普陀山和五台山。

这一天，是个阴天。上海天一阴，风就很大，尤其地冷。陈小元骑着三轮车，天麻麻亮的时候就出门了。他先去了一家修理铺，让人给他刷了一个牌子，牌子是指路的，上边用红漆写着“前往清水寺免费”，挂在三轮车的前边。

修理铺的老板说，你这清水寺在哪里？陈小元说，不远，就在对面高压线下的公园里。老板说，整天从旁边经过，看到那青色的屋顶，还以为是哪个贪官私盖的小别墅呢。陈小元说，有空去烧香吧。老板说，最近想生个二胎，努力了好些日子，医院也跑了几个月了，还是不见动静，这事儿你们管吗？陈小元笑了笑，没有言语。

老板说，你光弄个牌子，怕是用处不大，我有一个小音箱，给你下载一些音乐，比如《心经》和《大悲咒》，在三轮车上放一放，在大街小巷里转一转，如人家收破烂的一般，效果会更好一些的。陈小元说，太吵了。老板说，如今你不闹腾，谁会关注你呀。陈小元说，只是我身上虚空，得欠着你了。老板说，免费送给你，算我许了个愿，等我老婆怀孕了，我再给你弄辆电动的。

陈小元从修理铺出来，刚走到一个巷子口，被一个光头男人给拦住了，不管三七二十一，就往三轮车上装东西，有几袋子萝卜、土豆和大葱，一袋子排骨和大肉，还有几条活蹦乱跳的鱼。附近是个蔬菜批发市场，应该是饭店里的采购。光头男人装好东西，爬上了三轮车，给陈小元递来一支烟。陈小元自然未接，问光头男人，你去清水寺吗？光头男人说，去真如寺，真如寺隔壁。

陈小元说，我只去清水寺，而且是免费的。

光头男人说，快点儿走吧，中午有几桌子酒席要准备。

陈小元解释不清，便动身朝着真如寺那边骑去。

陈小元按照光头男人的提示，终究还是找到了真如寺。光头男人一边搬东西一边说，你怎么连真如寺的路都搞不清呢？陈小元为清水寺刷标语的时候，只看到真如老街光滑的石板路，却没有发现这里也有一座寺庙。陈小元抬头数了数，寺庙中有一座塔，足有七层之高，虽然比不得旁边的楼房，但是那金色的尖顶十分耀眼。

光头男人搬完东西，从头到脚打量了一番陈小元，忽然笑着说，你是真的吗？我还是头一回看到和尚骑三轮车拉客。他原本掏了二十块钱，便又添了十块，递给了陈小元。陈小元推托了说，有空去我们清水寺烧香吧。光头男人说，捐款与烧香不是一样吗？

陈小元还想说，怎么会一样呢？烧香的人不是许愿就是赎罪，与菩萨之间是有对视的，而捐款省去了这个过程，没有由心到心的交流，哪会有清净和洗刷呢？

但是光头男人已经折身，钻进了真如寺隔壁的一家大酒店。酒店门口有一个大水缸，里边养着一群待杀的鱼儿，欢快地吐着气泡。按照往常，陈小元定会把这个钱，悉数还给人家的，这一次他没有这么做，他把二十块钱留下了——这是自己的血汗钱，而把多出的十块钱，压在鱼缸下边，这不是自己应得的，是人家烧香的钱，理应由他们自己送到寺庙去。

陈小元骑着三轮车，不小心打开了音箱，音箱里播放的不是《大悲咒》，也不是《心经》，却是一首迟志强的老歌《愁啊愁》，在初冬的寒风中回荡着，让人以为时光原本就是陈旧了的。

至夜晚时分，陈小元骑三轮车跑了十二趟，有两趟是带货的，有五趟因为堵车，打出租车太慢了，赶着办事儿的，还有三趟是巷子太深，或者是地方太偏，没有公交车。这些人上车前，陈小元都要说，去清水寺吗？免费前往清水寺。人家都会问，清水寺是哪儿？陈小元说，这是专线，别处是不去的。人家说，给你钱，你哪里不可以去？便都是上了车赖着不走的。

还有两趟是免费的，一趟是有个老太太，从菜市场出来，提了几斤蔬菜、一袋子水果，还有一瓶子酱油。陈小元看她走路十分吃力，一条马路过了三次红灯。陈小元就上去，把她扶到三轮车上。她家是个老式里弄，没有电梯，又住在六层。陈小元干脆爬楼，把她送回了家。老太太给了陈小元十块钱。陈小元说，我写着呢，是免费的。老太太说，去清水寺免费，我这不是清水寺啊。陈小元说，百善孝为先嘛。

此后好多天，陈小元每天十点左右，都会守在菜市场门口，把买完菜的老太太送回家，每次离开，老太太都会给钱，陈小元自然是不收的。老太太便会递一瓶纯净水给他。这些又是后话了。

话说那天，另一个免费的，是陈小元拉的最后一个客人。那时天快黑了，有个年轻的小胖子，立在陈小元的三轮车前，盯着前边“前往清水寺免费”的牌子，足足看了一袋烟的工夫。他一边看一边嘿嘿地笑，似乎透过几个红色的字看到了清水寺，悟到了什么玄机。陈小元明白，他是个智障，也就是傻子，便上前问，你想去哪里？

小胖子说，清水寺。陈小元说，我问你家在哪里，我带你回去。小胖子说，清水寺，我要去清水寺。陈小元说，去清水寺做什么？小胖子说，找毛毛虫。小胖子便爬上了三轮车，而且哭喊着，催陈小元快点动身。陈小元笑了笑，骑着三轮车，顺着一条小道，果真向清水寺赶去。

小胖子是未去过清水寺的，也不清楚这清水寺是做什么的，但他是第一个明白要求去清水寺的人。陈小元寻思，他是否明白去哪里、去了做些什么是不重要的，重要的是他陈小元把他送到他要去的地方。

华灯初上，四处的霓虹煞是好看。小胖子坐在三轮车上，痴痴地望着一棵棵香樟树朝后退，望着一盏盏街灯和一扇扇窗户朝后退，他高兴地拍着手。一切尽是缓慢的，甚至是静止的，陈小元如进入幻境一般。还未及清水寺门前，小胖子远远就下了车，趴在地上一步一叩，三步一揖，向前匍匐着。连过院门时，他也是匍匐着的，直至清水寺的正殿，虔诚地跪在了菩萨面前。

洗尘师父看到陈小元终究带回了一个香客，便盘膝坐于正殿的左侧，微闭着眼睛一边念经一边敲着木鱼。念完了经，敲完了木鱼，小胖子便起身走出清水寺，望着边上的半月湖，一边踢着脚下的石子，一边嘿嘿地笑着。

洗尘师父见香客已去，却未曾捐个一分半点，便问陈小元，洗空啊，这便是你拉来的吗？陈小元说，是的，怎么了？陈小元发现香案前，多出一个暗红色的功德箱，便明白洗尘师父的意思了，赶紧把当天骑三轮车收下的钱掏出来，留下了一百块，剩余一百多块全都顺着功德箱的那条缝缝，塞了进去。洗尘师父又敲了几声木鱼说，侬化的缘？陈小元说，不是的。洗尘师父问，那从何处来？陈小元说，他捐的。

正说话间，只听寺外扑通一声，似有落水之声，陈小元一阵惊慌，呼唤着寻了出去。小胖子仍在湖边，望着那幽暗的湖水，嘿嘿地笑着。

陈小元放心地问，什么掉水里了？

小胖子说，鱼。

陈小元说，是不是石头啊？

小胖子说，好大的鱼。

陈小元说，这里有鱼吗？我为何没有看见？

小胖子说，是水，水掉湖里了。

陈小元抬头，天空果真下起了雨，迷蒙的雨一点点落入湖中，似是惊涛骇浪一般，把一片安静的湖及湖中的倒影全给揉碎了。

这一夜，陈小元问了无数次小胖子，他家在哪里呢。小胖子半会儿说在清水寺，半会儿说在湖中，半会儿说在水里，半会儿说在树梢上，甚至说是在地下。陈小元实在无奈，便骑着三轮车，把他送回到上车的地方。在上车的地方等了又等，还是问不出个头绪，陈小元又到旁边打听了一番，大家说见过这个傻子，并不清楚他到底是哪家哪户的。人家问，你操这心做什么？陈小元说，怕他爸妈担心。人家说，养出这样的孩子，有啥好担心的？陈小元说，毕竟还是爸妈身上的肉吧？人家说，肉倒是肉，只是肉瘤罢了，丢掉也就解脱了。

这般寻到了深更半夜，小胖子坐在三轮车上睡着了，雨还是断断续续地下，陈小元只好把他带回清水寺和自己住了一夜。

此后连续多日，陈小元骑着三轮车，挂着“前往清水寺免费”的牌子，偶尔放一放那首陈旧的老歌，带着个不明不白的小胖子，走街串巷地和人家说，去清水寺吗？免费的。人家照样一如从前，不明白他这清水寺在何方，也不管他愿意不愿意，有了急事要出门，顺手就爬了上去。坐完了，下了车，也不问价钱，随自己心情给个十块八块的。

其间也遇见几回地痞无赖，原本想白搭一趟，但是等下了车，听到陈小元一声“阿弥陀佛”，便也乖乖地掏了钱，甚至出手更为大方，扔来五十块或者一百块，问，你是清水寺的？那不用找了，回去给我点盏灯吧。陈小元收了钱，晚上回到寺庙，果真在观音菩萨面前，帮人家点上一支蜡烛。

陈小元一边骑三轮车，一边打听小胖子家人。某天下午，自己拉了个客人，家里出了点儿意外，急着要去派出所报案。陈小元又问小胖子的事儿，人家说，如今你找不到家人，一旦孩子出事儿了，家人会找上门的，这等闲事还是少管为妙，看你是个出家人的分儿上，我给你指条路吧，交给派出所不就完了？

陈小元见说得有理，便随着进了派出所。警察问，你是孩子什么人？陈小元说，我不认识。警察问，你是从哪里把他带来的？陈小元说，在半路上遇见的，他是我们的香客。警察说，一个傻子也信佛？

陈小元不言语了，陈小元不明白怎么言语。警察透过窗户，看了看陈小元的三轮车，三轮车停在院子里，上边的音箱被小胖子拧开了，正放着《愁啊愁》。警察又问道，一个出家人，你愁什么呢？你是清水寺的？我们怎么没有见过？陈小元说，我是新来的。警察说，你在我们这里登记了吗？

听到此处，一阵寒风吹过，陈小元打了个冷战。陈小元一时清醒过来，自己这些日子四处奔波，竟然忘记了自己的身份，忘记身上这件僧袍，在冬天显得轻薄了些，是遮掩不住太多东西的。陈小元虽说从善之心再未变过，但是心罪可洗，身罪如何才洗得清呢？

坐在三轮车上的小胖子，忽然从上边跳了下去，如一只受惊的鸭子一般，嘎嘎地冲出了院子。在院子外边，当门正好栽着一棵柳树，树粗合抱，只听嘭的一声，小胖子一头撞了上去。陈小元顾不得回答警察的问话，骑上三轮车出了院子，带上小胖子急急地去了。

陈小元回头说，你跑什么呀？

小胖子说，有风。

陈小元说，那么粗的树，你看不见吗？

小胖子说，麻雀飞得好高。

陈小元说，头撞痛了吧？

小胖子摸了摸三轮车说，生锈了。

陈小元摸了摸小胖子的头说，若是寻不着家人怎么办？我就做你家人吧，你应有十七八了吧？我当你叔叔定是当不起的，那当你什么呢？你说说，在家里谁对你最好？这些天你最想谁？小胖子大声地说，妈妈。陈小元说，当然是妈妈了，有首歌词不是写着吗？“世上只有妈妈好，没妈的孩子像根草。”小胖子从背后拉了陈小元一把，然后指着在路边摊上正在买菜的一个妇女，连连地叫了两声，妈妈！那是妈妈！

听到小胖子的呼唤，那妇女抬头看了一眼，立即扭身走进了一片石库门。陈小元一阵猛骑，追上去问，你认识他吗？那妇女头也不回地说，不认识。陈小元说，你认识他家人吗？那妇女头也不回地说，不认识。陈小元说，你认识自己吗？那妇女一愣，还是说，不认识。陈小元从小胖子的口袋里掏出一张皱巴巴的照片，说这上边的人呢？那妇女仍旧一句，不认识。

小胖子夺过照片捏在手中，嘻嘻地笑着说，认识，这是妈妈，妈妈好漂亮。那妇女一听，禁不住哭了。她停留了片刻，然后一边小跑一边说，你这个冤家，甩不掉的冤家，我上辈子欠你的吗？

小胖子下了车，追入了一片石库门的深处。天又黑了，是回清水寺的时辰，陈小元骑起了三轮车。身后又传来嘭的一声，随之是几只麻雀，叽叽喳喳地从天上飞过。陈小元明白，小胖子又撞在树上了。但这次是梧桐还是香樟，他是不清楚的。

七

陈小元回清水寺前，绕了个道想去看看小月。自把小月托付给小兰后，也不清楚他们过得如何。

小兰和小月几个人都不在，陈小元一时坐着无事，便进入小木屋，取了锅碗瓢盆，准备烧水做饭。一锅水被烧得半开时，陈小元忽然想起什么，便把这水给倒掉了，然后从旁边挖出几勺泥巴，照着小兰的样子，把锅碗给擦洗了一遍。他不擦洗，也是不打紧的，只是心里过意不去，感觉被污染了一般。

陈小元刚蒸熟了米饭，小兰就扶着盲人回来了。

陈小元问起小月，小兰说，不明白呀，她恐怕闷得慌，到外边逛去了。

等到晚上十点多，小月才疲倦地回来了。小月说，平常多喜欢逛公园呀，果真住在公园里，也会烦闷不堪的，所以呀，人不管在哪里，都是不能住久的。陈小元说，你去理发店了？小月说，去那个肮脏的地方干吗？到附近的商场里转了转。

小月说着，果真掏出一堆东西来，一条围巾给了小兰，一双袜子给了盲人，一顶帽子给了小兰的孩子。小月最后取出一件圆领的羊毛衫，对着陈小元说，你穿上吧，这么冷的天了。

陈小元临走时，小月说，你明天有空吗？再陪我去一趟医院好不？陈小元说，这么久了，你还想不开吗？小月说，你误会了，这次是真的去检查，小家伙恐怕是孙悟空变的，整天在肚子里翻云驾雾的，一点儿都不安生。小兰说，你叫一个出家人陪你，多不方便呀，还是我去得了，万一有个什么，女人之间也好照料些。

小月偏偏说，他去我踏实一点儿，而且他还有三轮车呢，你又不会骑三轮车。

除了上交清水寺的，陈小元把这些天留下的钱，统统都掏了出来，总共也就八百多块，三百块给了小兰，说是小月的生活费，五百块给了小月，说是明天检查身体，若有剩余，就买点儿营养品。小兰与小月统统都还给了陈小元。小兰说，人家捐给菩萨的，我们哪敢花呀。小月则摸了摸腹部说，检查身体还有她小兰阿姨呢。几个人推来推去，几百块钱终究还是回到了陈小元手中。

陈小元回到清水寺，烧完了香，磕完了头，吞咽完了火灰，便把身上的钱悉数塞进了功德箱。

第二天小月去医院妇产科检查，进进出出的多半挺着大肚子，还有一些已经生产了的女人，则不管不顾地掏出乳房给婴儿喂奶。小月感觉确实不方便，让陈小元在医院外边等着。陈小元则说，你万一再干傻事怎么办？陈小元正好在里边穿着小月送的羊毛衫，便照着小月的吩咐把外面的僧袍给脱了。

僧袍一脱，像是蜕了层皮，陈小元颤抖了起来，一时打了个喷嚏。

陈小元重新把僧袍套上，说是太冷了。

小月说，你终究是舍不得一个和尚的身份罢了，算了算了，还是我自己进去吧。

陈小元不放心，就远远地跟着，如此这般，整个检查过程十分顺利。从医院出来，小月说，你感觉是个儿子还是女儿？陈小元笑了笑，并不言语。小月说，你叫洗空，我则姓李，若是个儿子，我就叫他李不空，若是个女儿，李不空定是不行的，你看看叫什么好？你出家前姓什么？若是生个女儿，跟着你姓如何？

陈小元笑了笑，仍不言语。小月说，你别误会了，你虽和他毫无血脉关系，对他却有救命之恩，算是再生父母了，随着你姓也是理所当然的吧？

天很蓝，白云如棉花糖一般，大大小小地浮在眼前。小月突然说，我们去转转吧，到上海这么久了，整天都待在郊区，还没有登过东方明珠，你去过东方明珠吗？

陈小元说，又不是大雁塔，出家人凑这个热闹做什么？再说了，四处闲转也不合适吧？

小月说，你有想去的地方吗？你是个和尚，想去静安寺对不？但我还是想去东方明珠，想从那么高的地方朝下看，看人到底是什么样子。

陈小元说，我不认路。小月说，鼻子底下就是路，可以问呀。陈小元说，车万一坏了呢？小月说，那我们就走回来。陈小元说，你有身孕呀。小月说，医生说了，这么大个孩子，要多运动才行。陈小元还是骑着三轮车要回清水寺，正好经过一段隧道，三轮车在斜坡上失控了，朝着路边的一辆小车撞了上去。

司机说，你撞了宝马明白不？小月说，不就擦破点儿皮吗？便掏出了五十块钱。司机说，你在讲笑话吧？你以为人擦破点儿皮，上点儿药水的事儿，喷个漆至少得花两千多。你一个和尚带着一个姑娘，如此慌里慌张的，这是做什么去？司机说着，就要报警。

小月说，我要生了。司机说，为何不叫救护车？小月说，路上经常堵车，叫救护车会生在路上的，出家人是在行善呢，你们就别计较了好不？司机说，真要生了吗？小月捂着肚子说，这能作假吗？司机一阵感慨，摆摆手说，看在胎儿的分儿上，你们走吧。

再次上路，小月说，刚才若是脱了衣服，如今怕就遭殃了，出家人还真管用，不然今天怕是赔不起了。小月拍了拍陈小元的肩膀说，你去哪呀？陈小元说，还能去哪。小月说，东方明珠你不去，我们去静安寺不行吗？陈小元说，与清水寺有差别吗？

小月说，当然有了，虽说都是寺庙，起码菩萨会大一点儿。

陈小元说，菩萨在心里都是一般的。

小月不高兴了，你不能看在胎儿的分儿上吗？陈小元说，以后吧。小月说，我还有以后吗？陈小元停下三轮车说，这话从何说起？小月哭着说，生孩子的事儿，谁能说得清呢。

陈小元掉了头，带着小月，顺着武宁路来到南京路。从南京路转至外滩。再从外滩摆渡到了黄浦江对岸，一路东问西问，太阳偏西的时候，果真来到了东方明珠。途中小月十分感动，自己偏要骑上一程，陈小元体谅小月的身子，哪肯让小月这般辛苦。辛苦归辛苦，陈小元心里也是挺高兴的，早听人提起上海如何如何，没有想到不经意间，就把南京路、外滩和黄浦江，统统地给逛了个遍，而且如今来到了陆家嘴，站在东方明珠下边了。

小月抬起头，高楼是望不到顶的，腰间挂着一朵朵白云，伸手便会取下来一般，不由得赞叹着，这哪是人间，简直就是天堂了。

小月说，我去买票吧。陈小元说，买一张就行了。小月说，小孩子免费，和尚也会免费？陈小元笑了笑说，你一个人去吧。小月说，那么高，你不扶我一把，我能上去吗？陈小元说，又不是爬楼梯，你当心点儿就是了。小月说，你还是忘不了自己，我就不强求了。小月说着，便挤到一条长龙里，排队购票去了。

陈小元感觉，和尚的身份与其他身份，都是不太一般的，其他无论什么人，穿什么奇装异服，站在人群中间，都是般配的，而唯有和尚立在人群之中，显得有点儿突兀。像一锅小米粥，里边夹着几个石子，石子再怎么大，人家都不会奇怪，若是煮着一颗白玉，这玉哪怕只有米粒一般大小，那也是十分扎眼的。

陈小元原本想着，替小月去排个队，再把她送进去。由于自己太扎眼了，无论谁走过身边，都会瞅上几眼，再低头寻思一番。他们寻思的无非是，和尚来干什么呢？门票从何而来？陈小元不想让人家因此而徒生烦恼，终究还是逃避掉了。

陈小元骑着三轮车，漫无目的地绕着东方明珠转了半圈，有一对老外夫妻凑了上来。陈小元判断他们应该是夫妻，因为他们是十指相扣的。不明白他们出于好奇，还是前来问路的，叽里呱啦地说了半天，陈小元一句也没有听懂。

陈小元糊里糊涂地指了指三轮车前边的牌子，他们看了看牌子，似乎明白上边写着什么，便点了点头，然后爬上了三轮车。

陈小元骑着三轮车便上路了。两个老外坐在三轮车上，看上去十分兴奋，一边走一边拍照片。陈小元整整花了两个小时，把两个老外拉回了清水寺。两个老外到了清水寺，东看看西看看，东摸摸西摸摸。洗尘师父敲了半天木鱼，实在看不下去，指了指地上的蒲团，让他们跪下磕头，自己干脆还做了示范，但是老外终究没有开化，嘻嘻哈哈地走了。

洗尘师父说，伊们像是旅游来的。

陈小元说，那就随缘吧。

洗尘师父说，侬拉伊们一趟，白拉了吗？

陈小元为难地指了指三轮车前的牌子说，事先说好的，到清水寺是免费的。

陈小元怕两个老外迷路，让他们坐三轮车，送他们回东方明珠，两个老外说了句中文“谢谢”，爬上了一辆出租车扬长而去。

陈小元再次回到东方明珠时，小月已经站在原地了。陈小元说，这么快就下来了？小月说，还没有上去呢，仔细想想你说得也是，凑这个热闹做什么。小月最后又补了一句，一百多块，有这个钱还不如给肚子里的宝贝买件衣服呢。陈小元不明白小月是心疼钱，还是连一张门票也付不清了。

天已经黑透了，黑透了的上海并不黑，反而更是辉煌而明亮的了。小月原本想在黄浦江边，找个僻静的草坪坐下来，不仅要好好欣赏一下东方明珠，还要欣赏一下旁边的金茂大厦，以及一江之隔的外滩。陈小元却让小月上了他的三轮车，在陆家嘴繁华的大街上缓慢地穿行着。

小月说，你看看上海如今像什么？陈小元说，像不像个铁匠铺子？小月说，你小时候打过铁吧？陈小元点了点头。小月说，我没有打过铁，但是看见过打铁，这一座座楼房，就是一块块生铁，经白天一加热，被烧红了，被烧软了，几锤子下去，就冒出火花儿了。

陈小元说，你觉得东方明珠呢？小月说，像一把大锥子。陈小元说，你是不是会纳鞋底子？小月说，在老家，我每年都会纳鞋底子，就用这种大锥子，手心都被扎破好几回了，如今还有针眼呢。小月要伸手给陈小元看，陈小元只顾低头骑车，并不回头。

小月说，再多看几眼，发现它又像一串糖葫芦，我想吃糖葫芦了。

正好有叫卖糖葫芦的从旁边经过，小月就叫了两串，递了一串给陈小元。陈小元笑了笑，摇了摇头。小月说，这又不是荤腥的，你怕什么？

小月说，你还记得那个理发店吗？陈小元说，小旅馆对面嘛，忘不了的。小月说，有个小姐妹，长得可漂亮了，每个客人第一次去，原本只想理个发的，见到她就守不住了，就想拉她下水。她自己倒是左右不从，但是来这里逛过一次回去，整个人就彻底变了，当晚就出台接客了。出台接客你懂的吧？就是与人家那个，我不用绕弯子，就是卖身了。我问其缘由，她说，你上一次东方明珠，站在第三个圆球上，透过玻璃朝下看一眼，定是会理解我的。

小月说，站在上边看，与站在下边看，到底有何差别呢？

陈小元说，能有何差别？小月说，这差别多的是了。站在高处，是朝下看，而站在低处，只能朝上看；站在上边，你是以东方明珠的身份在看，站在下边你是以人的身份在看，是以树的身份在看。站在何处看，以何种身份看，那结果定是不同的，东方明珠那么高，第三个球有三百多米，从这么高的位置朝下看，人恐怕都成蚂蚁了，大树恐怕都成小草了。

陈小元说，幸亏你没有上去，有一天你上去了，再不能学那个小姐妹。

小月说，以前我没有孩子，她也没有孩子，如今我有孩子了，马上就要当妈了。

陈小元说，若是你不朝外看，而是朝内看，朝自己的心看，那还会有差别吗？

小月一愣说，难怪小兰姐对你佩服得五体投地，说你是个高僧呢。陈小元说，若是让我睁开眼睛看自己，我也不过是一粒披着外衣的尘土，横看竖看都是肮脏的，只是被别人忽视罢了。说到此处，陈小元抬头看了看青天，看了看四周形形色色的人，想起自己犯过的那档子事儿，内心不禁又泛起了一阵恐惧。

八

话说这天早上，陈小元从清水寺起来，刚刚推开庙门，有一老头儿晨练，跑步经过清水寺时，听到背后吱咛一声，便回过头倒退着跑了几步，不承想扑通一声，掉到了旁边的半月湖中。陈小元便上前搭救，好在湖水不深，老头儿是自个儿爬起来的。但是已经冬天，湖水甚冷，毕竟湿了半边身子，老头儿被冻得直打哆嗦。

陈小元不敢怠慢，赶紧推出三轮车，把老头儿给送回了家。老头家在巷子深处，老式石库门的平房。老头儿回到家就感冒了，净打喷嚏。有一中年妇女，也就五十来岁，头发全都白了。“白毛女”问，又没有下雨，咋就湿了呢？老头儿说，掉湖里了。“白毛女”说，附近哪里有湖？老头儿说，怎么没有？清水寺旁边。“白毛女”说，清水寺在哪里？老头儿说，在路边公园里呀。“白毛女”说，那不是人家住的别墅吗？老头儿说，恐怕就是别墅，不过叫了个清水寺的名字。

“白毛女”说，天都亮了，湖在那里，你就看不见吗？会不会是被人给推进了湖里？老头儿说，人家推我做什么？“白毛女”说，晨练是有地盘的，你往日是不在那里的。老头儿说，抢什么地盘？连个人影都没有。“白毛女”说，刚送你的，不是人吗？“白毛女”说着，就冲着陈小元呼唤，那个谁，你给我回来！

陈小元已经出了院门，听到呼唤，折回身问，还要帮忙吗？“白毛女”说，他怎么掉湖里的？是不是你推的？陈小元说，我怎么推他？老头儿也说，人家一个和尚，他怎么推我？“白毛女”上下打量了陈小元一番，果真是个和尚，一时无语了。

老头儿说，他没有推我，他倒是推门了，门发出吱咛一声，我好奇，一回头，就掉湖里了。“白毛女”说，这不就对了？他推门，门发出吱咛一声，间接地把你给推到了湖里，所以他要负责的。老头儿说，这不怪人家吧？怪我倒着跑了几步。

“白毛女”拉了一把椅子，让陈小元坐下，“白毛女”说，你平时就是心善，不是这个和尚的原因，那半月湖是清水寺的，在清水寺的地盘上，他们清水寺还得负责。老头儿说，那半月湖在清水寺院子外边。“白毛女”说，与院子连着的吧？只要连着的，就脱不了干系。

陈小元说，从因果角度讲，是脱不了干系的，请问你有什么要求吗？“白毛女”想了想说，我也没有什么要求，你得帮我一把。陈小元说，请尽管吩咐便是了。“白毛女”说，你随我来吧。

陈小元随着“白毛女”钻进另一间屋子，屋子没有窗户，大白天不拉灯，尽是漆黑一片。屋子里搭了张床，床上卧着一个老人，形貌枯瘦如柴，牙齿已经脱落，头发披散着，认不清男女。“白毛女”看了，情绪顿时低落，刚刚那股尖酸劲儿都化掉了。

“白毛女”说，他是我公公，是个植物人，已躺了十三年了。“白毛女”说着，便抹了眼泪。“白毛女”说，你栽过树吗？陈小元点了点头。“白毛女”说，一棵树活着，下雨了，自己喝点水；有太阳了，自己晒晒太阳；起风了，随着风摇一摇，即便如此，有些树还枯死了呢。但人不一样，人一旦成了植物，喝点儿水，撒个尿，大大小小都得我们侍候着。

陈小元说，你这些年定是不容易的，我能帮点儿什么吗？“白毛女”说，你一个出家人，要钱定是没有的，要你在这里侍候着，也不是长久之计，这样吧，你帮他念经吧。

陈小元明白“白毛女”的意思，是要他祈求平安，便向“白毛女”要了几炷香、几刀纸。念经还得木鱼，一时无处可寻，“白毛女”问，砧板行不？陈小元说，砧板虽然也是木的，却是杀生之物，万万不行。于是让“白毛女”拿来一双筷子和一只舀米用的葫芦瓢。

“白毛女”说，要念多久？陈小元说，至少一天一夜。“白毛女”说，辛苦你了，我在外边备些斋饭，你尽管放心好了。“白毛女”说完，并不离开，陈小元催着她出门，说是念经得关门闭户。“白毛女”还是欲言又止。听到隔壁的喷嚏声，陈小元说，我会顺带替大伯也祈福一下的。

“白毛女”说，我不是这个意思，我的意思是，我公公他能醒来吗？陈小元说，不一定，主要还得看医生。“白毛女”说，这些年，吃的药，打的针，怕都可以用火车皮拉了，我的意思是你不要祈福。

陈小元很意外地说，不祈福，你让我做什么呢？“白毛女”说，你看看，原本一棵大树躺在床上，就够我折腾的了，又添了一个感冒的，你让我还怎么活啊？我不是要让你负责，我的意思是你能不能不祈福，而是帮床上的这棵大树超度一下。

说完最后一句话，“白毛女”不敢再看陈小元。陈小元说，人死了才会超度的。“白毛女”说，你就当他死了吧，求你了。“白毛女”乞求地抓住陈小元的手，放声大哭了起来。陈小元说，你出去吧。“白毛女”说，你答应了？陈小元点了点头。“白毛女”出门了，反手把门给拉上了。

门一拉上，屋子里就漆黑一片了，唯有微微的一道光柱，从门缝里透了进来，窄窄的，如一把刀子一般，把一间房子给劈了个两半儿。

陈小元跪在屋子里，点了香，烧了纸，架起那只葫芦瓢，拿起一双筷子，一边念经一边敲着。木鱼是厚实的，是空灵的，葫芦瓢毕竟是单薄的，敲出的声音又细又碎，没有木鱼的声音清脆悠远。

陈小元在陕西秦岭之中，常去寺庙里听和尚念经，进了清水寺也听洗尘师父讲过经，毕竟是接触一点儿皮毛，只记得开头那么几句。

陈小元不敢乱来，床上躺着的，虽说是植物人，是没有知觉的，但毕竟不是植物，而是一个生灵。好在他的挎包里放着一本书，是各类经文的汇编。陈小元翻出了书，照着书上念了起来。陈小元念的，自然不是超度亡灵的《佛说阿弥陀经》，而是祈福的《观世音菩萨普门经》，还念了《心经》。

如此这般，念了整整一天一夜。“白毛女”中途送来三顿斋饭，无非一碗小米粥、一盘炒青菜、一盘拌豆腐、几个馒头。陈小元自己只吃了青菜，因为青菜是不好下咽的，把剩余的全部一口口地喂给了躺在床上的公公。而且还给公公端了一次尿，翻了一次身。至第二日午饭时辰，陈小元推开门，摇摇晃晃的，还未走出几步，眼前一黑就晕了过去。

及陈小元醒来，又过了一夜，都是第三天凌晨时分了。陈小元躺在一张床上，听到外边一阵阵喧闹，有锣声，有鼓声，还夹杂着几声哭号，必是为死人设了灵堂。陈小元睁开眼睛，发现坐在床边的，不是别人，而是“白毛女”。“白毛女”说，谢谢你。陈小元说，谢我什么？“白毛女”说，我公公过世了。

陈小元说，他过世和我有关系吗？

“白毛女”说，你别太内疚，我公公也算是解脱了。

陈小元这才想起前边的事儿。他原本想对“白毛女”说，自己没有念超度的经，而是念的祈福的经。但是看到“白毛女”抹着眼泪，也就懒得张口了。

陈小元离开“白毛女”时，天已经大亮了，他四处找寻自己的那辆三轮车，却不见了踪影。有人说，恐怕让人给偷了，年关将近，小偷要弄点儿盘缠回家过年，便什么破铜烂铁的都偷，别说是三轮车了，挂在门上的一把铜锁也给人拧走了。此人说，报案吧，也许还能找回来呢。陈小元说，算了，旧了。

“白毛女”追了出来，把一个红包塞进了陈小元的口袋，要给清水寺捐一笔香火钱。陈小元没有说收，也没有说不收。天既是亮了，就没有必要再回清水寺，陈小元便在这片石库门老弄堂里迷茫地走着。

没有了三轮车，陈小元一时有些不适应，便去了一家修理铺，是原本给他挂牌子和安音箱的那家，想问问有没有报废的三轮车。修理铺老板正在给人修车，看到陈小元，就像一只轮胎遇见了一根钉子，一下子泄了气，坐在地板上，叹着气说，折腾了半天，老婆的肚子总不见长，后来随老婆去医院一化验，说是我患了死精症。妈妈的，这病是怎么患的？是何时患的？若是原本就患上了，那我第一胎是怎么怀上的？我这么一怀疑，老婆不愿意了，不但不愿意再生了，还带着老大和人家跑掉了。

陈小元张不开口了。想起“白毛女”刚刚塞在身上的钱，便掏出一百块递了过去。老板说，这是做什么？我又不缺钱。陈小元说，上次你给挂牌子，安音箱，一直欠着的。老板说，音箱有用吗？那三轮车呢？陈小元说，用处大着呢，不过一起丢掉了。

陈小元离开修理铺，望见有人在弄堂里刷广告，广告内容是“B 超查男女”。陈小元上前，捡起剩下的半桶子油漆，如当初一般，把人家的广告涂掉，想刷上清水寺的广告。但是原本油漆是自己买的，是白色的，如今是捡来的，仍是红色的，刷上自己的字，是看不清的了。无奈，陈小元就另寻了个干净的地方，把清水寺的方位图和“我有罪，得洗洗”一一刷了上去。

刷完了半桶子油漆，陈小元还如当初一般，便开始敲门，白天不会拉灯，不明白谁家有人，陈小元就挨家挨户地敲。有人在午睡，开了门，不等陈小元说出“清水寺”，人家便嘭的一声把门给关上了；多数家里是没有人的，或者是家里有人，却不敢开门，据说会有小偷公开敲门行窃。

不觉间到了深冬，上海忽然下了一场大雪，三十年不遇的大雪纷飞，不仅把清水寺的门给封住了，还把旁边的半月湖也给遮挡了起来。在陕西秦岭中的老家下雪，定以为是瑞雪，是好兆头；而在城里下雪，雪不仅封了道路，雪水四处横流，弄脏了人家的脚，便以为是灾难了。

陈小元出门前，想绕道去看看小兰与小月，住在那么个小木屋里，定是不得安生的。小月不在，盲人也不在。小兰和孩子在，孩子生病感冒，发烧了。陈小元说，快送医院吧。小兰说，打过针了，挂了两个吊瓶就几百块呢，其实熬熬就过去了。

陈小元说，天这么冷，你们出去就算了，孩子哪受得了。小兰说，有什么法子呢？我在家带孩子，那盲人怎么办？陈小元说，他人呢？小兰说，一个人坐在地铁里，一天不出门就没有饭吃了，如今人越来越有钱，我们这个行当却越来越难了，原本想给孩子积攒一些学费，这个月看看病吃吃药，这边进来那边就出去了。

陈小元说，小月呢？小兰说，还是和你说实话吧，她从住到这里之后就上街去了，几乎一天不空，前些日子出血了，半夜三更被送到医院，医生说是太劳累了，是流产的兆头，给打了几针黄体酮，让在家里静养一阵子，但是看病要花钱，未来生孩子也要很多钱，所以在家休息了两天，便又上街了。

陈小元说，上街做什么？

小兰说，乞讨呀，还能做什么。

陈小元说，在哪条街上，她说了吗？小兰说，都是顺着人流走的，一会儿东一会儿西，有时候自己也会迷路的。我有她的手机，你抄一下，不放心就打个电话吧。

陈小元与小兰又聊了聊这场大雪。小兰说，陕西那边的雪花是六个角的，而上海这边的雪花像是五个角的，会不会是因为这里气温高，一个角给化掉了？陈小元说，上海很少下雪的，如今下了这么大的雪，真是太稀罕了。陈小元离开的时候，顺着小木屋四周转了一圈。大雪几乎把小木屋全给覆盖住了，再这样下去，恐怕得把小木屋给压垮的。他便拿来一根棍子，把上边的雪全给捅了捅。

陈小元离开的时候，回头一望，整个路边公园里，全是白茫茫一片，唯有这个小木屋是黑色的，在黑色里边，不时地传来几声呻吟和咳嗽。

陈小元出了路边公园，走了约莫一里地，在一条繁华的大街上边，便看到了在车流中间串来串去的小月。那臃肿的身子，那艰难的步子，还有那件红上衣，陈小元是看不错的。小月左手拿着一个鸡毛掸子，右手握着一条毛巾，每当有车停了下来，小月就上前替人家拂去挡风玻璃上的雪，没有雪的话，就替人家擦去上边的灰尘。

雪还在下着，小月没有打伞，没有戴围巾，她的衣服明显已经湿透了。但是小月还是跟着一辆辆车，拂雪，擦灰尘。

多数司机嫌冷，连窗户都不会摇下来。少数司机摇下车窗，说是后边还有呢，把后边也给擦擦吧。不等小月把车尾巴上的灰尘擦干净，人家的车已经启动，冒着一股雾气开走了。

小月终究被带倒了，似乎划破了手。她对着下一辆车的玻璃窗，照了照。她把人家的玻璃窗当成了镜子。玻璃窗一般是贴了膜的，和平时的镜子是一般的，里边能看到小月，而小月是看不到里边的。

陈小元拦住一辆出租车，塞给司机一个红包，这些钱是“白毛女”那天给的，他没有花过一分，也忘记塞到清水寺的功德箱了。司机吃惊地说，先生，你去哪里？打完车再付款。陈小元说，我不打车，我求你件事儿，你看见前边那个穿红衣服的女子了吗？司机说，她是个乞丐，天天都在马路上，在车流中间钻来钻去，总有一天会出事的。

陈小元说，肚子里还有孩子。

司机说，明白了，你要给她捐款？到底还是出家人慈悲啊。

司机启动了车，来到小月身边，把红包递了过去。小月要给司机扫雪、擦玻璃。司机说，我这干净着呢。小月一时感动，眼泪大颗大颗地流着，她抹了一把泪水，扑通一声，跪在了马路中间，笨拙地磕了三个响头。

司机原本已经走远了，但还是把车靠边停了下来。

陈小元双手合十，说了句“阿弥陀佛”。

九

还是中午时辰，陈小元就回清水寺了，陈小元第一次这么早回清水寺。

洗尘师父把陈小元给呼唤了过去。洗尘师父说，辛苦侬了。陈小元说，还好。洗尘师父说，外边天冷，注意身子。陈小元说，已添了衣服。洗尘师父说，这羊毛衫不错，颜色好看着呢。陈小元说，人家送的。洗尘师父说，清水寺有香火了，每天多多少少，都有一个两个。陈小元说，看见了，香案上有供着的苹果了。洗尘师父说，这是侬的功劳。陈小元说，怕是冬天了，事多吧。

洗尘师父说，有个老太太来了，苹果便是伊供上的。

陈小元说，她不容易，八十多了，还得去菜市场给家人买菜做饭。

洗尘师父说，还有一个光头，他说自己曾经是个杀猪的。

陈小元说，他也不容易，我把人家一只羊给放跑了。

洗尘师父说，还有一个“白毛女”带着老公来的，她说自己老公曾掉到我们边上的半月湖里，她要看看这半月湖到底是啥样子的。陈小元说，当时开门，把他给推进去了。洗尘师父说，不是你推的，是你把门推出吱咛一声，她老公回头倒退着跑了几步，才掉进半月湖里的，伊已经说了。陈小元说，她肯定没有说，她公公是个植物人，刚刚去世了。洗尘师父说，伊也说了。

洗尘师父说，昨天那个小胖子来了，伊是来这里寻妈妈的。陈小元说，他又走丢了？洗尘师父说，哪里呀，怕脑子不好吧，妈妈就在身边呢。洗尘师父说，小胖子出门的时候，一头撞在了我们门前的榆树上了，把头撞了一个大包。陈小元笑了笑。

洗尘师父说，还有，小月姑娘也来了，也捐了不少钱。陈小元心想，其他人来还个愿，那是自然的，比如小胖子，毕竟是有家人的，从家里拿点钱出来也是讲得通的。而小月呢？在上海举目无亲，如今还怀了身孕，借宿在人家小兰处，其实和露宿街头一般。那天她给大家买东西，还有去医院检查身体，去东方明珠时请他吃东西，都是花了不少钱的。原本以为她是做了老本行的，不承想竟是一分分从大街上伸手乞讨来的。

洗尘师父掏出了三百块，递给陈小元说，这点钱侬留着，在外边化缘，别饿着了，想吃什么，想要什么，只要不犯戒就行了。

陈小元推托了说，有一座清水寺，有这身衣服就足了。不过自己得走了。

洗尘师父很吃惊地说，到底还是嫌我们庙小啊。

陈小元并不言语。他拿起一个扫把，把清水寺前前后后的积雪，干干净净地洒扫了一遍，连院子外边的石板小径，也足足扫出了三里。扫完了外边，他又把清水寺里面，无论是佛身，还是香案，统统地擦了一遍。最后在正殿前跪下来，烧了三炷香，等三炷香烧完了，他把香炉里的火灰，捂进口中吞咽了下去。

在陈小元洒扫与跪拜的时候，冼尘师父始终坐在正殿，一言不发地敲着木鱼。

陈小元把僧袍脱了下来。这件僧袍已经十分陈旧，袖子上已经破了个洞，下摆已经撕裂。他把它叠得整整齐齐，一时显不出破旧来了，然后放在香案上，便穿着一件羊毛衫出门了。

陈小元出了清水寺，向一位正在赏雪的游人借了电话。游人认出了陈小元，明白他是清水寺的和尚，便问，给谁打呀？你们和尚，尘缘不是已了吗？陈小元笑了笑说，除了菩萨还能有谁？游人说，菩萨吗？漫游费很贵的。陈小元说，开玩笑的啦，我已经不是和尚了。游人说，看样子是还俗了。游人说着，还是把手机借给了陈小元。

小月接到陈小元电话的时候，还在那条大街上的车流中串来串去。陈小元说，那本书呢？小月说，什么书？你说的是《阿弥陀佛》吧，一直在包里放着呢。陈小元说，你念得怎么样了？小月说，看不懂。陈小元说，你拿出来翻翻，里边有样东西。

小月从包里拿出那本《阿弥陀佛》。自从拿到这本书时，虽说一直放在包里，还从来没顾得读过。小月翻开的时候，什么也没有看到，就问陈小元，是什么东西？陈小元说，是一张纸，是我从墙上撕下来的。你带着这样东西，先打个电话给派出所，我们在派出所门口会面吧。

陈小元挂掉电话之后，小月又翻了翻，里边果真夹着一样东西，是一张《通缉令》，上边有一张照片，有些模糊的照片。小月觉得有些眼熟，再仔细地辨认了一番，终究还是明白了，这张照片不是别人，正是在小旅馆里住过的，她在理发店时给他剃过头的，如今在清水寺出家的陈小元。《通缉令》上有一行字：举报成功者重奖五万元。

小月双手发抖了，她明白陈小元要做什么。

她把这本书合了起来，匆匆地离开了车流，离开了那条大街。

陈小元放下电话，便到了派出所门口。这个派出所他是熟悉的，他曾经骑着三轮车，带人来报过案，小胖子还一头撞在门外的那棵柳树上。陈小元如今就站在那棵柳树下，柳树上是没有一片叶子的，但是柳树上有雪，积了厚厚的雪，显得有些肥胖，或者是肿胀。

小月终究还是来了。她踏着未化的雪花，咯吱咯吱地来了。她朝他走来的身影，如一只小企鹅似的。当她还有十米远的时候，她蹲下了，他以为她贪玩，想抓一把地上的雪花。

没有谁看到这么白的雪花，这么厚的雪花，不想顺手抓一把的。

但是她蹲下后，捂着自己的腹部，呼唤了一声，血！血啊！

别人听了，以为她说的是“雪”。

而他明白，有个小家伙正挣扎着要出生了。

摩擦取火

一

凡是需要上天来证明的，那基本就是谎言。

下边想说的人姓陈，叫陈小元。如果把陈小元与某某的一宗涉嫖案硬要扯出一点儿关系，那真是一毛钱关系都没有，且不说某某已经不明不白地死了，而陈小元还在世上好好地活着，他们完全是两个时空的。单单年龄，某某年近而立，陈小元四十五六。不过，若把一个人看成是另一个人的影子——万事万物都有形形色色的影子，而且不止一个，那也未尝不可。

二

整整五年了，这是陈小元第一次迈出大铁门。

陈小元出门后，听到身后吱咛一声再哐当一声，已经走出十米开外了，他摸了一下自己的光头，猛一回头，目光碰到大铁门的时候，像碰到一块冰一样打了一个激灵。

在里边的五年时间，他无数次地想象过大铁门一开再一关的声音。他曾经想让提前出去的狱友告诉他那大铁门一开一关究竟是什么感觉。有一次，陈小元跟第二天就要出去的大胡子说了自己的想法，谁料想，被大胡子给骂了个狗血喷头。大胡子把拳头顶到陈小元的鼻梁上，说，你什么意思？陈小元说，没什么意思啊。大胡子说，你是在咒我吗？陈小元说，怎么会呢？我就是想知道大铁门一开一关的时候，会不会像刀子捅进去再拔出来的感觉。大胡子正好是因为动刀子而进来的，于是骂道，妈的，要不要我像当年一样再捅你一刀试试？这是监狱，又不是婊子房，你觉得我还会回来吗？陈小元说，当然不会呀。大胡子说，我不回来，又怎么告诉你呢？陈小元说，那还是别麻烦你了，我争取早点出去自己体会吧。

陈小元发现这种声音并没有传说的那般刺耳。大铁门吱咛一声开了，而后又十分轻软地关上了。若真要他陈小元打个比方的话，大铁门一开一关并不像白刀子进红刀子出那样的凶猛，倒像是一把手术刀在做一场手术，切开了经过麻醉的腹部，是缓慢而麻木的，甚至有点明亮的快慰。

陈小元站在外边，打量着“隐隐作痛”的大铁门——大铁门漆黑漆黑的，虽然刚刚刷过了油漆，还是可以看出一点儿锈迹在努力地朝外透着。大铁门与大多数的门都是一样的，中间照样有一条缝，刀子一样的一条缝。陈小元真想走近一点儿，从缝隙朝里看看，到底会看到什么。但是他一点儿也迈不开步子，因为里边的一切在他的脑海里已经扎根了，已经被放大了。比方说，院墙下边的一棵小草，在他的眼睛里，通过五年的时间，早已长成了一棵畸形的大树。

陈小元是陕西丹凤人，来上海已经十年了，前五年是在外边度过的，后五年都是在里边度过的。在外边的时候，他刚刚过不惑之年，等自己迈进一扇大铁门，再迈出这扇大铁门的时候，没有想到他马上就知天命了。他在外边最后的身份是小学校长——菜场农民工子弟小学的校长；而在里边的时候，他的身份却是那种人。那两个字实在说不出口，他总觉得用那两个字定性的，不是他陈小元，而是他的孪生兄弟。

陈小元想，我是那种人吗？在这个世上有谁知道我是那种人呢？又有多少人知道我不是那种人呢？恐怕绝大多数人，比如菜场小学的师生，大沙镇的居民，还有陕西老家的乡亲们，包括老婆屈爱琴、儿子陈改朝，都认定他就是那种人。相对来说，明白他不是那种人的人，恐怕只有三个了。

第一个是田老板，第二个是仅有一面之交的不满十四岁的小丫头黄丽，第三个就是他陈小元自己。自己明白自己，那相当于一百乘以零，结果还是等于零。

应该还有一个人明白他不是那种人，那就是苍天。

苍天明白自己，结果会不会也是等于零呢?

陈小元想到这里，抬头看了看，此时的天空很蓝很蓝，蓝得似乎动一指头就会破碎一般。冬天的天空本来就应该这么蓝，并不是因为自己终于出来了而蓝的。他又摸了一下自己的光头，先是嘿嘿地笑了两声，而后再也笑不出来了。他清楚，在这个世界上，到处都是人，有几十亿的人，能证明他不是那种人的，可怜得仅仅只有两个，或者是三个——陈小元还无法确定，那个办案的民警邢小利，是不是明白自己不是那种人。

为什么连他自己与苍天，都无力证明他的清白呢?

陈小元从耳朵上取下一支烟，这是刚刚离开的时候，王管教送给他的临别的礼物。王管教扔过来一支烟，对他说，不能再干那种傻事儿了啊，不仅丢人，而且蛮亏的，以后脱裤子之前，问一下人家有没有满十四周岁吧！我再给你普及一下法律吧，为了加大对未成年人的保护，最近国家对刑法进行了修订，如果未满十四周岁，如今像你这种“未遂”的，全部都是要重判的。

陈小元没有正面回答王管教。在五年之中许多狱友像王管教一样，都拿那件事儿取笑过他，他开始还会说一句，我是清白的。人家就哈哈大笑地说，你未遂嘛，当然是清白的了。后来，他发现自己的辩解很无力，一是清白的人怎么会在里边呢？二是他写过的几封申诉信都石沉大海了。万般无奈，他干脆把那种人想象成了自己的孪生兄弟，予以漠视。

陈小元笑了笑说，你也快了吧？王管教说，我和无期徒刑差不多，这辈子算是耗在里边了。听上去，王管教似乎不是管教，而是罪恶更加深重的人。陈小元想，王管教除了领了一份薪水之外，与他陈小元不一样的地方并不明显。

陈小元把烟叼在嘴上，打量着四周。有位大妈清扫完了落叶，放下手中的大扫帚，靠在马路边上的一个角落里，掏出打火机先给自己点燃了一支烟，然后远远地问陈小元，你想借火吗？

陈小元说，我有，不需要。

正好风刮了起来，她的打火机就熄灭了。

陈小元走向了大妈。其实他走向的不是大妈，而是大妈靠着的一面墙壁。

陈小元撕开棉衣的袖子。这身黑色的棉衣是新的，是出来前王管教送给他的。陈小元像往常一样，从棉衣袖子里掏出一小撮棉花，放在手心搓成了一根棉花条子。他蹲下去，脱下一只鞋。这是一只布鞋，也是王管教送给他的。这么多年从来没有人给陈小元送过东西，于是在出来之前，王管教就送了他一身衣服，还安慰了一句，等你回去了家里人就原谅你了。

陈小元用那只布鞋，把那根棉花条子压在一面墙上，开始上上下下地摩擦着。那种动作有点像在磨刀，而且越磨越快。这是刚进去的时候，他发明的取火之法。刚进去的时候有烟，但是没有火。火保管在王管教的手中。王管教害怕他们生事，把火都给没收了。在外边的时候，陈小元除了是校长之外，平时还是一名物理老师，他懂得摩擦起火的原理，就是一个物体与另一个物体紧密接触、来回移动的时候会产生一种力，它的大小与物体表面的光滑程度和重量有关。在这种力的作用下，物体的内能不断增大，温度会越来越高，最后就达到了着火点。在进去的第七天晚上，他利用这种原理，从光秃秃的墙上帮大家取到了火，从而成为神一般的人物。从此，他们撕开自己的棉衣，用一只鞋压住棉花，在墙上猛烈地摩擦。夏天不穿棉衣，那就撕开被子。棉衣和被子总是被他们撕得越来越薄。尤其是四面墙，被他们摩擦得油光发亮，像打磨出来的一面镜子。

相比之下，外边的水泥墙粗糙多了。

陈小元仅仅摩擦了几分钟，棉花条子就燃烧起来了。

他从棉花条子中间轻轻地吹出了火苗，把自己的烟点着了。

大妈并没有走开，吃惊地凑过来说，你这招在哪学的？

陈小元说，当然是在里边了。大妈说，你从里边出来的？还以为你是过路的呢。陈小元回过头，再次看了看大铁门。门缝里边的世界像一把一指宽的刀子，被磨得闪闪发亮。里边很安静，大部分事物都隐没其中，似乎偌大一个地方什么也不存在。

陈小元有些窒息。他是真真切切地进去过了，而且是真真切切的五年。

五年前自己是清白的，经过日日夜夜的洗刷自己仍然还是清白的吗？到底是谁夺走了他这五年的时光？这些时光到底都流到哪里去了？在邢小利那个民警那里，在姓田的那个超市老板那里，还是在十四岁不到的小丫头黄丽那里呢？

陈小元觉得，他有必要去找找他们，看看能不能找到他白白流走的含着屈辱的时光。

三

陈小元蹲在大铁门前边吸完了一支烟。

他迷茫地问大妈，大沙镇怎么走呢？

大妈说，不远，你坐地铁九号线吧，九号线全线都开通了。

陈小元记得十分清楚，地铁九号线二期遗留站是自己进去的前一年开通的。开通那天陈小元十分兴奋，因为在菜场小学的背后设有一个出入口。有老师问他，你高兴什么呢？上海不是你家的，地铁站也不是你家的。陈小元说，它不是我家的，却是咱们菜场小学的，它是菜场小学给我这个校长配的专车！他本来是没有任何事儿的，但是那天，他对着所有的学生说，你们还没有去过徐家汇吧？走，坐我的专车，咱们去徐家汇拜一下徐光启，再逛一下清朝的那个藏书楼。于是，他把学生全部组织起来，排着队，举着小红旗，唱着《我们是共产主义接班人》，坐着地铁九号线来了一场体验之旅。

大铁门外边，是一条并不繁华的大路，大路上边建起了高架桥，显得有些凌乱和荒凉。两边的梧桐树叶子已经落光了，却还有一些没有消融的雪花。原来这座城市下雪了。自己在外边待过五年，都没有下过一次雪。在里边待过五年之后，一切就面目全非了，很少下雪的江南也开始下雪了。

前往地铁站的时候，路过一家理发店，陈小元一下子钻了进去。当他坐在一面镜子前边的时候，突然发现自己不应该理发。自己的头发已经很短很短了，而且大面积地谢顶，和光头是没有什么差别的。有一个小丫头走过来说，大爷，你要剃光头吗？陈小元说，我现在不是光头吗？小丫头说，你这不算光头，你还是剃光头吧，说得不好听一点儿，你这不清不白的，让人感觉很不舒服。

陈小元一边退出门一边问，我怎么不清不白了？小丫头对着他的背影说，你这个头呀，头发吧又不长，剃吧又没有剃光，有点像犯人。陈小元回过头说，你从哪里看出来我像一个犯人？也许因为做不成生意，小丫头就恶狠狠地说，不仅是头发，还有感觉，彻头彻尾像个犯人。

小丫头似乎是一个未成年人，还带着稚嫩的腔调，让陈小元忽然想起了小丫头黄丽。他在心里又骂了一声，妈的，我怎么就成犯人了呢？犯人是凭着感觉的吗？当年他们就是凭着感觉把我逮起来的吗？陈小元毅然决然地离开了理发店。他希望自己的头发瞬间就长出来，长成他原来的一头披肩长发——没有进去前他留着一头长发，每次和人说话的时候都会朝后甩一下，那是多么潇洒啊。

在九号线的地下通道，陈小元看到了一间小店，是卖假发的小店。他不管三七二十一，就挑了一顶假发。他戴上假发，对着镜子凝视着。假发有原来那么长，也是又黑又亮，但是戴在自己头上，味道完全不一样了。或许是自己老了，脸上的皱纹多了；或许是假发就是假发，它永远不可能成为身体的一部分，像他身上曾经背负的所谓的罪名。

他还是愿意戴着假发。戴着假发起码给人的感觉不再像个犯人了。

不是他想逃避什么，是因为他根本就没有犯过什么。

陈小元坐上地铁九号线，半个小时就到了大沙镇。从地铁大沙镇站二号口出来，前边就应该是菜场小学了。陈小元顺着四周找了一圈，那所自己办起来的菜场小学已经不见了。院墙，几座平房，一个小操场，一个篮球架，一点儿痕迹都不见了。四周全部变成了高楼大厦，只有小操场的位置和原来一样空旷，确确实实地建起了一个菜市场。

陈小元钻进了菜市场。已经过了采购的高峰期，菜市场人并不多，地面上污水横流，里边掺着血水、鱼鳞和菜叶。几个摊主懒洋洋的，有人问，大妈，你要萝卜青菜吗？冬天多吃萝卜青菜不容易感冒。有人说，大妈，割点儿肉回去吧，马上过元旦了，而且北方下大雪了，说不定要涨价了。

陈小元抚了抚自己的假发。同样是披肩长发，年轻的时候从没有人把自己误会成女的，如今为什么人人见了他，都叫他大妈呢？

陈小元低头看了看，污水中的自己确实像个大妈。陈小元想辩解一下，张了张嘴还是作罢了，是大爷还是大妈对别人对自己有什么关系呢？

陈小元在一个大妈的摊位前，犹豫了一会儿就站住了。他觉得这个大妈不太一样。不太一样的是大妈有点儿眼熟，似乎原来在大沙镇遇见过。让他眼熟的，其实也不是大妈的面孔，而是大妈眉心上的一颗黑痣——有豆子那么大的一颗黑痣。但是，他站了几分钟，大妈并没有任何反应。

大妈说，你是要西红柿吗？陈小元说，嗯，来一斤吧。大妈挑拣了几个西红柿，陈小元执意要付钱的时候，大妈说，我不收你的钱。陈小元说，为什么？你认识我吗？大妈说，我不认识你，但是我看你不像个买菜的。陈小元真想问，自己怎么就不像买菜的了？他不明白什么样子的人才像买菜的。是指有家的人，还是指一日三餐有着落的人呢？

陈小元离开的时候，还是没有忍住，回头问大妈，这里原来好像不是菜市场吧？大妈说，你原来在这里住过？这里确实不是菜市场，最早是一个纸板厂，后来办了一所学校——农民工子弟学校，农民工子弟学校关掉后，有段时间成了屠宰厂，杀猪杀羊杀鸡，什么东西都杀，再后来发生禽流感，屠宰厂也被关掉了，旁边盖成了居民小区，居民闹腾了好长时间，说是没有地方买菜，就建成了这么个地方，这个菜市场刚开张不久。

陈小元摸出一个西红柿在袖子上擦了擦，咬了一口。

陈小元一边吃一边说，为什么关掉了呢？

大妈说，你是指纸板厂还是小学？

大妈拉了一条板凳，让陈小元坐下聊。大妈说，当时大沙镇有很多工厂，有制衣厂，有五金厂，有建筑公司，外来打工的都住在这里。每年夏天有好多孩子，从全国各地赶到这里看望父母，假期结束的时候，孩子们个个都哭着闹着不愿意回去，有的抱着大树，有的抱着电线杆，想留在父母身边，但是根本没有地方念书，好多孩子干脆辍学了，留在大沙镇上打工，小小年纪，有的进了理发店，有的进了商场，有的拾垃圾。其中有个陕西来的小丫头为抢一个空瓶子，被另一个孩子推到小河浜里，活活地淹死了。

陈小元两口下去，连柄也没有留下，就把一个西红柿给咔嚓掉了。

他的眼睛湿润了，在他模糊的眼睛里，那一幕幕再次浮了上来。

当时，他随着一家大型建筑公司来到了上海大沙镇。他是一个中专毕业生，在学校学的是工程监理，按说学历不高，在硕士博士成群的上海，是没有他立足之地的，但是他文笔不错，而且会写一手不错的毛笔字。他到建筑公司打工之后，除了负责监工之外，还兼公司的宣传与文案，比如写写“安全就是生产力”之类的标语。有一年，他的女儿来上海度暑假，眼看着假期就要结束了，但是女儿哭哭啼啼地央求他说，爸爸，让我留下来吧。陈小元说，留下来干什么呢？女儿说，留下来念书啊，关键是我回去的话，别人欺负我怎么办？陈小元说，不是有妈妈和哥哥吗？女儿说，哥哥和妈妈，一个是小麻秆，一个是小麻雀，保护不了我呀。陈小元说，那你是什么呢？女儿说，我是一片小树叶子，也保护不了自己呀。陈小元说，我也想让你留在爸爸身边，这样就有人给爸爸做饭了。

女儿十二岁，只比桌子高出半个头，但是已经会下厨做饭了。女儿说，我留下来的话，天天给爸爸做好吃的。陈小元说，你能做什么好吃的？女儿说，多着呢，面条、锅盔、葱油饼，我还会蒸大米饭。最后一个晚上，陈小元从工地回到宿舍的时候，发现桌子上已经摆好了饭菜。一盘西红柿炒鸡蛋，一盘醋熘土豆丝，一盘腊肉炒青椒，还有一盆西红柿鸡蛋汤，两只碗里盛上了大米饭。建筑公司有食堂，陈小元基本是吃食堂的，但是公司里的兄弟们，来自天南地北，大家对饭菜的要求不一样，有的喜欢吃甜食，有的喜欢吃辣椒，有的喜欢吃又甜又咸的，所以总是那么不合口味。于是他空闲的时候，还是自己亲手烧饭。

女儿说，怎么样？陈小元说，米饭特别香。女儿说，这是我的绝招。陈小元明白，她的绝招是从她妈那里学的，淘好米之后，在锅里放一点儿盐，再放一点儿油，蒸出来的米饭不仅粒粒不粘，而且香喷喷的。女儿说，你没有发现问题吗？陈小元说，没有啊，都是我喜欢吃的。女儿委屈地说，爸爸不老实，你没有发现西红柿炒鸡蛋与西红柿鸡蛋汤重样了吗？陈小元说，不呀，一个是炒的，一个是汤，怎么会一样呢？女儿说，爸爸喜欢，我以后天天给你做，我有几个拿手菜还没有亮出来呢。

陈小元低下头只顾着吃饭，真不知道再说什么好了。为了女儿，白天他去过附近的几所学校，也去过大沙镇教育部门，打听下来的结果是，像他这样没有上海户口，没有居住证，四处流动的建筑工人，子女根本不可能留在这里上学。陈小元吃完了饭，女儿又忙着洗碗。陈小元说，爸爸对不起你，马上要开学了，你明天还得回去。

那天晚上，父女两个坐在一片荒凉的工地上。这个工程是一个居民小区，地基已经打好了，墙已经砌出了两米高。他们两人坐在墙头上，静静地看着远处的灯火和天上的星光，一直坐到了凌晨四点。

陈小元说，四点了。

女儿说，那走吧。

陈小元与女儿回到宿舍，收拾了一些行李，准备送女儿去汽车站。大沙镇那时还没有通地铁，陕西丹凤也没有通火车。女儿必须坐大巴到河南南阳，再转车回家。陈小元带着女儿来到恒丰路汽车站，女儿在进站的那一刻突然回头说，爸爸，如果我迷路了怎么办？陈小元说，你怎么会迷路呢？来的时候也是你一个人呀。女儿说，爸爸，如果我被人贩子拐走了呢？陈小元说，我给司机交代过了，他会帮你转车的，你听他的话就行了。

女儿检完票之后，她猛然回过头，一下子冲了出来。女儿坐在汽车站外边的广场上，紧紧地抱着一棵梧桐树不放。女儿说，我还不想走，明天走吧。陈小元说，那车票就作废了。女儿说，我有钱，我挖药赚了好多钱，就为了来看爸爸的，如果作废了我还你。陈小元说，爸爸不是这个意思，你要回去念书。女儿说，我不想念书，我只要爸爸。女儿说着，又哭了起来。陈小元也哭了起来。无奈，陈小元把女儿又带回了工地。

陈小元的老婆屈爱琴打电话来催了，说是要上六年级了，学校马上就要报到了，怎么还不见女儿回家呢？陈小元说，明天就回去，或者是后天就回去。女儿抢过电话说，我不回去了，我在上海念书了。屈爱琴说，上海除了楼房高，学校有什么好的？女儿说，当然好了，不但上语文数学英语，还会教我们打排球呢，我以后说不定就像郎平阿姨一样，成了“铁榔头”。屈爱琴说，你就吹吧，小心变成了铁疙瘩，不过你留在那里也好，可以盯着你爸爸不要让他花心。女儿说，你说什么呀？我爸爸想花心，怕也没有机会。屈爱琴说，堂堂大上海，十里南京路，怎么没有机会？你可不能跟你爸爸一起糊弄你妈妈。

女儿说，爸爸待的地方，除了砖头就是水泥，你就放心吧。

第二天一清早，陈小元就出门了。他买了几条中华烟，去了附近的那所学校。他想找校长再谈一谈，希望让女儿进去。没有桌子，哪怕自己买张桌子；没有地方，哪怕在教室的拐角上站着；如果连站着都不行，那就让她坐在窗子外边。总之，他必须让女儿上学。让他最为悔恨的，就是自己书念得少。如果自己不是中专毕业，而是大学本科毕业或硕士博士毕业，那他绝对不会活成现在这个样子。起码有一点，可以在上海落户，或者办理人才引进类居住证，有了户口或居住证，自己就成了上海人，就能享受上海人的待遇，女儿自然也可以留在上海上学了。

但是与过去一样，陈小元刚刚靠近学校大门，还没有开口说话呢，就被保安给撵走了。保安说，你为孩子上学这事儿来的吧？别做这个梦了，如今开学报到已经结束了，镇长恐怕说话也不算了。

第二天一清早，女儿也出门去了。女儿给陈小元的说法是，与工地上的几个小伙伴一起出去玩玩。女儿晚上回来的时候，手中提着一把韭菜、半斤五花肉和几个土豆。女儿洗了一把黑乎乎的小手，说是要烧晚饭了，做土豆焖肉给爸爸吃。陈小元说，你去哪里了？玩儿得那么疯？女儿从身上掏出四十块钱，神秘地塞到陈小元的手中说，我可以帮爸爸赚钱了。陈小元把钱狠狠地摔在地上，很生气地说，谁要你赚钱了？有本事你给我赚四万块回来！你这么大孩子，为什么不听话呢？你现在最重要的是什么？是念书！是回去念书！

第三天一清早，陈小元去工地上班，想在午休的时候再去另外的学校试试。女儿照样提着一个塑料袋子出门去了。她与几个同样辍学的孩子约好了一起去捡饮料瓶子，一个饮料瓶子可以卖两毛钱，一天下来每个人可以捡几百个瓶子。

那天，陈小元正在刷写标语。上边来检查安全质量前，工地上都是要刷写标语的，无非还是“欢迎领导莅临指导”，当陈小元把一条横幅刚刚写好，正在朝工地上悬挂的时候，眼睛突突地跳了几下。这时他接到了一个电话。电话是民警打来的，事后才知道这个民警叫邢小利。

邢小利说，你是不是有个女儿在上海？陈小元说，你谁呀？邢小利说，我是派出所的。陈小元说，派出所也管孩子上学吗？陈小元以为自己这几天跑来跑去，终于有人被感化了，要安排女儿上学了。

邢小利说，上什么学？到哪里上学？你快点过来吧，你过来就明白了。

当陈小元赶到一条小河旁边的时候，那里已经被围得人山人海。大家让出一条通道来。陈小元有点茫然，不明白为什么大家会让出一条通道，他从来没有受到过如此尊重。当时他已经是一头披肩长发了。他从人群的夹缝中穿过的时候，不停地朝后甩着自己的长发。他终于发现，在小河边的草地上躺着一个人，确切地说是一个孩子。她身上的衣服湿淋淋的，紧紧地贴着瘦小的身体。双手、大腿和脸上糊满了污泥，像一个还没有捏好的泥人儿，是看不清面目的。

没有一个人吱声。

陈小元说，怎么回事？

有个民警上来说，我是邢小利，你辨认一下，这是不是你家的孩子？陈小元再次细微地看了看，他看到她下巴旁边的一块红色的胎记，看到她左胳膊上的一道褐色的伤疤。她手上紧紧地握着一个瓶子，瓶子里没有饮料，而是灌了半瓶子泥水。陈小元说，妞妞，你怎么睡在这里了？

妞妞是他女儿的乳名。他要上前摇醒她。

但是邢小利说，她已经停止呼吸了。

陈小元迷茫地望了望旁边的人。有个护士说，是的，我们赶到的时候，她已经停止呼吸了；有个穿着靴子的男人说，我们把她从水中打捞起来的时候，她已经停止呼吸了，掉到水里三十多分钟呢，谁有这么大的本事还活着呀。

陈小元像一个聋子似的，大声地问，你们说什么？

旁边有两个工人，是工地上的工友，陈小元是认识的。一个工友说，她和我们家的孩子一起，在这里拾饮料瓶子，另外一帮孩子不同意，说这是他们的地盘，就把她逼到了河边，然后，然后，她就掉下去了。另一个工友说，什么掉下去了？是被推下去的！

有两个孩子在瑟瑟地发抖，他们哭着点了点头说，我们是一伙的，所以不是我们推的，是那个孩子推的。

这里不得不向各位交代一下田老板了。田老板当年五十来岁，也不是上海本地人，但是他张口就是“阿拉”，闭口就是“伊们”，其实他只会阿拉和伊们几个词，所以没有人知道他是哪里人，都以为他是上海本地人。田老板胸口刺着一条龙，远远看上去，怎么都不像一条龙，而像半根霉烂的草绳子。有人问，这刺的是什么呀？他啪啪地拍着胸脯说，是龙呀！阿拉是龙的传人。有人说，龙头在哪里？依我们看，倒像一条蚯蚓。他赶紧把衣服敞开说，有句古话怎么说的，见头见尾不见身！阿拉这条龙啊，是见尾见身不见头，侬就不懂了吧？说完，他会自己解释说，龙尾龙身都刺好了，两只眼睛都刺好了，仅仅剩下半个龙头了，但是那个痛呀，太他妈的难受了，所以真是太遗憾了。田老板之所以叫田老板，是因为他在大沙镇开了一家超市，规模还是比较大的，里边不仅有服装鞋帽和日用百货，还有蔬菜瓜果、食品香烟和安全套、避孕药。

把陈小元女儿推下水的，就是田老板的孙子。田老板的孙子不可能外出拾饮料瓶子，即使是拾饮料瓶子也不会为钱。他们当然不缺钱。可是那天，田老板的孙子在河边玩耍，看到陈小元的女儿在那里拾瓶子，就上前问，你拾瓶子干吗？女儿说，拾瓶子卖钱呀。孙子说，你要钱干什么？女儿说，买东西呀，还要买菜呀，我要给我爸爸买条鱼。孙子说，买条鱼干什么？女儿说，还能干什么，当然是做晚饭了。孙子说，瓶子是你能随便拾的吗？这些都是我的，我就住在旁边，别说几个瓶子了，就是地上的毛毛虫也是我的。于是两个人追着赶着，就跑到了小河边。

事后，在民警邢小利主持调解的时候，有人说是被田老板的孙子推下水的，有人说是陈小元的女儿自己滑下水的。邢小利说，不管怎么样，人已经死了，除了赔钱还有什么办法呢？我提一个数字，就六十万元吧。田老板说，一个乡下小屁孩子，哪值这么多啊？陈小元说，我给你六十万元，买你孙子一条命怎么样？田老板说，侬能拿出那么多吗？反正阿拉是拿不出来的。民警邢小利说，拿不出来也得拿，你不是还有一家超市吗？田老板说，阿拉孙子还是孩子，这个情况也得考虑进去吧？民警邢小利说，你孙子多大？若超过十四岁了，还要负刑事责任的，属于故意杀人你明白吗？邢小利又对陈小元说，农村人与城市人在某些方面确实是同命不同价的。

最后，田老板赔偿了三十五万元。陈小元拿到三十五万元之后，却一分钱都不敢花，每花一分钱好像都是在出卖他女儿的命。所以思来想去，他就想到了那群辍学的孩子。到了第二年春天，附近一家纸板厂倒闭了，陈小元就盘下了那块地方，准备办一所农民工子弟学校。申请开办小学的时候，陈小元见人就哭诉自己女儿是如何如何想留在上海，是如何如何被人推到河里淹死的。也许是被感动了，也许是农民工子女不上学，在大街小巷四处晃荡，毕竟是一种社会隐患，所以就得到了当地政府的支持。

因为学校门前有一条马路叫菜场路，陈小元干脆给这所迷你型的学校起了个名字叫“菜场小学”。陈小元亲自担任校长，从外地招了几名一心想到上海发展的老师，又在旧厂房里添置了一些桌椅板凳和教学用具，还在操场上竖了一根旗杆和一个篮球架，学校很快就正式开学了。

大妈从自己摊子上抓起一个西红柿，也啃了起来。大妈说，纸板厂倒闭之后，这里开了一家农民工子弟学校，办学校的钱说是校长的又不是校长的，其实是一个姓田的老板卖掉自己的超市赔给校长的。可惜好景不长，校长出事儿了。可能是冤家路窄吧，有一天田老板报案，说干女儿被那个校长给那个了。那个校长姓什么来着？如今记不得了，就被抓起来了，被判了整整五年。为什么被判五年？说是干女儿未满十四岁，不管怎么样都是犯法的。

陈小元浑身一阵颤抖，忽然站了起来。

大妈说，校长被判刑之后，学校自然就关门了。

陈小元说，那些学生呢？大妈说，本来就没有多少学生，据说通过报纸和电视台一报道，政府怕事儿闹大了影响不好，特事特办，不管是外地的还是哪儿的，也不讲什么条件了，统一安插到附近的公办学校念书去了。前几天听说，有些孩子明年初中毕业，照样不能在上海上高中，要想继续念高中考大学，还得回老家。老家都没有人了，这些孩子怎么回去？大家都念着那个校长，若那个校长不进去的话，他们的孩子恐怕连初中都上不完，现在毕竟是初中毕业，也不算文盲了。

陈小元又掏出一个西红柿咬了起来。在里边的五年中，他多少次猜测过农民工子弟学校的命运，什么结果都想过了，想到了关门，想到了被别人接替继续办着，唯独这个结果是自己万万没有想到的。自进去之后，这是第一次接收到让自己有点欣慰的信息。

陈小元在准备离开的时候问，你相信校长是那种人吗？大妈说，我们普通人，相信不相信有什么用呢？这得听警察的吧？那个田老板，把大超市赔进去了，不排除他设计圈套，来打击报复校长。我当时在那家宾馆当服务员，虽然在眼皮子底下，也没有亲眼所见，什么都是猜测的，所以这是是非非，再怎么想也是白想。

陈小元说，你做过宾馆服务员？大妈说，是呀，在那个红星宾馆，田老板超市的隔壁，你在那里住过吗？当时我在那个宾馆当服务员，而且那天晚上还是我值班，当警察跑过来的时候，我才知道出事儿了。

陈小元忽然意识到，他之所以对大妈那么眼熟，就因为当时在红星宾馆的前台，向她打听过宾馆内部的保健按摩房在哪里。她告诉他就在宾馆二楼的时候，顺便提醒了一句“我们的按摩房是正规的”。陈小元在上楼之前还拿她眉心上的那颗黑痣开过玩笑。陈小元说，你是斯琴高娃吗？她说，如果我是斯琴高娃的话，我就去韩国把这颗黑痣给去掉。陈小元说，那可是一颗福痣，去掉你就当不成明星了。

想到红星宾馆，陈小元又开始窒息了。他从身上急忙摸出一支烟，从撕开的袖子里掏出一撮棉花，搓成一根棉花条子，然后脱下自己的布鞋。但是菜市场的墙似乎是塑料板或光滑的预制板，地板上到处都是水渍与垃圾，根本容不得陈小元进行摩擦。

大妈从另一个摊子上借过来一个打火机。

陈小元说，不需要，我有火。

大妈接着说，出了那种事儿之后，红星宾馆因为生意冷清就被拆迁了，我也下岗了。你别看在宾馆当服务员，那可是国营宾馆，食堂随便吃，空闲的房间随便住，电话也是随便打，工资不高，但是全部都落下了。我常在想，若没有发生那件事儿，宾馆会不会倒闭呢？若不倒闭的话，大沙镇现在是迪士尼板块，酒店的日子是不是更好过了？我会不会当上经理了？如今我摆的这个摊子，肯定是赚钱的，可惜它不是我的，我是给人家老板打工的。

陈小元不想再说什么了。

他必须到外边去，找一堵能摩擦取火的墙。

他向大妈询问了一下大沙镇派出所的位置，知道派出所还在当初的那个地方。

正是中午休息时间，陈小元坐在派出所对面的一家小饭馆里要了一碗面条，一边吃着一边看着派出所那排低矮的房子和像杂货铺一样的院子。只有这些地方，可谓铁打的衙门。菜场小学倒闭了，红星宾馆倒闭了，田老板的超市也转让了，唯有派出所还那么破旧地设在那里，不会受到任何人命运的牵连。

四

陈小元去大沙镇派出所，就想找民警邢小利。

他出的那件事儿也是邢小利一手经办的。他想看看在他进去的五年时间里，那些人最后的情况都是什么样子，其中包括那个狗日的田老板和不知轻重的小丫头黄丽，当然还有邢小利本人。只有这三个人，或者只有前边的两个人，是他那件事儿的主人公。

陈小元吃完一碗面条，围着派出所转了一圈。当初为了女儿的事儿和自己那件事儿，没少来这家派出所。其实，他为女儿的事儿来派出所的次数比较多，为自己那件事儿只来过一次，就那么一次，便彻底给交待过去了。

陈小元记得，派出所背后那条巷子比较深，七拐八拐地一直通往稻田，穿过稻田就到了女儿出事儿的小河浜。

有一位大爷，在巷子宽大一点儿的拐角处，摆了个自行车修理点。大爷叼着一支烟，正在低头补胎，见陈小元站在旁边不走，便问，你要补鞋吗？陈小元说，你不是修自行车吗？大爷说，自行车都能修，修鞋还不是小菜一碟？

陈小元本来没有什么要修，还是拉过一条板凳，把鞋脱下来扔给了大爷。大爷看了看说，哪里烂了？

陈小元说，没有。

大爷说，那补什么？

陈小元说，你看着补吧。

大爷笑了笑说，你偏脚，鞋底子要垫一垫才好穿。

陈小元说，从这里朝前走，是不是一块稻田？大爷说，是啊，原来稻田里长稻子，现在稻田里开始长房子了。陈小元说，再往前是不是一条小河浜？大爷说，原来叫小河浜，如今叫景观河，不过再怎么变，流水是不变的，照样是可以淹死人的。陈小元说，没有设栏杆吗？大爷说，没有栏杆的时候，是被别人推进去的，现在设了栏杆，都是主动跳进去的。陈小元说，跳进去洗澡吗？大爷抬起头说，洗澡？在臭水里洗澡，岂不是越洗越脏？陈小元说，那干什么？大爷说，是寻死，也就是自杀。经我的手捞起来的，有七八个了，最小的那个，是陕西的，才十二岁，是被推进去的；最大的那个是一个姓田的老板，都五六十岁了，是自己跳进去的。

陈小元说，他那么大把年纪了，为什么要跳进去？大爷说，是活腻烦了吧。那天我去小河浜里钓鱼，听到扑通一声，以为有人落水了，我跳下去把他给拉上来了，你知道拉上来之后出什么事儿了？陈小元说，死了？大爷说，哪死了？活着呢！他是我救上来的唯一一个活着的，而且是唯一一个不想活的。

哎哟，大爷手指头似乎被手中的刀片削破了，在流血。

大爷说，谁知道救人还救出麻烦了。陈小元说，这是做善事儿，他们理应谢谢你。大爷说，还谢呢，捞了那么多人，连根烟都没有抽上过。陈小元当时确实没有问过是谁把女儿捞上来的，也没有说过一句谢谢。

陈小元抽出一支烟，递给了大爷说，我要谢谢你。大爷说，你是谁呀？我又没有救过你。陈小元真想告诉大爷，那个陕西的孩子是自己的女儿，就是他给捞起来的，好像大爷还说过，他捞了半个小时。如果陈小元说出这些，会引出自己后边的事儿。虽然后边的事儿都是莫名其妙的，因为没有人证明是莫名其妙的，所以那种羞耻依然储存在别人的眼睛里。

大爷说，田老板胸脯上刺了一条龙，当我把他拖到草地上，他竟然张牙舞爪地拍着胸脯指责我不应该救他。我说，你又不是一头畜生，我怎么能见死不救呢？他说，我就是畜生，一心想死的畜生，是你让我没有死成，如果我死成了，肯定会托生成畜生的。我说，那你自己再跳下去吧。他说，水那么深，想跳就能跳啊？这需要勇气的！他缠住我，非让我把他给推下去。你说说，我敢把他推下去吗？他有个大超市，孙子把人家女儿推下去，赔了三十五万元，如果我把他推下去，我拿什么赔人家？恐怕只有光屁股了。

陈小元说，他寻死，不会是因为赔钱吧？大爷说，有关系，但似乎又没有关系，当时为了筹钱，大超市已经转让掉了，连第二个案子都发生了。第二个案子牵扯到的还是田老板他们两个人，所以各种各样的猜测就非常多，有人说他们上辈子就是冤家，也有人说他们两个人都上了别人的圈套。反正田老板非得让我把他推下水去，不然就不准我离开。

大爷说，我那时还在派出所上班。大爷朝着派出所的屋顶瞄了一眼，屋顶上有一根不高的烟囱。已经过了午饭时间，所以并没有冒烟。不冒烟，或许因为那个烟囱已经不是烟囱了。

陈小元说，你在派出所干什么？大爷说，厨师，他们长期雇佣的。我正急着回去给派出所做午饭呢，但是田老板抱着我死活不放，我赶紧给派出所打电话，副所长邢小利赶了过来。陈小元说，邢小利不是民警吗？大爷说，是刚刚升任副所长的，可能一连办了两个案子，所以立功了吧。

大爷又“哎哟”了一声，另一个手指头也被刀片削破了。

有个小伙子推着自行车来修，大爷说，我这是补鞋的，不修自行车，工具都在那里，你需要的话自己动手吧。陈小元笑了笑说，你怎么又变成补鞋的了？

大爷说，生气啊。我回到派出所的时候还不到十二点，比平时开饭也就晚了半个小时，结果你猜都猜不到。当我洗完碗，刚解下围裙呢，邢小利就来通知我，让我第二天别来了。我问，别来了是什么意思？邢小利说，我们要另请厨师了。我说，不就晚了半个小时吗？又没有饿着谁，何况我是见义勇为去了，不是我的话，田老板就死了。邢小利说，他死不死与你有什么关系呢？何况这种人多一个少一个有什么影响吗？我说，好歹也是一条命吧？邢小利说，反正你的行为影响了本职工作，辞退你也是经过派出所研究的。我说，你跟谁研究的？我在这里做了十几年饭，你刚刚升任为一个小小的副所长就把我开除了？邢小利说，开除了又怎么样？我说，你恐怕居心不良吧？邢小利说，你说说看，我怎么居心不良了？我说，感觉你希望田老板死。

大爷又抬起头，朝派出所那边的屋顶瞄了一眼，而后低着头嘿嘿地笑了。

陈小元说，后来呢？他们给你说法了吗？大爷说，食堂是邢小利分管的，不就他一句话吗？他让我走，我能不走吗？当天离开派出所后，我变成了无业游民，有阵子在这里开过冷饮摊，可是从这里经过的，要么是报案的，要么是犯事儿的，都是火烧火燎的，哪有心情坐下来喝一杯呢？尤其到了冬天，一根冰棍也卖不出去，万般无奈我就摆了这个摊子，说实话这个摊子也不怎么样，原来骑自行车的人还挺多的，现在大部分换成小汽车了。

陈小元又想用棉花取火了，但是大爷已经修好了鞋。大爷说，你试试吧。陈小元穿上鞋试了试，果然走起路来平稳多了，不再歪歪扭扭的了。

陈小元说，多少钱？

大爷说，不要钱。

陈小元说，为什么？

大爷笑了笑说，我这是自行车修理点，补鞋只是义务的。

陈小元看了看天，晴朗的太阳有点偏了。陈小元便辞别了大爷，拐到了派出所的大门口。保安拦住陈小元说，你报案吗？陈小元说，我找人。保安见陈小元有点迟疑，说最近风声紧得很，如果找人办私事儿，我劝你还是省省吧。陈小元说，我想找邢小利，副所长邢小利。

保安说，你是他什么人？陈小元说，什么人都不是。保安说，你在这里有案子？陈小元说，也不是。保安说，那到底是什么？陈小元说，我亲自和他说吧。保安说，他已经不在这里了。陈小元说，我真没有什么事儿，找他就是想看他一眼。保安说，你们是朋友吗？陈小元说，算是吧，所以你就没有必要骗我了。

保安说，我没有骗你，实话告诉你吧，他现在在城西监狱里。

陈小元一愣，那不是自己刚刚出来的地方吗？

陈小元说，他调到那里去了？保安说，调？什么叫调？他是服刑去了，他犯法了你不知道吗？人家躲他都来不及，你还主动往上贴呀？陈小元说，犯什么法了？保安说，除了杀人越货，现在能犯法的，不就是贪污受贿吗？我一年前来当保安的时候，他已经进去了，据说除了受贿之外，还有侵占他人财产。陈小元说，判了多少年？保安说，具体我也说不清楚，大概是五年吧。陈小元说，没有带出别的什么案子吗？保安说，你是指同伙吗？同伙倒是有一个，是他手下的一个民警。

陈小元心想，肯定没有牵连出自己的事儿。若自己的事儿有了转机，他应该早就被放出来了。

陈小元对邢小利一下子失去了兴趣。即使邢小利没有进去，如今见到了邢小利，他又能和邢小利说什么呢？告诉他自己出来了？继续告诉他自己是被冤枉的？问一问是不是他邢小利设下的圈套？那又能怎样呢？现实是，邢小利也进去了，很有可能就是因为自己进去的，而且与自己一样，被判了整整五年。

保安对着陈小元的背影说，你们真是朋友的话，就去菜场路七十三号看看他老婆吧。

陈小元朝着菜场路走去。他不是有意要去看看邢小利的老婆。邢小利的老婆又不认识自己，而且和邢小利本人还是不一样的。陈小元之所以朝菜场路走去，是因为那是地铁九号线大沙镇的那一站。

陈小元在离大沙镇地铁口还有五十米的地方，一抬头不经意间就看到了七十三号。那里是一个居民小区，一楼全是临街的门面房，七十三号门面房安装着玻璃门。正是下午时分，大白天依然开着灯，是粉红色的霓虹灯。灯光下摆着一张红色沙发。沙发上坐着一个女人，看上去已经不太年轻，应该四十多岁的样子，但是一副小清新的打扮，身上穿着一条白纱裙，低胸的，半透明的，可以清晰地看到桃红色的胸罩兜着半个被挤压的乳房。裙子特别短，稍微动一下，就露出了水红色的三角内裤。

陈小元从门口经过的时候，她没有把陈小元误会成一个女的，或者她根本不在乎男女，一边嗑瓜子，一边朝陈小元勾了勾手，还撵到门口，贴着玻璃门说，进来吧，进来玩玩吧。陈小元原来遇到此情此景，肯定会大大方方地摆摆手，如今莫名其妙地心虚起来，最后一慌张就钻进了隔壁。

隔壁是一家正规的理发店。陈小元并不知道这是正规的理发店。当他走进去的时候，凭着那亮亮堂堂的灯光，还有服务员“欢迎光临”的口气，他觉得应该是一间正规的理发店。一位年轻的小伙子拉出一把椅子，直接告诉陈小元说，我们是正规的理发店，请问你要理发吗？陈小元说，不理发。小伙子说，那你要烫头吗？陈小元说，也不烫头。小伙子有点迷茫地重复一遍，我们是正规的理发店。

陈小元说，你看着办吧。

小伙子说，我看你头发挺长的。

陈小元说，头发是假的。

小伙子有点意外地说，这样啊！那刮刮胡子吧？

陈小元说，我这胡子能刮吗？小伙子说，当然能刮了，你又不是女的。小伙子把椅子调平，开始给陈小元刮胡子。陈小元说，你怎么发现我不是女的？小伙子说，女的也长胡子，但是没有这么硬，而且你喉结那么大，女的是没有喉结的。陈小元说，你老家是哪里的？挺聪明的嘛。小伙子说，老家是河南南阳的，聪明有什么用？念书少，只能待在这种地方。

陈小元说，为什么念书少？小伙子说，外地的呀！上到初中毕业，就不让考高中了，若不是有个校长，恐怕连初中都上不了。陈小元说，哪个校长？小伙子说，我也不知道，我那时候年纪小，但是听我爸妈说，有个人自己出钱，建了一所农民工子弟学校，我在那里上了一段时间，后来学校关门了，就转到正规学校去了，这些天我爸妈还在念叨，说那个校长应该快出来了。

陈小元心想，虽然大家忘记他姓什么叫什么，总算还有人是惦记着自己的，甚至是感激自己的。但是惦记自己感激自己有什么用呢？是丝毫也无法证明他不是犯了那种事儿的人的。

小伙子说，你不去隔壁是对的，老实说隔壁很脏的。我给你讲个故事吧，前几天有一男子，泡了一个娘娘腔，又有一个老男人跑过来，说那个娘娘腔是他的女朋友，逼着该男子拿出八千块钱，该男子一气之下就报案了，警察把娘娘腔和老男人都给抓起来了，在被逮捕之后，给老男人体检，发现老男人患了艾滋病！

陈小元说，都是隔壁发生的？

小伙子说，当然不是了，是从电视里看到的。但是隔壁那个女人，谁知道带着什么病呢？传染上了可就被毁掉了。而且你不知道，那个女人可不简单，她老公原来是派出所的副所长。据说，她当副所长老婆的时候威风得很，整天开着汽车在大街上乱串，手上提着的包包都是上万块的，穿着的裙子人家说像只花蝴蝶，我看啊，蝴蝶的翅膀也不见得有那么漂亮。有人说副所长被抓起来，就是她和别人联手举报的，之所以要举报自己老公，是副所长在外边有花头了。为了那个花头，副所长在大沙镇盘下了一家超市。不管谁是谁非，副所长进去之后，家里人都劝她和副所长离婚，但是她死活不肯。她不离婚，也不去里边看他，就开了隔壁的理发店，理发店里就她一个人，既当老板，又当小姐。她那个理发店，与我们不是一样的，我们这个理发店是真理发，而她那个理发店什么都有，就是不理发。大家以为她为了钱，人家说不为钱，就为了报复副所长。

小伙子说，大叔，对不起啊。陈小元说，为什么对不起？小伙子说，只顾着说话，我一失手，把你下巴刮破了。

陈小元才意识到下巴在流血，有一丝火辣辣的痛。陈小元起身要结账的时候，小伙子说，我不收你的钱，因为我把你的下巴刮破了。

陈小元出了理发店，本来还想在大沙镇逗留两天，比如去自己曾经打工的建筑工地看看，比如去找找田老板和他的那间超市，比如去看看红星宾馆拆迁后都建成什么样子了。但是，一切都在五年前开始拐弯了，像一条路突然拐向了让人看不见的方向。他不忍心多看一眼那间粉红色的门面房，还有那个对着路人不停招手的有些沧桑的女人。他立即转过身，钻进了地铁九号线的入口。

目前他最想做的事就是回家，回陕西丹凤的那个家。如今他无法预料自己的老婆屈爱琴和儿子陈改朝会朝着什么方向拐去。

五

陈小元仍然选择先到南阳，再转乘前往西安的大巴。

前往西安的大巴会经过陕西丹凤。这是自己以往回家的线路，也是女儿当初来上海度暑假时逆向而行的线路。陈小元心想，五年时间，也许从上海到丹凤已经开通了直达的班车，但是他不愿意直达，他希望转车。如今转车还是不一样了，原来从上海到丹凤，有一大半路是走国道的，会遇到一个个小镇，比如叶子镇，比如太阳镇，在那些小镇上，大巴要停下来，一边上人，一边让大家吃口饭、撒个尿，有时候还会在小镇上住一夜，回到家基本需要三天两夜。如今全成了高速，陈小元在车上眯了一下，醒过来的时候已经到了南阳。在南阳等候了两个多小时，转了车，再眯了一下，中午十二点就到了丹凤县城。

陈小元的家在塔尔坪村，离丹凤县城还有七十里。每天下午的时候会有一趟班车前往庾家河镇，并不经过陈小元家的塔尔坪，所以中途下车还要步行十多里。陈小元不愿意坐班车，也许是嫌班车还要等几个小时，也许是嫌班车开得太快了，也许是怕遇到一些熟人。能坐这趟班车的人基本都是镇上的，即使不是镇上的，起码也是经常到镇上走动的。虽然过去了五年，陈小元变化很大，还戴着一顶假发，但是不排除有人会认出他。即使不认识他了，他身上的那件事儿，应该是尽人皆知的。

陈小元决定全部步行，七十里路对他来说算不了什么。七十里路，要翻过两座大山，不出意外的话，路上会有积雪，陈小元若慢慢走，回到塔尔坪的时候应该正好是天黑时分。

陈小元实在太饿了，在半路上推开一户人家的门。虽然午饭时间已过，但是大妈还是给陈小元烙了锅盔，下了挂面。陈小元好久没有吃到锅盔和挂面了，严格意义上是五年没有吃上锅盔和挂面了，所以他像一个吸毒的人突然拿到了一堆白粉。大妈看他吃得那么香，说，你是哪里人啊？陈小元说，我去塔尔坪。大妈说，走亲戚吗？

陈小元说，去看看。

大妈说，我怎么不记得有这么个地方了？陈小元笑了笑。

继续往前走的时候，路上遇到了两个人，陈小元装作问路的样子，问人家塔尔坪还有多远或塔尔坪怎么走。人家都摇摇头说，是寺庙吗？好像没有听说过呀。真是奇怪了，塔尔坪再小，再不出名，它毕竟是一个村子。何况村子里的一个女儿还淹死在上海，村子里的一个父亲还出过那么丢人的不清不白的事儿。是那些事儿在如烟的时光中根本不值一提，还是都被人遗忘掉了呢？

正如陈小元所预料的一样，他是在暮色苍茫的时候，看到了那棵熟悉的大核桃树，看到了那棵大核桃树上的一个鸟巢，有几只乌鸦站在树顶上有气无力地哇哇叫着。

所以，塔尔坪还是存在的。

陈小元想等到天黑再进村，于是坐在那条无名的小河边。

老婆屈爱琴还是老样子吗？还剪着齐肩的短发吗？还喜

欢穿着碎花的棉袄吗？脸上还涂着双生花牌雪花膏吗？还会莫名其妙地眉开眼笑吗？此时，她是否系着围裙在喂猪呢？冬天了，栏里的猪应该两百多斤了吧？到腊月是杀了吃肉呢，还是卖钱？她见了他，还会不会像过去一样，他一进屋就被她给抱住了，而后稀里哗啦地把他剥个精光？

陈小元骂了自己一声“妈的”，他怎么就把儿子给忘记了呢？陈小元进去之前，儿子陈改朝刚刚订婚。儿媳妇她爸在另外一个村当村长，她在另外一个村办小学当代教，模样儿十分水灵。有人问儿媳妇，家里条件那么好，为什么看上了陈改朝？儿媳妇说，因为他有一个爸爸在上海，以后到上海去旅游都不用住宾馆了。儿媳妇有一半是开玩笑的，有一半是大实话。陈小元在堂堂的上海工作，在建筑公司写写画画，这是多么让人羡慕的。虽然陈改朝没有考上大学，还是一个农民，但是在大家眼里，有个厉害的老爸，迟早是要被安排工作的，而且肯定是在上海。

可惜的是，在儿子订婚之前，陈小元没有机会见到儿媳妇。她应该和儿子陈改朝结婚了吧？应该有孩子了吧？是孙子还是孙女呢？陈小元突然发现，自己忘记带礼物了，没有给老婆屈爱琴买双生花牌雪花膏，也没有给儿子买几包红双喜，给孙子或者孙女买几包大白兔奶糖。过去他回家的时候都会大包小包地带着这些东西。如今若是带着这些东西回来，会不会显得十分奇怪？自己是被放出来的，又不是光荣退休了。

陈小元突然想抽烟。他从袖子里掏出一撮棉花，可是四周没有墙。有山，山上有积雪；有树，树已经枯干；有草，都是荒草；有一条小路，没有铺水泥。陈小元拾起两块石头，像古代人一样碰撞，一下、两下、三下、四下，整个山谷都回响着敲击的声音。最后石头都被撞碎了，还是擦不出火花。

天真的黑了。

陈小元感觉有点毛骨悚然。

他一回头，看到背后站着一个人，对着他嘿嘿地笑。

虽然天黑了，光线十分暗淡，陈小元还是认出了这个人。他是塔尔坪有名的老光棍，长得一表人才，而且心灵手巧，会制猎枪，会修收音机，会织毛衣。他不仅织毛衣自己穿，还织毛衣送人。曾经送过两件毛衣给陈小元的老婆屈爱琴，一件是水红色的，另一件还是水红色的。不过，一件是高领的，另一件是鸡心领的；一件胸口有一朵花，另一件什么花也没有。关于老光棍为什么变成了老光棍，说法比较多，有人说年轻时家里穷，有人说是挑花了眼，也有人说他一直在暗恋陈小元的老婆屈爱琴。

老光棍的名字叫马青。

马青说，你躲什么呢？

陈小元说，我没有躲呀。

马青说，你躲到哪里我都会找到你的。

马青对着河边的一棵杨树轻轻地踢了一脚，说你以为你躲到树里边，我就找不到你啦？从杨树上落下一片叶子，也许是最后一片叶子。马青从地上拾起叶子，朝着它吹了一口气，而后说，赶紧回家吧。

陈小元感觉，马青像是在和自己说话，又不像是在和自己说话，而是在和自己背靠着的那棵杨树说话。陈小元喊了一声，马青。马青说，谁叫马青？这片树叶子原来就叫马青啊？陈小元说，你认识我吗？马青嘿嘿一笑说，你是谁？不可能是屈爱琴吧？屈爱琴比你漂亮多了。

陈小元有种不祥的预感。

照着马青说话的语气，马青可能疯了。在自己没有进去前，就有人说马青有点疯，不过并不彻底。

马青说，跟着马青快点回家吧。陈小元跟在马青背后，向村子里走去。路上没有一个人，整个村子也没有一点儿光亮。每从一户人家门口经过，马青都会上前，扣住人家的门环，把人家的门敲得哐当哐当地响。他敲敲汪家的门说，准备好了吧，要赶班车的话，应该出发了；他敲敲方家的门说，快点儿起床吧，天都大亮了，应该下地收苞谷了；他敲敲马家的门说，快点儿放炮吧，小媳妇马上就到了，要拜堂成亲了。他的话也不全是颠三倒四的，当年汪家开了一个小卖部，卖点油盐酱醋和针头线脑，经常要搭班车进城进货；方家是个懒汉，要睡到太阳晒屁股才起床，经常地里的庄稼都顾不得收；马家有一次结婚，新娘子都进门了，迎亲放炮的人竟然喝醉了。

无论他敲谁家的门，门上都挂着一把大锁。

陈小元明白，大家应该进城打工去了，或者迁移到开阔的地方去了。

终于到了自己家的院子外边，院门是半开着的。马青还是一样，走上前去，敲了敲门说，屈爱琴啊屈爱琴，你梳妆打扮得怎么样了？你们家的男人从上海回来了。陈小元不明白，马青是认出自己来了呢，还是随口说说的。马青不等有人来开门，就把门给推开了，而后回头对着陈小元说，跟着马青快点回家吧。

陈小元进了院子，马青再轻轻地把门给掩上了。

陈小元一下子又要窒息了。

原来的三间大瓦房不见了，成了一块平地。

从前摆着香案和祖宗牌位的位置如今长着一棵树。

陈小元认不清是一棵什么树。因为是冬天，树上没有一片叶子，枝丫显得无比的瘦，像核桃树，又像柿子树，还有点像梨树。陈小元以为走错了地方，在塔尔坪总共十几户人家，大多数人家的院子是一模一样的。比如马青家的院子和陈小元家的院子，无论大小、进深，不仅一模一样，而且还在隔壁。

陈小元说，这是你家吧？

马青说，是你家。

陈小元准备退出来的时候，被马青给拉住了。马青拉来一张凳子，让陈小元坐下来。陈小元坐下来后，再朝院子后边的山看了看，又回头朝院子前边的山看了看，他感觉自己并没有走错，这确实就是自己的家。自己的家为什么不见了呢？是自己在做梦，还是老婆屈爱琴与儿子陈改朝在别处，比如在镇上盖了新房，全家一起搬走了？

陈小元说，我老婆呢？

马青说，在那里呀。

陈小元说，现在呢？我说的是现在。

马青说，她躲起来了。你以为你躲到一棵树里，我就找不到你了吗？

陈小元仔细地辨认了一下，长在废墟上的那棵树确实是核桃树。塔尔坪的人喜欢种核桃树，因为核桃树寿命长，而且可以结核桃，所以在房前屋后、坟头坟脑，都会见缝插针地栽种核桃树。

陈小元认为马青是真的疯了。

陈小元出了院子，在整个村子又转了一圈，还是没有发现一个人，大多数房屋破败了，有些房屋已经倒塌了，到处都种着核桃树，有的已经合抱粗了，有的还是小树苗子，把整个村子打扮得像森林似的。马青跟在陈小元的身后，每到一家，他仍然上前敲门，敲完了门，又上前去敲树。

他把一棵棵核桃树敲得嘭嘭响，而后一声声叫着，你们快点儿开门吧。

陈小元说，我得走了。

马青说，门马上就开了。

马青跟着陈小元离开了塔尔坪。陈小元不知道自己要去哪里。他觉得自己应该先去镇上，镇上应该是有人的，他要打听一下老婆屈爱琴与儿子的下落。当马青把陈小元送到一个山顶的时候，马青塞给陈小元一个纸卷，陈小元以为是马青自己卷的一支烟，就接了过来，夹在自己的耳朵上。马青掏出一个打火机，要给陈小元把烟点上。

陈小元笑了笑说，不用，我有。

但是四周一片漆黑，根本不知道哪里才能摩擦。

陈小元摸索着赶到庾家河镇的时候，已经是晚上十点多了。陈小元在镇上上过两年初中，那时仅有一条一百米的石板街，弯得像个“V”字。如今石板街已经没有了，全部改造成了水泥路，而且两边全是小洋楼。可惜的是，小镇毕竟是小镇，一点儿都不繁华，街上偶尔有人经过，也有一两对男女没边没沿地溜达着，而且店铺基本关门了，四周显得一片漆黑。

陈小元在街角的一座桥头，找到了一个摊点，是做烧烤的，还亮着灯。有一个人，没有坐在摊子上，而是坐在桥上，背靠着栏杆，独自在那里喝酒。摆烧烤摊的，是一个二十多岁的姑娘，梳着马尾辫子，穿着绛红色的棉袄。

姑娘说，你想吃什么？鱿鱼、鸡腿、羊肉，什么都有。陈小元说，随便吧。姑娘说，你是大妈吧？陈小元笑了笑说，有关系吗？姑娘说，当然有关系，大爷爱吃羊肉，大妈爱吃鱿鱼。陈小元说，随便吧。姑娘说，你要几条呢？陈小元说，还是随便吧。姑娘说，那就先烤两条，不够了再添。姑娘说，你不是本地人吧？陈小元说，你看我像什么地方的？姑娘说，听口音，我看像南方的，冬天来我们小地方，怕是收药材的吧？陈小元说，你哪里人？姑娘说，我是本地人，又不是本地人。

陈小元说，你知道塔尔坪吗？

姑娘说，那个地方，我知道呀，听我堂姐说过。

陈小元说，你堂姐是谁？她怎么知道的？姑娘说，我堂姐就是我叔叔家的女儿，她险些就嫁到塔尔坪去了。陈小元说，险些是什么意思？姑娘说，快结婚了，听说我姐夫他爸是个大流氓，所以就泡汤了，当时我才十几岁，具体我也说不清楚。陈小元说，大流氓是你堂姐说的吗？姑娘说，她呀，一句话没有，都是别人瞎掰掰的。陈小元说，你们信吗？姑娘说，据说人被抓起来了，法院都判了，信不信又有什么意义呢？

姑娘把鱿鱼架在炉子上，一边烤着一边说，当时我堂姐在一个村办小学教书，事儿很快就传到学校了，无论老师还是学生见了她，都是指指点点的。她一站到讲台上，底下一片沉默，不提问，也不发言，都直直地盯着她。有个学生考试成绩差，两门功课不及格，我堂姐通知家长来谈谈，哪知道家长一进学校就大吵大闹，说这么流氓的老师怎么能教出好学生呢？校长说，人家一个姑娘，怎么就成流氓了？家长说，她的公公是流氓，公公的儿子肯定是流氓，她嫁给这样的流氓，不是流氓是什么？校长说，不能这么推吧？家长说，她是教数学的，这叫等量代换明白吗？我堂姐无脸再进学校，第二天就辞职了。后来，婚事就泡汤了，据我叔叔说，不是他们薄情寡义，是我姐夫主动提出取消婚约的，不取消婚约怎么办呢？他不敢上我叔叔家的门，也不敢带我堂姐出去。

姑娘叹了口气说，我堂姐多漂亮啊，眼睛像两个桃子，粉扑扑的脸蛋像红富士大苹果，苹果都没有她那么水灵。现在二十七八了，还没有嫁出去呢。

鱿鱼烤好了，陈小元却一点儿胃口都没有。他只想取火抽烟。

姑娘说，我姐夫与我堂姐分手后就离家出走了，开始说是在外边打工，后来有人在陕西铜川煤矿遇到了他，说他在洛南县某个村里，当了上门女婿。我姐夫离开塔尔坪后，就剩他妈一个人了。据说他妈去了一次上海，在上海待了几个月，最后是一边要饭一边回到塔尔坪的。回到塔尔坪后，她就再没有出过院子。我堂姐去看望过她，但是无论怎么敲门，她都不开。村子里任何人敲门她都不开。她在院子里待了将近两个月，直到第二年春天，有个疯子翻墙跳进院子里，想强行把她拉出来，才发现两间屋子已经垮掉了。可能是被那年的一场大雪给压垮的。那年的雪下得太大了，把好多大树好多电线杆都压垮了。她躺在仅剩下的一间屋子里，尸体已经发臭了，头发已经全白了。其实她从上海回来的时候，头发已经全白了。

在桥头喝酒的人醉了，把一个酒瓶子扔进了河里，发出一声破碎的声音，而后摇摇晃晃地离开了。

摊子前没有一个客人，姑娘坐到陈小元的身边，拿起给陈小元烤好的鱿鱼，自己吃了起来。姑娘哽咽着说，疯子恐怕是有意地或是无意地，放了一把火，把剩下的一间屋子点着了，大火不仅烧光了屋子，还把后边的几座大山都给引着了。火特别大，我们从几十里外赶过去，帮忙把大火给扑灭了。最后大家和疯子一起，干脆把她家的墙推倒，把她直接埋在了院子里。

姑娘挑了挑炉子说，后来塔尔坪就空了，只剩下了一个疯子，疯子哪儿也不去，他在她的坟头上栽上了核桃树，在整个村子的边边角角都栽上了核桃树。听说塔尔坪原来有个塔，是镇鬼的，会不会塔倒了，妖魔鬼怪都跑出来了？

陈小元万万没有想到在这个小镇上，轻而易举地遇到了未过门的儿媳妇的堂妹。似乎不是姑娘在讲述，而是岁月在向他讲述，是老婆屈爱琴在向他讲述，每个人的讲述尽是悲凉，像小镇上的那个冬天的夜晚。姑娘吃完了一条鱿鱼，擦了擦眼泪，笑了笑说，你到底是大爷还是大妈？

陈小元说，为什么要把我误会成大妈呢？

姑娘说，也许头发太长的原因吧。

陈小元掏出五十块钱，姑娘说，你一点儿都没有吃，所以不收你的钱。

有人在向这边走来，姑娘指了指说，我堂姐来帮忙收摊子了，大爷不如去我们那里将就一晚上。陈小元看着那个不断靠近的有些疲惫的身影，站起身说，算了，我该走了。姑娘说，这么晚了还能去哪里呢？陈小元说，我要回塔尔坪。

从庚家河镇到塔尔坪，是几十里伸手不见五指的山路。路上还有一些积雪，沿途也没有一户人家，陈小元一脚深一脚浅地往回赶，赶到最后一个山顶的时候，看到有个黑乎乎的东西在山顶上晃动。它不像一个人，而像一根树桩。

陈小元是从里边出来的，所以不怕鬼，也不怕人，更不怕树，唯一怕的，是把鬼误会成了人，把人误会成了树。还不等陈小元喊叫一声，那黑乎乎的东西嘿嘿一笑，瓮声瓮气地说，你躲到哪里去，我都会找到你的。

陈小元听出来了，他是马青。看样子，马青把他送到山顶之后并没有下山，而是一直在山顶上守着，似乎知道陈小元还会回来一样。

陈小元说，走吧。马青并不跟着他下山，而是靠着一棵松树坐下了。陈小元说，赶紧走吧。马青还是没有吱声，几分钟就疲惫地打起了呼噜。马青一直站在山顶上，在等着什么，所以他应该太累了。陈小元也太累了，于是他依着马青，靠着那棵松树，坐下来闭上了眼睛。

陈小元迷迷糊糊之中梦到自己带着女儿回到了塔尔坪。他穿着一身西服，打着领带，皮鞋擦得锃亮。两个人一起进了门，女儿在东厢房里找妈妈，他则在西厢房里叫着屈爱琴。他在西厢房里找来找去，发现屈爱琴躺在一只储存麦子的柜子里。她没有剪齐肩的短发，而是留了一头与自己一样的披肩长发；她没有穿上带着碎花的棉袄，而是穿着一身白色的袍子；她没有眉开眼笑，而是脸上蒙着一块黑布。陈小元说，你以为你躲在这里，我就找不到你了？她说，我不躲到这里还能躲到哪里？她说着，一骨碌从柜子里站起来，堵在了他的面前。陈小元定睛一看，站起来的不是她，也不是一只柜子，而是一副棺材。

其实也不是棺材，而是疯子马青。

天大亮了，马青醒了，陈小元的梦也醒了。

从山上往下看，整个塔尔坪还如从前一样，根本看不出有什么异常。一片树林之中，一块块屋顶上，还残留着积雪。如果细细地对比，原来是有炊烟的，或者有弥漫的雾气，如今什么也没有，显得十分清冷。像一个人有了呼吸，哪怕他的身体再冷，还是温润的；一旦没有了呼吸，就失去了生气。积雪上，原来是有喜鹊的，如今尽是乌鸦。它们从屋顶跳到树枝上，又跳到另一根树枝上，百无禁忌地哇哇地叫着。

陈小元与马青一起下了山。陈小元进了院子，终于把一切看得清清楚楚。除了院子基本完好无损之外，里边的三间房子连残垣断壁都不存在了，唯独破碎的玻璃还一如既往地反射着光。猪圈里长满了灌木，石磨上长满了青苔，水井隐没在衰败的蒿草之中。陈小元终于看到了一块木板，插在隆起的地上，上边写着“屈爱琴”几个字。估计是马青给屈爱琴立起的牌位。

陈小元在牌位前蹲了下来。

他从棉袄里掏出一大撮棉花，从废墟里捞出了一块青砖，从脚上脱下了自己的布鞋，开始使劲地摩擦着。他从没有用青砖取过火，由于青砖沾上了融化的雪水，有一大半还是潮湿的，但是他没有因此而丧失耐心。他一只手拿着鞋，一只手拿着青砖，夹着一根棉花条子，来来回回地摩擦着。

第一根棉花条子被磨碎了，他又搓出第二根棉花条子继续摩擦。青砖从干燥到发热，从发热到发烫，半个小时之后，棉花条子慢慢地变黑，终于冒出了一股青烟。

陈小元吹了吹，把一把艾草和一把树叶点着了。

陈小元对着燃烧起来的火苗跪下了。

马青把一簇火苗捧在手心，嘿嘿地笑着说，你以为你躲到树里我就找不到你了吗?

陈小元想抽支烟，但是烟盒里已经空了。他从身上摸出了昨天晚上马青给他的那根卷烟，叼在嘴上，用火吸。但是似乎是实心的，里边并没有烟叶。陈小元把这根卷烟展开，只要揉一些树叶子包进去，照样是可以当成卷烟抽的。

当陈小元展开这张纸，发现上边有字。

虽然那字迹有些模糊，但是陈小元一下子认出了这是屈爱琴的字。

屈爱琴曾经给自己写过信。写得比较稀少，每年就一封两封。每次接到屈爱琴的信，陈小元都特别开心，坐在工地最高的墙头上，一个字一个字地反复读。屈爱琴的信很简单，要么告诉陈小元收了多少麦子，要么告诉陈小元槽上的猪多少斤了。这些话在电话里说过一遍，但是经过她写出来，味道又不一样了。有一次，屈爱琴在电话里说，他爸呀，咱们改朝看上了一个丫头，丫头的爸爸是村长，丫头在小学里教书，人长得也不赖，你回来把把关吧。陈小元说，我把什么关呀？儿子看上了，你看上了就行，怕就怕人家看不上我们。屈爱琴说，咱儿子又不差，何况人家看中的，是你这个老爸。

陈小元说，你这个当妈的，也没有正经吗？既然你们定下来了，就请媒人上门提亲吧。过了不久，陈小元收到了屈爱琴的信，信中又把那些话重复了一遍，不过里边多了一张那个丫头的照片。订婚的时候，陈小元的建筑公司走不开，没有办法回家，就寄了两千块钱。

屈爱琴在这张纸上写着：

妞妞：大沙镇柳沙河。

他爸：上海市雪山路1551号。

学校：大沙镇菜场路177号。

副所长邢小利：上海市大沙镇大沙浜路1号。

田老板的儿子田小龙：西安市阎良区前进东路14号××小区。

黄丽：陕西省渭南市临渭区河西乡河东村，十三岁零十个月。

改朝：陕西省洛南县灵口镇桑树洼村。

纸上还有几个大大的感叹号，几个大大的疑问号，在田老板的名字上打了一个叉。纸头上印着“大沙镇派出所”的字样，看来屈爱琴真去过上海了。

陈小元分析了一下名单和地址，她在上海的两个月时间里，应该去过女儿淹死的那条小河浜，柳沙河就是那条小河浜的名字；应该去过菜场农民工子弟学校，那时学校恐怕已经关门了，学校一关门，除了桌子椅子就什么也没有了。她肯定首先去的是大沙镇派出所，见到了已经是副所长的邢小利，从邢小利那里了解到女儿的事儿，当然主要是了解自己的事儿。田老板的地址是他儿子的，在陕西而不在大沙镇，是田老板已经离开了，还是这个地址是假的？甚至她还去了位于雪山路的城西监狱。王管教从来没有提起有人去看望过他。陈小元在里边五年时间，从没有任何人进去看过他。但是并不代表屈爱琴没有去过城西监狱。说不定她到城西监狱大门口，从门缝朝里看了几眼，而后就离开了，因为她明白他，就算她进去见他，他也不见得答应见她。

陈小元爬起身，拍了拍马青的肩膀，说了句，谢谢你。

马青说，你以为你躲到树里我就找不到你了？

陈小元穿过村子的时候，马青跟在他的后边一家家地敲门。

咚咚的敲门声在空洞的村子里不时地回荡着。

陈小元要离开了。老婆屈爱琴留下来的那张纸其实就是一个天意，或者说是她冥冥之中对他的指引。陈小元原来的计划是先见田老板和黄丽，因为田老板与黄丽是掌握着真相的两个人。如今必须颠倒一下，接下来他第一个想见到的，是自己的儿子陈改朝。因为自己蒙受的不白之冤，让那个可怜的孩子已经流落异乡，起码按照当地的习俗，改朝养育的儿子或者女儿不会再姓陈了。他不知道是不是预兆，因为在他给改朝起名字的时候，老婆屈爱琴就提醒过他。

改朝改朝，不就是要改换门庭的意思吗？

六

根据屈爱琴提供的地址，改朝家住陕西省洛南县灵口镇桑树洼村。陈小元对洛南县的灵口镇并不陌生，它就在丹凤县的隔壁，是从塔尔坪通往河南灵宝县的必经之地。

他曾经跟随着马青，也就是那个疯子一起，去河南灵宝县淘过金。灵宝县有很多金矿，在陈小元青春年少的时候，不仅仅是塔尔坪，方圆几百里的男女老少，唯一的营生就是去灵宝县淘金。说是淘金，其实就是偷，半夜三更钻进矿洞里，把人家的矿石偷下山卖钱。那时候，偷不叫偷，叫背；金矿不叫金矿，叫山上。陈小元记得十分清楚，矿石一斤两毛钱，一克金子五十块。背矿石并不容易，因为矿洞里是伸手不见五指的，身后还有人拿着棍子追赶，一不小心就掉到矿井里，被当成矿渣给铲走了。村民们农闲的时候，或者家里困难的时候，就会吆喝一帮人去山上背矿。陈小元去过几次，其中一次是自己想上学，家里出不起学费；还有一次是和屈爱琴结婚，为了给屈爱琴买块手表。那一次，他和堂兄一起去的。堂兄也准备娶媳妇，想攒几桌子酒席钱。刚刚坐车到了灵口镇，就发生了车祸，堂兄推了陈小元一把，把陈小元推出车外，堂兄自己来不及逃，被活活地轧死了。

从塔尔坪去灵口镇，必须经过三要镇。从塔尔坪到三要镇，有六十里的大峡谷，当年不通汽车，如今应该也不通汽车。反正陈小元不喜欢坐汽车，坐汽车会遇到杂七杂八的人。这条线路，完全就是上山背矿的线路，不过似乎一切都变了，山似乎矮下去了，河流似乎窄了浅了。陈小元不明白是自己眼光长了老了，还是这些山瘦了，水干了。

陈小元在太阳落山的时候赶到三要镇，再转车赶到了灵口镇。陈小元出了灵口车站，问一家旅舍桑树洼怎么走。老板娘说，从没有听说过，还是住下来再说吧，一晚上三十块钱，要热水有热水，要按摩有按摩。陈小元又问了一个保安，保安说，是桑树洼吗？会不会是桑树岭呀？桑树岭倒是不远，往北走只有三里路。

陈小元赶到桑树岭，有位老人坐在村口抽烟。陈小元问，大爷，村里有没有一个叫陈改朝的人？老人说，你问的是女的吗？陈小元说，是男的。老人说，我们虽然叫桑树岭，却清一色地姓杨，杨树的杨，怎么会有姓陈的呢？陈小元说，是上门女婿。老人说，上门女婿那倒是有一个，在村东第一家，不过人家不叫陈改朝，而叫杨利。

陈小元想，肯定是走错了，或者屈爱琴把地址给抄错了。

正想离开的时候，有一个女人背着一袋子东西，躬身从村口经过。老人指了指说，桂花，你们家杨利是不是改过名字？桂花放下肩膀上的袋子。她原来不是被压弯了腰，而是一个罗锅子。她弓着腰说，他说原来的名字不好听，入赘我们杨家后就跟着我们姓杨了。老人说，他原来叫什么？桂花说，叫陈改朝，改朝换代的改朝。老人说，那就对了，这里有人找呢。

桂花看到了陈小元，说，你是哪来的客人呀？陈小元迟疑了一下说，我是他煤矿上的工友，他应该不在家吧？桂花说，他还在铜川煤矿上，恐怕过年才能回来吧。

儿子不在家，陈小元反而踏实了。陈小元说，走到这里天黑了，就是想来投个宿。陈小元接过口袋，是一袋子面粉。陈小元背着面粉，跟着桂花进了村。桂花走路的时候，每走一步，头几乎都要磕到地上了。陈小元判断不出桂花的年纪，不清楚桂花是儿子家里什么人，凭着样子感觉不像自己的儿媳妇。

儿子家没有院子，只有三间瓦房。房子不是青砖的，而是用泥巴夯起来的。中间有一个香堂，写着“天地君亲师位”，西边是一间厨房，东边从中间隔成了两个卧室。地板没有铺砖，也没有打水泥，积着厚厚的尘土。家里陈设简陋，几乎没有几件像样的家具，只有几只漆成红色的木箱子。桂花生了一盆火，而后问，大伯还没有吃晚饭吧？

陈小元笑了笑说，还没有呢。

桂花便进了厨房，忙碌着做饭去了。

东边的门帘子揭开了，是一位五十岁左右的大妈。大妈说，你是哪位亲戚，怎么一点儿都不认识呢？陈小元说，我是路过的，这么晚了，打扰了。陈小元估计，应该是儿媳妇她妈。她若是儿媳妇她妈，正在厨房添水做饭的，难道就是自己的儿媳妇？陈小元看到儿媳妇弓着身子，几乎都够不着锅灶了，再想想自己帅气的儿子，心里顿时生出一丝悲凉。

大妈说，你是哪里人？陈小元说，我呀，原来是丹凤县的。大妈说，我们家杨利也是丹凤县的，那个村子叫什么来着？陈小元说，叫塔尔坪。大妈说，听他说，塔尔坪已经没有人了，他们都迁到哪里去了呀？

陈小元说，有的迁到镇上去了，有的迁到城里去了。大妈说，你和我们杨利熟悉吧？陈小元说，挺熟悉的。大妈说，他家里都有什么人？父母和兄弟姐妹呢？我们问他的时候，他只说死了，到底怎么死的，什么时候死的，从来也不告诉我们。陈小元说，孩子可能伤心吧。大妈说，如果不伤心的话，怎么会入赘到我们家？陈小元说，他是怎么跑到这里来的？大妈说，按说去灵宝背矿，也不经过我们桑树岭，哪知道他是怎么绕到这里来的？有一年冬天，下了好大好大的雪，雪把四面八方的路都封住了。我们早晨起来，不仅找不到路，吃水都找不到河。我们推开门，门外坐着一个人，看上去哪像人啊，倒像一个被冻僵的雪疙瘩。这就是我们家杨利。他在我们家睡了两天两夜，醒过来后，什么也不说，也不打算离开，挑水，劈柴，干活都不用人叫。春天了，帮忙下地锄草；夏天了，帮忙下地收麦子。待了半年多，我们问他，家里有没有媳妇？他摇头。我们问他，以后有什么打算？他摇头。我们问他，愿意不愿意做上门女婿？他竟然点头了。就这样，在那年农历八月十六立了招书。

大妈说，这个女婿话少，勤快，懂事儿，对我也孝顺，每次从外边回来，都给我买衣服，你看看我身上这件羽绒服，穿着多舒服啊。我们家桂花，按说也没有什么说的，但毕竟是个罗锅子，还长杨利三岁。我们能招这么一个女婿，恐怕是上辈子积了阴德。

看大妈对儿子如此称心，刚刚升起的那股悲凉稍稍地减轻了一些。陈小元摸出一支烟。他犹豫了一下，地板是泥巴的，墙壁是泥巴的，又是半夜三更，他怕吓着了人家，所以打消了摩擦取火的念头。

房间里传来了孩子的哭声，大妈说，是我孙女杨小青。

大妈掀起帘子，进房间里哄孩子去了。

陈小元对桂花说，随便吃点就行了。但是桂花摆了一张桌子，蒸了一锅大米饭，炒了一个腊肉萝卜片和一个鸡蛋土豆丝，还提出一瓶子太白酒。桂花说，冬天里没有什么菜，就请大伯将就一点儿吧。陈小元说，够多的了。桂花说，听你刚和我妈说，你是杨利老家那边的，又都在铜川煤矿待着，第一次上我们的门，算是稀客。

桂花说，大伯你一把年纪了，怎么还要上煤矿吗？陈小元说，不挖煤能干啥呀？桂花说，电视里经常说，这边煤矿塌方，那边煤矿渗水，每次都有几十个人被埋在下边，你们待的煤矿怎么样？陈小元说，都一样，哪儿都一样，不安全。桂花说，有没有死过人？陈小元说，听说过，不过我们还好。桂花说，我劝说杨利，在家干点儿别的，钱有啥多少的，他总是不听，按说铜川离家也不是太远，可是一年到头，除了收麦子和过年，他多数时候都不回家。

陈小元说，煤矿也没有外边说的那么可怕，你别太担心了。桂花说，我好奇，煤都埋在什么地方？陈小元说，埋在地下。桂花说，多深呢？陈小元说，我们不清楚，反正挺深的，下去要半天。桂花说，上边种庄稼吗？陈小元说，煤多值钱，不用种庄稼了。桂花说，你们挖煤的时候是怎么进去的？陈小元犹豫了一下。

陈小元想起自己去过的金矿，便说，有洞，洞口有点像我们这里的墓，也像隧道或地铁，你坐过地铁吗？桂花说，还没坐过呢。

桂花要给陈小元倒酒，陈小元推开了。桂花说，大伯，煤挖出来是什么样子？陈小元说，挖出来是黑的，和泥疙瘩一样。桂花说，从地下一挖出来就能烧吗？真是奇怪，我们地里的泥巴为什么不能烧，人家那里的为什么就能烧？陈小元真想告诉她，在地壳运动中，有一些植物被埋在地下，在不透气或空气不足的情况下，经过几亿年的高温与高压，最后就形成了煤。但是陈小元觉得那样解释，文绉绉的不合适。

陈小元说，泥巴和泥巴能比吗？

桂花说，我一直想去煤矿，但杨利他不带我。其实我去，不是为了挖煤，而是为了陪陪他，给他做做饭，顺便看看煤是什么样子的，煤矿到底安全不安全。

几天一直在外奔波，加上在里边五年的煎熬，陈小元第一次有了家的感觉。他三下五除二地吃了一顿饱饭，倒床便呼呼地睡去了，自是一夜安宁无话。第二天，陈小元一觉睡到大天亮，吃完早饭便起身告辞。桂花拿了一件棉袄，一双新做的布鞋，一袋子煮熟的香肠，让陈小元捎给杨利。陈小元说，这些东西，哪儿买不到，用不着吧？桂花说，杨利总不给自己添衣服，恐怕还穿着原来那件破棉袄。大伯你劝劝他，让他别舍不得花钱，想喝酒就喝，想抽烟就抽。

再捎句话给他，马上过元旦了，如果元旦不回来，过年就早点回来。

大妈也送出门，对着陈小元耳朵边悄悄地说，关键是让他早点回来，给咱杨家抱个孙子。

有一群孩子，你追我赶地跑了回来。有个孩子冲着陈小元的后背喊，爸爸，爸爸。陈小元一扭头，看到一个三岁左右的孩子，扎着马尾辫，单眼皮，清秀的模样，像极了自己女儿小时候。陈小元想，没有猜错的话，女儿就是这孩子的姑姑。

桂花说，杨小青，你眼睛长哪儿了？是不是想爸爸了？杨小青说，他和爸爸长得一样。桂花说，确实有点像你爸爸，昨天晚上在村口遇到的时候，我也以为是你爸爸呢。杨小青说，长得一样就应该叫爸爸，对吗？桂花说，不对，这是爷爷，快点叫爷爷。

杨小青便躲在桂花的背后，弱弱地叫了一声“爷爷”。

陈小元听到叫喊，他的心扑通一声，悬在胸口的两块石头一下子落地了。陈小元一阵感动，忙从身上掏出五十块钱，说是给杨小青买糖吃。但是杨小青不要，桂花也死活不要。桂花不但不要钱，反而回到家里，又装了几个馒头，让陈小元带着在路上充饥。

七

陈小元平白无故地在里边待了五年，从四十不惑即将熬成五十知天命，但是自己处在一个与世隔绝的地方，除了王管教那些人之外，大家都是有罪的，无论是偷盗还是抢劫，无论是杀人还是放火，无论是罪有应得，还是蒙受不白之冤，犯人与犯人的交往从精神的角度看，就显得平等多了。但是老婆屈爱琴呢？儿子陈改朝呢？儿子原来的女朋友和邢小利的妻子呢？他们这些与那事儿不相干的人，是生活在正常的社会上的。他们的一点一滴都牵扯到尊严，牵扯到脸面，牵扯到羞耻。陈小元想，与他们相比，自己遭受的折磨轻多了。

陈小元返回灵口镇坐车，在车站一打听，去铜川煤矿要经过渭南。陈小元决定顺路去看看那个当时不满十四岁的小丫头黄丽。他怎么也想不通，那么小一个娃娃蛋子，她哪知道什么是男女之事呢？她哪懂什么是法律呢？她为什么要与人一起陷害一个和她父亲一般大小的陌生人呢？如今小丫头已经长大成人了，推算一下已经十九岁了，若是五年前还不明白轻重的话，五年之后是否已经明白了呢？

在五年的时光流逝中，命运又是怎么安排她的呢？

陈小元根据老婆屈爱琴列出的地址，坐了一趟大巴，倒了一次火车，在渭南南站下车后往南走了两公里，或许是三十年河东三十年河西的原因，他轻易就找到了河西乡河东村。

陈小元在下午三点左右进了河东村。刚进村子不远，有一条小河，临河住着一户人家，三间房子有些破败，房前的河里结了冰，冰块之间有几只鸭子在游泳。屋檐下有位老人，估计七十岁左右，耷拉着头坐在太阳底下晒太阳。

陈小元说，大爷，家里有水喝吗？

大爷半睁着眼睛说，你自己进门倒吧。

陈小元不好意思自己进门，便又问了一句，你们村里有没有一个姑娘叫黄丽？大爷彻底睁开了眼睛，打量了一番陈小元说，我就是她爷爷，这就是她家，你是干什么的？陈小元刚刚开口，就撞到了黄丽家的门上。陈小元有点意外地说，仅仅见过一面，她不在家吗？大爷拉了条凳子让陈小元坐下，说，你在哪里见过她？在省政府那边还是在医院那边？你不会又是来做思想工作的吧？

陈小元听说黄丽不在家，便在大爷的旁边坐下了。大爷说，前些日子，省里的，市里的，信访办的，卫生局的，民政局的，还有什么残联的，分头都来过了，让他们别再到处上访了，但是黄丽她爸那个孽障，哪里听得进去呀。他越来越起劲了，家里庄稼也不种了，什么营生也不管了，整天挂着个牌子，牵着自己的女儿，到处又是哭闹又是上访的，把我们的人都丢尽了。他们不要脸，我这张老脸还要呢，等我死了怎么好意思去见阎王爷?

陈小元心想，他们究竟为什么上访呢?

陈小元说，肯定是有冤屈吧?

大爷叹了口气说，我孙女命苦啊，从落地那天起，就没有受到爸妈疼过。我那儿子，也就是黄丽她爸，是一个大酒鬼，整天把自己泡在酒瓶子里。如果没有酒喝，他不仅打黄丽，还打我这把老骨头，你看看我头上的几道疤，就是他用酒瓶子打的。有一次，酒瓶子见底了，他还没有喝好，便提起一壶开水，泼在了黄丽身上，把黄丽半个肩膀的皮都烫掉了。

当初的那些镜头如雾霾一样在陈小元的眼前开始扩散。

有一天晚上，在菜场小学的宿舍里，陈小元接到了田老板的电话。田老板说，陈校长你是不是还在恨我?陈小元说，一切都过去了，我恨你干什么?田老板说，那出来喝酒吧。如果田老板不把超市低价卖掉，就没有三十五万元的赔偿款，没有那笔赔偿款就没有菜场小学，没有菜场小学的话几十个孩子就辍学了。田老板卖掉超市后，不仅倾家荡产了，而且失去了应有的经济来源，一下子从老板变成了无业游民。陈小元本来不会喝酒，一是对田老板存有愧疚之心，二是冤家宜解不宜结，所以就接受了田老板的邀请，跑到红星宾馆门前的大排档，陪着田老板喝了几杯。

几杯酒下肚，陈小元和田老板都有些醉了。田老板一醉，说话就失去了上海腔调，说我有一个干女儿你知道不？陈小元说，我和你又不熟悉。田老板说，她现在没有地方上学，能不能送到你们学校去？陈小元说，孩子多大了？田老板说，差两个月十四岁。陈小元说，原来念过书吗？田老板说，念过，在老家念六年级。陈小元说，我这里只有六年级，念半年就毕业了。田老板说，半年就半年，上完小学再想办法。陈小元说，你明天让她来报到吧。田老板说，你们学校是免费的吗？陈小元说，这个学校有你的功劳，所以我给她全部免费好了。

田老板说，那太好了！她正好在楼上的按摩房里上班，我让她给你做一次按摩表示感谢吧。陈小元说，我是老师，老师怎么可以去那种地方？田老板说，这种地方也有干净的，何况她不到十四岁，又是我的干女儿，纯粹就是保健按摩，你脑子不要长歪了好不好？人家自己不愿意上学，你是校长，让你按摩是假的，其实是想让你趁机上去给她做做思想工作。

陈小元随着田老板，晃晃荡荡地来到了红星宾馆的二楼。据陈小元后来了解到的情况，田老板的干女儿叫黄丽，是陕西那边的老乡。她是到上海来找她妈的。据说她妈在大沙镇，也许在某家服装厂，也许在某家商场，也许在某家饭店。小丫头一家挨着一家找，在那年冬天，几乎找遍了大沙镇，也没有找到她妈，在身无分文的时候，由于几个月没有地方睡觉，几天没有吃饭，恰好晕倒在田老板的超市里。当时田老板还开着超市，还是财大气粗的田老板，便把小丫头认成了干女儿，安排在红星宾馆的按摩房里。

就在那天晚上，就在红星宾馆，就在二楼尽头的按摩房里，就是那个十四岁不到的小丫头黄丽。时间，地点，人物，情节；酒，包厢，按摩床，脱光的衣服，流血的身体；昏暗的灯光，封闭的环境，自己的好言相劝，小丫头恐惧的目光；突然消失的田老板，突然尖叫起来的黄丽，突然而至的警察邢小利。一切好像都很普通，又好像是布置好的；一切好像都是巧合，又都是上天注定的；一切好像都十分道德，也没有任何违法行为，又十分失常和扭曲；一切好像都有人证明，但是又都百口莫辩。关键是，一切都是空白的，偏偏被人描绘得有鼻子有眼。

陈小元听到大爷的话，终于明白黄丽肩膀上的那一片惨白，不是花纹，而是被开水烫伤后落下的疤痕。

陈小元并不愿意回忆，每当那些镜头跳上自己脑海的时候，他都用各种各样的办法，比如说摸摸自己的光头，最有效的办法就是摩擦取火，逼迫自己中断那些无中生有的回忆。他取下自己的假发，摸了摸自己的光头；他慌张地抽出一支烟，从棉袄里掏出一撮棉花，从脚上脱下一只布鞋，但是墙壁依然是泥巴的，地板依然是泥巴的，还有一些泥泞，甚至有一些结冰。

陈小元拒绝大爷用打火机给他点烟。

陈小元把那支烟在手心里捏碎了。

大爷说，黄丽每天一放学，就去附近捡垃圾卖钱，供她爸喝酒。有一次我病得很重，黄丽放学回来自己做饭，没有顾得上出去捡垃圾。而她爸呢，酒又喝光了，就让黄丽出去买酒。黄丽说，没有钱。他说，没有钱，不知道赊吗？黄丽说，之前欠了几百块，还没有还清。她爸听了，立刻提起一个酒瓶子，朝着黄丽扔了过去。黄丽流着血出门了，那天正好下了那年冬天的第一场雪，雪下得不大，但是外边很冷。黄丽出门后，让村子里的人捎信给我，说她去南方找她妈妈去了。

大爷抹着泪说，黄丽她妈多贤惠啊，忍受不了那个孽障，在黄丽十岁的时候，跟着一个药材贩子跑掉了，从此失去了音信。有人说跟着药材贩子回浙江结婚了，也有人说是被人骗到了上海，在一些乌七八糟的地方打工。黄丽是春节前回来的，回来后整个人都变了，死活不愿意上学了。问她都去了什么地方，她摇摇头；问她见到她妈了吗，她摇摇头；问她有没有看到东方明珠，她摇摇头。肯定在外边遇到什么事儿了，或者是没有找到她妈吧，黄丽回来不久就生病了。她说头里边有一个大石头，硬邦邦的大石头卧在里边。而且头发大把大把地脱落，十几岁的女孩子就成了秃子。她每次一发病，就口吐白沫，满地打滚，滚着滚着就晕过去了。晕过去之后满嘴胡话，说抹在床上的血，不是人家打的，是自己的鼻血；说自己的衣服是自己脱掉的，不是人家脱掉的；说告诉警察的那些话都是别人教的，别人拿着刀子威胁她，如果不照办就把她卖掉，或者扔到大海里喂鱼。

陈小元说，病治好了吗？

大爷说，治好了。

陈小元说，为什么上访？

大爷说，还能为什么？头痛治好了，双目却失明了，变成了一个盲人。变成盲人后，黄丽反倒开心了。她说自己活该，就应该是个盲人；她说世界上不管红的白的，在盲人的眼睛里都是黑的；她说再好的东西都不值得她看，也没有脸去看。她爸那个孽障，看到黄丽瞎了，也挺高兴的。他说在头上开刀，怎么把眼睛弄坏了？说得轻一点儿是手术失误，说得重一点儿是医生故意的，因为没有给医生塞红包。他说不管怎么样，那是要赔偿的。于是他用纸板子制作了一个“状子”，用红色油漆在上边写着“我叫黄丽，现年多少多少岁，渭南市河西乡河东村一个穷苦农民，本来我的眼睛好好的，两只眼睛视力都是一点五，但是由于某某医院进行脑部手术时，发生了医疗事故，致使我双目失明，请青天大老爷主持公道，给我们申冤”。她爸那个孽障把状子挂在脖子上，拉着黄丽去了那家医院。医院解释说，脑部手术致使双目失明，这是正常的，而且手术前把风险告诉你们了，你们家属也签字确认了。她爸那个孽障发现是我签的字，耍赖说，那字不是他签的，他不承认。那个孽障每次去，都喝得醉醺醺的，甚至提着酒瓶子，医生跑到哪里，他就跟到哪里。医院饱受折磨，就报了警。见警察来了，他上前对警察说，青天大老爷啊，终于把你们等来了，你们可得为民做主啊。闹得警察也是万般无奈，总是尴尬地收兵了。医院天天解释，发现解释不通，干脆准备了好多太白酒，等那个孽障一来闹事，就提一瓶酒塞进他怀里。他抱着酒瓶子喝完了，基本就醉得不省人事了。那个孽障不但去医院，还去省政府大院，据说每次去省政府大院，对方像接待外宾似的，笑呵呵地主动和他握手，就差没有放音乐铺红地毯了，如果遇到吃饭时间，还到食堂给他买饭吃，好好招待一番后，让他回来等消息。

大爷抹着眼泪说，后来有人告诉他，你女儿是一棵摇钱树，你在这里瞎折腾干吗？你把她拉到大街上去要饭，钱会哗哗啦啦地扔过来的。那个孽障，从此拉着我可怜的孙女，白天在医院和省政府讨说法，晚上就在饭店酒店前边要饭。

陈小元说，手术到底有没有失误？

大爷说，医院申请了事故鉴定，结果是没有责任的。

大爷说，不让黄丽看病吧，她受那么大折磨，现在病看好了，又变成盲人了。其实，我们哪有钱做手术啊，硬是向老战友借了一点儿。你看看我这半条腿，被日本人的子弹打穿了，现在还是麻木的。因为我是老八路，有很多战友。从战友那里筹到钱，我带着黄丽去渭南检查，什么也没有查出来，再跑到西安一家医院，检查的结果是脑瘤。黄丽说，就让她死，她该死。我是硬把她逼到医院去的，在上手术台的时候，她说，爷爷，如果我死了，你帮我一件事儿吧。我问她，什么事儿呢？她说，你帮我对人家说句对不起。我说，你对不起谁呀？她想了想说，对不起好多人。

陈小元迷茫地望着在冰块中间戏水的鸭子，不明白是河水还不够冷呢，还是鸭子根本不怕冷。

大爷说，你喝水吧？我都忘记了，你刚才好像想喝水。

大爷进门倒了一碗水，递给了陈小元。但是陈小元不想喝水，他想抽烟。陈小元递给大爷一支烟，大爷掏出打火机，又要给陈小元点烟。陈小元犹豫了一会儿，但是大爷三番五次地把那小小的火苗凑上来，把烟给点着了。陈小元发现，这样抽烟轻松多了。他深深地把烟吞进了腹部，吐出来的时候，那烟清淡了许多，几乎已经不像烟，而像出了一口淡淡的气。

陈小元离开河西乡河东村，搭上了前往西安的火车。陈小元到西安的时候天已经黑了。他出了火车站，迷茫地往南走，走了两百多米，看到了五路口地铁站。变化真大啊，五年前那个春节，他从老家返回上海，走的就是西安，当时西安好像还没有地铁。陈小元进了地铁站。在地铁站的通道边，摆着各种各样的小摊，有的卖袜子和手套，有的卖一些小首饰，中间还夹杂着几个乞丐。在通道的尽头，有个乞丐是个年轻的姑娘，她与其他的乞丐不同。其他乞丐要么坐着拉二胡，要么是跪在地上的，而她懒洋洋地坐在地上，前边放着一个牌子，牌子上写着“状子”，状子前边放了一个碗，里边扔了许多硬币，旁边躺着一个中年男人，抱着一个酒瓶子在喝酒，似乎已经喝多了。

那个姑娘站起来，伸了几个懒腰，朝前挣脱了几步。但是她与男人之间，有一根绳子系着。陈小元见过人与狗用绳子系着，人与人之间还是第一回。陈小元从她身边经过的时候，斜眼瞅了一下状子。

他被吓了一跳，上边似乎有“黄丽”。他以为看走眼了，回过头再仔细一看，确是“黄丽”无疑，后边还写着“河西乡河东村”。他再去打量那个姑娘，人瘦得像根麻秆儿。他不明白她长大了，还是自己忘记了，无论从哪方面看，她都不是印象中的那个小丫头了。

陈小元想，如今无论是缺胳膊还是断腿，都成了一种乞讨的资本，既然有人假冒瘸子，有人假冒哑巴，当然就会有人假冒“黄丽”。何况一个年轻的女瞎子，自然更容易博得人的同情。陈小元不管她是不是假冒，凭着她身上系着一根绳子，也是值得自己施舍的，于是他摸出二十块钱，放进了碗里。

或许那个姑娘真是个假的，或许她听到了细微的声音。她发现了这种施舍，于是对着陈小元离开的背影说了一句“对不起”。她没有说“谢谢”，而是说了一句“对不起”。陈小元不知道是她说错了，还是她惯用的感激之词就是“对不起”。

陈小元不想再坐地铁了。在他即将撤出地铁口的时候，听到身后一阵吵闹，大意是为了自己留下的二十块钱，那个男人要拿钱去买酒，而那个姑娘不从。随之听到一只碗碎裂的声音，还有那个姑娘的一声惨叫。果然，那个男人摇摇晃晃地在前边狂奔着，那根绳子在后边拖着那个姑娘，朝着地铁站外边冲去。那个姑娘一会儿摔倒在地，一会儿又爬了起来，她一只手拽着那根绳子，一只手捂着额头，指缝间在汩汩地流血。

八

陈小元又回到了火车站。他问一个路人，有没有去阎良的火车。人家说，阎良？什么阎良？陈小元说，阎王爷的阎，善良的良。人家说，这是什么地方？你还是去窗口问吧。陈小元去窗口，窗口说，阎良就在西安，不值得跑火车，你出门向东五百米，有个汽车站叫三府湾，那里有大巴。

陈小元坐了四十分钟的大巴，来到西安市阎良区，东问西问，终于找到了位于前进东路十四号的某某小区。保安告诉他，田小龙家住十三楼。陈小元上了十三楼，敲了敲门，门轻易就开了。开门的是个女的，留着一个爆炸头。她自称是田小龙的妻子，也就是田老板的儿媳妇，当年把女儿推进河里的那个小男孩儿的妈妈。

“爆炸头”不让陈小元进屋，把他拦在门口说，田小龙还没有下班呢。陈小元说，那田老板呢？“爆炸头”说，我们家一帮穷鬼，哪有什么田老板？你到底是谁呀？陈小元说，我是从上海来的，田老板在上海的时候，我们在一起待过一阵子。

“爆炸头”说，不管你找他是讨债还是干啥，反正找也白找，他现在还不如一棵树，一棵树还会自己吃饭睡觉，还会自己摇晃几下，他呀，像块木头。陈小元说，他当年机灵得很。“爆炸头”说，再机灵有什么用？在外边待了十几年，不明白是中邪了，还是脑子坏掉了，我们什么都不清楚，前几年他从上海回来刚刚半年，稀里糊涂地变成了植物人。这个植物人可把我们给坑苦了，放在家里吧，翻身呀，拉屎撒尿呀，都得有人帮忙。我们忙着上班，平时连盆花都养不活，哪有精力养一个植物人啊，所以干脆送到敬老院让他享福去了。

陈小元说，他没有出事儿之前，有没有留下什么东西？“爆炸头”说，他在上海的时候开超市，听说都成百万富翁了，但是回来的时候已经身无分文，你说说，他把那些钱是不是送给哪个女人了？陈小元说，他变成植物人之前，有没有留下什么话？

“爆炸头”说，话多着呢，嘴里整天咕嘟咕嘟的，都不知道他在咕嘟些什么。除了神神道道之外，还躲在房间里写写画画的，写了撕，撕了写，都写了几百张纸，撕了几百张纸，最后只落下了一张，像鬼画符似的，如今还压在玻璃板下边。陈小元说，能不能把那张纸拿给我看看？“爆炸头”返回家，把一张纸递给了陈小元。

陈小元看了看那张纸，上边写着三个字——忏悔录。陈小元心想，他写下的肯定不是法国作家卢梭的那本书，因为还有一些词，零零散散的，别人看不懂，但是陈小元似懂非懂，其中有邢小利、黄丽、陈小元等人的名字，还有好人、奸人、冤枉等一些词语。

“爆炸头”说，他画的该不会是藏宝图吧？哪怕就是一张藏宝图，你感兴趣就送给你吧。“爆炸头”说罢进门提了一个包，出来的时候把门给锁上了，而后说，为了一个月几千块的护理费，这么晚了我还要去上班。我在按摩房上班，你如果要按摩就跟我走吧。陈小元说，想问一下，田老板他在哪家敬老院？“爆炸头”说，不远，叫“清福敬老院”，你出门右拐，三百米就看见了。

陈小元刚出小区不久，果然看到了清福敬老院的大门。除了上边闪烁着的霓虹灯，那扇大门也是铁的，也是漆黑漆黑的，也有城西监狱那么高，中间也有像刀子一样的一条缝。从刀子一样的门缝看进去也是空荡荡的。

他又想摩擦取火了。这里到处都是水泥地面，到处都是粗糙的水泥墙。他随便选了一个地方，脱下布鞋，撕开袖子，掏出一撮棉花。他把棉花条子压在一堵墙上，上上下下地摩擦了起来，两分钟，三分钟，四分钟……这一次，也许他力气太小，也许他动作太慢，也许墙面太潮了，棉花条子始终没有冒烟。

他觉得他已经没有必要再见田老板了，也没有必要再见其他人了。

他如今唯一想见的只有一个人。他把儿媳妇桂花捎给儿子的棉袄、布鞋和香肠，挂在肩膀上，转身离开了。与清福敬老院一路之隔，就是一个长途汽车站，这里有通往四面八方的班车。他要坐其中一辆车，也是当天最后一趟车，连夜赶到他唯一可以见也必须面对的一个人那里去，说不定那个人正在犹豫徘徊地期待着他呢。

陈小元上车之前，突然觉得有点热。再过几天就是元旦，已经属于深冬了，他仍然觉得有点热，这是十分奇怪的。他想起了自己头上的假发——一头披肩的假发。他取了下来，把它挂在汽车站里的一根树桩上。这根树桩像一个人似的，一下子有了活着和走动的欲望。

陈小元身边坐着一个小伙子。小伙子嘻嘻地笑着说，原来你是一个光头啊。陈小元摸了摸自己的光头，望着开始后退的窗外嘿嘿地笑了。

他掏出一支烟，主动地对小伙子说，你有打火机吗？让我借个火可以吗？

九

如果我们从人世朝上看，故事已经有了结尾。但是如果从上边朝人世看，一切应该还在继续。比如有一股风，看似已经平息了，但是风永远不会灭的。它没有在地上吹，并不能证明它不在空中吹。树木不再摇晃了，并不能证明云不在飘。还是开头那句话，需要上天来证明的，那基本就是谎言。

墓园里的春天

一

陈小元像个疯子似的，骑着一辆电动车，绕着他们报社的大楼一圈圈地转着。

陈小元把马力拧到最大，把圈子转得飞快，像是一只失控的小蜜蜂。说到小蜜蜂，陈小元的胸又郁闷了那么一下，因为来到上海已经十年了，在高楼大厦之中，陈小元似乎从未发现过小蜜蜂。也许有小蜜蜂的存在，只不过他平时太忙，根本没有在乎这个小东西。若是陈小元还在陕西老家塔尔坪的话，这个时候无论是槐树上还是瓜架里，应该到处都是嗡嗡的小蜜蜂了，陈小元会把它们捂在一朵花里，一起采摘下来，关进一只瓶子，让它们昼夜地飞，昼夜地叫，直到把它们活活地累趴下了，或者是等到它们睡着了。有时候也被小蜜蜂给蜇一口，虽然疼痛无比，却能享受到另一种待遇——

一旦被小蜜蜂蜇了，就会找来奶孩子的女人，对着浮肿的脸蛋子，挤一点儿奶水，揉一揉。这是一个不错的偏方。

陈小元转圈子的那天，是一个清早，是一个暮春时节的清早。按理说应该是个大晴天，起码天气预报是个大晴天，却遇见了二十年不遇的“日全食”，天空一下子就全黑掉了。早上天黑与晚上天黑是不一样的，晚上天黑会有路灯，会有霓虹，而早上天黑什么也没有，所以就乌漆墨黑的，什么也看不见了。

陈小元一边转圈子，一边放声歌唱。陈小元唱的到底是什么，自己也不清楚，反正挺乱的，有“东方红，太阳升”，也有“起来，不愿做奴隶的人们”。报社楼下人很多，大家都戴着一副太阳镜，仰头看着天空，欣赏着天文奇观。转到报社楼前的时候，陈小元一不小心，一下子撞上了个人。

这个人不开口的时候，陈小元还以为自己闯祸了，所以赶紧跳下车，把他扶了起来，问他伤着哪里了没有。这个人拍了拍衣襟，然后对陈小元说，你疯了吗？这是看日全食，又不是追日，用得着这样转来转去的吗？陈小元一下子听出了，他是他们报社新来的胡总编。当陈小元听出他是胡总编的时候，陈小元一下子就不怕了，甚至更加疯了，觉得自己撞得太轻了，应该一下子把他给撞死才好。

陈小元说，我好好地工作，你凭什么开除我？胡总编说，我没有开除你，我只是解聘了你。陈小元说，这不是一样吗？

不都是丢工作了吗？胡总编说，报社快要倒闭了，经营不下去了。接下来全都一样的，晚走不如早走，我这是关照你呢。

陈小元说，你够狠的呀，老子走就走了，竟然大楼都不让上了，这个应该是你交代保安的吧？胡总编说，这个还真不是我干的，我随时欢迎你回来喝茶聊天。反过来说，你已经走了，东西都搬走了，你上去干什么呢？陈小元说，老子就是想站在落地玻璃窗前，最后一次看看窗外。

胡总编挣脱了陈小元，一屁股坐在了马路边，然后抽出一支烟，开始猛烈地吸了起来。胡总编说，小陈呀，这次我们对事不对人，凡是合同到期了，一律不再续签，这是上边的意思，我也很无奈的。你是从陕西那边来的，在上海无亲无故的，也没有一个依靠，没有工作，吃饭怕也成问题了吧？还有房贷，我晓得你还有房贷，所以我私下里给你联系了几家单位，若是他们需要人的话会优先考虑你的。

陈小元有一丝丝感动，就把电动车熄了火，靠着胡总编坐了下来。胡总编说，有人给我汇报，说小陈你在大楼下边要出事了。我以为小陈你要跳楼了，赶到这里一看，你不就像小蜜蜂似的，转了几个圈子吗，这能出什么事呢。陈小元说，不瞒胡总编，工作没有了，不像日全食这么简单，倒像天塌下来了，腰一下子都直不起来了，不仅仅是房贷，我看女朋友怕是也保不住了。

胡总编说，谁让你找了个上海女人呢，你要是找个陕西老乡什么的，还有这个烦恼吗？

陈小元说，人家当初同意和我谈恋爱，就因为我是个记者，她家里房子漏水了，空调不制冷了，我帮人家打几个电话，什么问题一下子就解决了。现在记者证都上交了，骨头一下子就软了。

日全食结束了，那个被天狗吃掉的太阳，又慢慢地回到了天上。胡总编爬起身说，你转了多少圈子了？陈小元说，哪记得呀，反正转了两个小时，奶奶的，头都转晕了，现在特别想回家睡觉去了。胡总编向报社大楼走去，要进大楼的时候他回头说，那就回家休息休息吧，若是有工作了告诉我一声，我去看看你。

陈小元说，对不起胡总编，让你没有看成日全食，二十年不遇呀。没有想到胡总编又转了回来，不晓得他是专门来熄灭烟头的，还是专门来和陈小元说话的。他把烟头熄灭，扔进了垃圾桶，然后笑着对陈小元说，日全食有什么好看的？说白了，就是它的光环被别人给挡住了，若是我想看的话，不是很容易的事情吗？一个巴掌，一片树叶子，或者是我一闭眼睛，不就是一次日全食吗？

陈小元抬头看了看有些耀眼的太阳，不晓得怎么回答他。当他的背影消失在大楼阴影里的时候，陈小元总有一种莫名其妙的预感，随后陈小元才发现这种预感是灵验的。

二

胡总编离开后，陈小元又骑着电动车，绕着大楼转了最后一圈，这时候陈小元已经不再是一只小蜜蜂了，而像是一只飞不快的有些迷茫的苍蝇。陈小元一边回头看着二十一楼的那个淡蓝色的窗户，一边忧伤地离开了这家他工作了近十年的单位。

陈小元刚刚走出不到一公里的时候，就收到了胡总编发来的一条短信息，通知陈小元第二天早上十点带上自己的简历，去一家杂志社参加面试，而且告诉陈小元是他推荐的。面试地点在徐家汇的一座大厦里，这座大厦比起陈小元他们报社气派多了，从楼上俯视下边的时候，还能看到一座天主教堂的尖顶。

按说陈小元早上八点就来到了徐家汇，但是他并没有立即上楼，依然骑着他的那辆电动车，漫无目的地绕着圈子。这里比不得原来的报社，这座大厦四周的街街巷巷，其实是不通的，转来转去刚刚转了一圈，他就迷路了，再转回来的时候已经到点了。按照陈小元原来掐算好的，不能早到也不能迟到，提前十分钟爬上电梯，提前五分钟来到了面试现场，这是最合适的节奏了。但是陈小元最后还是迟到了半个小时。

陈小元说，我是胡总编介绍来的。

前台的小姐说，你的简历呢？

陈小元说，什么简历？我从来不需要简历的，名字就是最好的简历。

小姐说，那你们总编叫什么名字？你又叫什么名字呢？

陈小元说，我们总编叫胡中华，我的名字叫陈小元。

小姐说，胡中华没有听说过，陈小元倒是晓得的，是哪个学校的校长吧？

陈小元说，什么校长不校长的，我是校长他爹。

小姐很奇怪地看了看陈小元，说，我去通报一声，你在这里等着吧。

面试是在一间会议室里进行的，会议室外边的走廊里放着一排椅子，椅子上已经坐满了前来应聘的人。他们都是清一色的小青年，因为正是大学毕业季，大家都在忙着找工作。几个小青年显得十分紧张，每次碰到有人出来，就上前问东问西，比如面试有什么内容呀，问了哪些问题呀，有几个面试官呀，帅不帅呀。有一个小男生，在不停地翻着资料，陈小元上前瞄了一眼，发现是一本《新闻编辑学》的理论书；还有一个女孩掏出一面小镜子，在偷偷地打粉补妆。

陈小元没有坐下来，而是站在走廊里等着。但是百等也没有什么消息。中间有个小胖子面试官，也许是出来上厕所，陈小元就跑上去说，你们是在招聘编辑吗？我是某某报社的，是胡总编推荐来的。对方看了看陈小元说，哪个胡总编？我们不认识什么胡总编，你就在外边排队吧，大家都在外边排队呢。

陈小元不坐下来是有原因的。他多大了？已经是奔四的人了。他是什么人？是一个在新闻圈子里摸爬滚打了十年的老记者，若不是受报纸大环境的影响，怎么也不会轮到他下岗的。他曾经去过很多学校，给新闻系的学生们上过课，讲自己的新闻理念和实践经验。在这帮子还未毕业的大学生中间，他隐隐约约记得，还有一个漂亮的应聘者曾经听过自己的课。如今让自己坐到这帮子小青年中间去，像是把一只大熊猫放在一群兔子里，那是多么格格不入，简直像一个天大的笑话。陈小元心想，撇开自己的资历不说，单凭有胡总编推荐这一条，也不应该把他与这些小青年放在一个菜篮子里，任人挑三拣四的，这不等于羞辱了自己吗？

想到这里，陈小元有一些恼火。他一边下楼一边给胡总编打了一个电话。胡总编说，你面试得怎么样了？陈小元说，面试个屎，太气人了。胡总编说，他们把你给咔嚓掉了？陈小元说，你推荐的时候是怎么跟人家说的？他们竟然把我跟一帮子乳臭未干的学生放在一起，在排队呢，这不是羞辱我嘛。

胡总编说，小陈啊，应聘嘛，这不是很正常吗？你想人家怎么办呢？是不是想让人家照顾你一下，像对待那些病危的人一样，直接给你开个特殊通道？表面上看，好像是很伤自尊的事情，但是从深层次看，你这是不自信。你现在几岁了？快四十了吧？就你这股子牛脾气，你若是个老板的话，你喜欢用刚毕业的大学生，还是喜欢用一个自以为是的老男人？我建议你，就忍忍吧，别把自己太当回事了。老实告诉你，我只是觉得你们都不容易，就让人事部门以报社的名义，帮你们这些被解聘的人分别投递了一份简历而已。

胡总编说得太对了，自己凭什么这么牛呢？陈小元下了电梯，一抬头就是那个有些历史的天主教堂，他在心中默默地念了一句“阿门”，尽力平静了一下自己的心态，然后又折了回去。等待了一个小时左右，终于轮到了陈小元。当他坐在会议室里的时候，透过那个玻璃窗户，更能清晰地看到天主教堂的那个双子尖顶，有成群的鸽子在上边飞舞着。但是陈小元还是无法心平气和地回答面试官们提出的任何问题。

有个面试官说，你怎么看待新媒体？你认为纸媒会死吗？陈小元没有好气地说，这个还用问吗？！活字印刷术被发明出来后，那些竹简不就被淘汰了？！当另一个面试官问，若是你来了，你对办刊有什么新想法吗？陈小元还是没好气地说，还能有什么新想法？你办杂志必须懂得读者最关心什么。现在人们最关心什么？最关心吃喝玩乐，多刊登点大酒店、夜总会、娱乐城的内容就行了。要告诉人家什么地方有特色小吃，什么地方可以喝酒泡吧，什么地方可以旅游交友，什么地方有歌舞厅和桑拿房，甚至告诉人家哪里有小姐。

几个面试官很吃惊地说，你晓得我们杂志的名字叫什么吗？我们是《殡葬》杂志，殡葬是干什么的你明白吧？

陈小元来应聘之前，还真没有想过这是一份什么样的杂志。他晓得有时装杂志，有健康杂志，有美食杂志，有新闻类杂志，还有文学类杂志，但是他怎么也不会想到会有一份专门为死人服务的杂志。他一下子傻眼了，当他还没有缓过神来的时候，对方已经对着门外喊叫“下一个”了。

陈小元出门的时候，才发现这家公司的名字叫长寿园，在上海你可以不晓得高档楼盘——汤臣一品，但是绝对不能不晓得长寿园，因为大部分人去世后，都希望自己能够埋在那里。陈小元骑着他的电动车，顺着这座威武而繁华的大厦又开始绕着圈子。这一次他没有再唱歌，不像一个疯子，而像一个傻子，不可思议地嘿嘿地笑着。徐家汇是什么地方？是上海四个城市副中心之一，是上海最繁华的商圈之一，在这里你不仅可以得到你想要的任何东西，还可以去赏花、看黑天鹅、看电影、看话剧、吃饭、泡妞，到天主教堂里去做弥撒。反正人生中的任何欲望在徐家汇这个地方，都是可以得到满足的。但是万万出乎陈小元意料的是，这里竟然还有一个殡葬公司，而且还办了一份正式的杂志叫《殡葬》。

陈小元是两天后接到这家公司的电话的。公司人事打电话通知陈小元说，你被录取了。

陈小元意外地说，我被录取了？人事说，是呀，你被录取了。陈小元说，不太可能吧，我顶撞了你们呀，怎么还录取我了呢？我到什么地方报到呢？人事说，你去青浦，具体地点我们会短消息发给你的。虽然是一家不太吉利的公司，但是陈小元还是十分开心的，不管怎么说，自己还是在媒体工作，还是一名编辑记者，说不定还可以申请到牛 × 烘烘的记者证。

陈小元给胡总编打了一个电话，但是电话一直没有接通。陈小元只好给他发了一个短消息，报告自己被录取了，对此表示十分感谢。

对于丢掉工作的事情，陈小元最不敢面对的，还是自己的女朋友。一旦她家人发现他丢了工作，也许就是他与她分手的时候，所以被报社解聘的这些日子，他照样早晨八点起床，风风火火地在外边乱转着，装出一副到四处采访的样子。到周末的时候，当女朋友让他去家里的时候，他一会儿说，开两会了，自己忙着跑两会呀；一会儿说，外滩踩踏的事还没了呢，自己要跑现场呀。全让他以各种各样的借口躲掉了。

陈小元给女朋友打了一个电话，表示今天晚上要去她家混饭。女朋友则说，光是混饭吗？没有别的了？陈小元说，当然还有想你了呀，另外还要告诉你一个好消息。陈小元所说的好消息，不是别的，就是自己换工作了，从一家报社换到一家杂志社，照样是当编辑记者，可是每月的工资涨了几千块。

陈小元虽然还不晓得这家杂志社的工资到底是多少，但是他早有耳闻了，这个行业的工资肯定少不了，比外边会翻上一番的。死人的生意永远都比活人的生意有奔头。

三

那是一个下着小雨的早晨，陈小元换了一身西装，打了领带，背着他那个专门为当记者而配的黑色皮包，就出门了。

陈小元要报到的地点，不在徐家汇的那个大厦里，而是在青浦区外青松公路上，确切地说是在长寿园的墓地里。在不在徐家汇办公陈小元是不在乎的，反而陈小元觉得不在徐家汇更好，那里繁华倒是繁华一些，就是太吵闹了，而且停个车呀，吃个饭呀，逛个街呀，与郊区比起来生活成本肯定会高很多。而且公司有班车，会准时接送大家上下班，远一点儿就更加无所谓了。

当陈小元按照短消息上的地址，终于找到外青松公路的时候，这个地方果然没有让他失望，一点儿也看不出是个埋死人的地方，或者说死人根本就没有埋在这里，人们埋下去的仅仅是一把灰尘而已。一条宽阔的大马路边，种植着的行道树不是梧桐，也不是银杏，而是一棵棵樱花树。正是暮春时节，虽然第一拨樱花已经落了，但是第二拨还在开放，落在地上的花瓣如霜如雪，开在空中的花朵如云如霞。顺着马路两旁，还立着各种各样的雕塑，有大象，有狮子，有各种生肖神兽，栩栩如生。等入了院子，更是绿树成荫，大片大片的草坪绿油油的，像是一个巨大的高尔夫球场。

陈小元很喜欢这个地方，他是吹着口哨走进院子的，他感觉自己不是来上班的，而是来打高尔夫球的。所以他有点后悔穿着西装打着领带了，而应该穿着一身运动装才好。这里的保安也很有型，个个长得很帅，当陈小元从他们身边经过的时候，他们会啪的一声给陈小元敬一个礼。陈小元也啪的一声站定，滑稽地给人家回了一个礼。

陈小元被保安带到了办公楼，办公楼下边的大厅里，更是美如仙境一般，一个大大的池塘里，成群的红鲤鱼自由自在地游着。大厅的上空是透明玻璃，还有一棵大树穿过房顶，茂盛地生长着。陈小元随手拍了几张照片，用微信的方式发给了女朋友。女朋友果然问，你在打高尔夫球吗？陈小元说，这是我的新单位呀，办公环境不错吧？女朋友又回复说，好漂亮呀，有空了你带我去玩儿吧。

但是终究还是让陈小元失望了，当他来到办公室三楼的时候，公司人事告诉他的准确消息是，他确实是被录取了，不过工作部门不在杂志社。陈小元说，我应聘的是编辑记者，为什么不在杂志社呢？公司人事说，你投递的简历都在这里呀，难道你面试的时候他们没有告诉你，若是编辑记者没有被录取的话，我们是可以进行调剂的。陈小元说，你们把我调剂到什么地方了？公司人事说，调剂到销售部门了呀。

陈小元说，销售部门是干什么的？是卖骨灰盒呢？还是卖棺材板？

公司人事说，我们是墓园，又不是火葬场。我们销售的是墓地，同时也销售墓碑。陈小元说，那怎么个销售法？公司人事说，你有没有买卖过房子？和买卖房子是一样的。不过房子是给活人住的，墓是给死人住的。陈小元说，你家买过房子吗？你家买房子会与买墓地一样吗？

公司人事并不生气，而是笑着说，你这是不了解我们这一行，说实话我们这个行业比房地产行业干净多了，也简单多了，卖房子还可以骗，还可以蒙，但是卖墓地都是一口价，很少有人会讨价还价的。

在墓园里办一份杂志，当一名编辑记者，恐怖是恐怖了些，但是在就业形势如此不景气的时候，陈小元还是勉强可以接受的。但是让自己去卖墓地，那是万万不可能的，自己这一关无所谓，女朋友这一关也好糊弄，几句花言巧语就蒙混过去了。但是女朋友的家人呢？哄个一天两天可以，哄个一年两年能行吗？而且一旦进入这个行业，你只能干到退休了，你想辞职另谋高就，一旦人家发现你曾经在墓园工作，而且是个卖墓的，那还有人敢要你吗？

陈小元不想再啰唆了，于是扭头就走。这个墓园真的好大，大得让他一出门就迷路了，他像是一丝游魂一样，在小雨之中到处乱串。这时他才发现大片大片的草坪，并不是真正的草坪，而是一块块墓地，上边安放着一块块石碑，像一本本摊开的书似的，仅仅只有半平方米的样子，石碑上边雕刻着逝者的姓名及生卒年月，下边埋着的就是逝者的骨灰。

陈小元想问个路，但是四处一片空旷，放眼望去连个人影也没有，好不容易碰到了另外一个，她同样是在墓园里迷路的人。陈小元想问她出口在什么地方，她则问陈小元办公楼在什么地方。陈小元说，你也是来上班的？她眼含着泪，告诉陈小元说，自己是来买墓的，他父亲前不久去世了，马上就要清明了，她想把父亲安葬于此。

这是一个年轻的女孩，恐怕是刚刚失去父亲的原因，显得有些伤感和无助。陈小元本来永远都不想再回到那个仙境一般的地方，但是他还是走在前边，给她带了路。她告诉陈小元，自己姓姚。陈小元则告诉她，自己叫陈小元。女孩年纪不大，二十六七岁的样子，人长得很漂亮，皮肤白净，一头长发。一路上，小姚告诉陈小元，父亲不到六十岁就去世了，他生前十分怕冷，最喜欢的就是晒太阳。小姚问陈小元，你晓得我为什么选择你们墓园了吧？陈小元说，为什么呀？小姚说，我几乎看了所有的墓园，只有这个地方不像墓园，倒像是一个美丽的公园，是可以晒到阳光的，父亲虽然死了，我依然要让他晒到人间的阳光。

小姚说话的时候，一颗颗眼泪又滚了出来。陈小元发现小雨早就停了，太阳从云层里冒了出来，果然把整个墓园照耀得温暖了起来。

公司人事看到陈小元又回来了，而且身后带了一个女孩，于是笑着说，以为你走了呢，这么快就有客户了？陈小元真想告诉她，他只是带个路而已，但是看到这个女孩如此依赖于自己，他就没有吱声了。他帮她填表，帮她付款，帮她书写墓碑上需要雕刻的文字。

小姚问，你是新来的吧？陈小元说，是啊，第一天。小姚说，我是你接待的第一个客户？陈小元说，对呀，你是不是已经看出我的业务并不熟练？小姚说，没有啊，就觉得你很认真，工作时间长的人慢慢会厌烦的吧？不管怎么样，我要谢谢你，我代替我爸爸谢谢你。她说着说着，大颗大颗的泪水又滚了下来。

陈小元说，你也别太伤心，其实和以前并没有什么不同，就跟有时候打电话出现故障一样，你父亲能听到你的声音，而你听不到他那边的声音。小姚点了点头说，是的，我总觉得他在喊我，我听不见而已。小姚站在透明的玻璃窗前，看着窗外绿茵茵的草坪，轻轻地说，爸爸啊，我昨天晚上还梦见你了呢，你就坐在我的床边，还问我要不要喝水。

公司人事递来一张《入职登记表》，对陈小元说，我看你很适合这份工作。陈小元说，我哪里适合了？公司人事说，你没有发现她来的时候是哭着的，而离开的时候已经是笑着的了吗？

目送着这个女孩离开之后，陈小元本来打算也要离开的，但是当他站在透明的玻璃窗前，看到小姚不停地回过头，面带微笑地看着他的时候，陈小元叹了口气，还是决定留了下来。他又有了一个预感，预感到自己若是待在这里，或许与她之间将会发生一点什么。陈小元明白，在春天的墓园里，除了那些死了的东西，应该还有一些活着的东西。

四

陈小元就这样稀里糊涂地做了一个墓地的销售员，开始几天心里还是阴森森的，有着许多不甘心，心想自己一个大学生，一个老牌记者，一个奔四的大男人，怎么可以整天在死人堆里滚打呢。但是几天过去，正如公司人事所说的那样，这份工作是很干净的，而且是十分单纯的，天天接触的都是丧事，所以对人生也就看开了，什么记者证呀，什么风光呀，最后全得化成一把灰，全都显得无足轻重了。若是没有世俗的偏见，陈小元甚至觉得这份工作相当不错，工资比外边要高很多，不用四处去拉业务，也不用与人斗心眼。人家既然来了，肯定家里死人了，而且无论是壁葬、草坪葬，还是墓葬，都是明码标价的，讨价还价是对逝者的不尊重，各人的财力怎么样都是心中有数的，用不着你连哄带骗地给人推销，只需要带着人家去看看现场，一切就可以定下来了。

陈小元每天坐着公司班车，往返于青浦与市区之间，确切地说是往返于家与墓地之间，这样的日子过得安然自在。

开始女朋友问他工作怎么样，他还撒谎说，杂志社工作挺好的，比起报社清闲多了，不用风里来雨里去，每天喝喝茶看看书，很容易就混过去了。

有一天，女朋友再缠着他，要去他的“高尔夫球场”的时候，陈小元基本就说了真话，告诉女朋友单位不在市区，而是在青浦郊区的一片葡萄园，工作还是那家公司，但是已经换了部门，不在杂志社了，而是在销售部门了。

女朋友就问，那就是说你现在不是记者了？陈小元说，不是记者了。女朋友说，那你为什么要换部门？不是记者以后还怎么替我爸妈办事？陈小元说，销售部门工资高，有钱了还怕办不成事情？女朋友就如实告诉了她的父母，她的父母就问，如今每月拿多少呢？陈小元说，一个月拿到手一万多块吧。她父母连他销售什么也没有问一声，看在钱的分儿上也就不再追究了。只要权与钱占上一样，就没有什么后顾之忧了。与朋友们聚会的时候，大家问他如今在什么地方发财，他就说是房地产公司。

春天很快就要过去了，上海迎来了春夏之交时的酷热。某一天中午，陈小元独自一个人无所事事，就跑到墓园里随便转转。墓园很大，到底哪儿才是边沿，自己根本是不清楚的，而且到底埋了多少人，自己更是不清楚的。塔葬、亭葬、树葬、壁葬、草坪葬，所以这里的墓是根本无法数的。有时候看上去是一棵树，但它同时又是一个墓，有时候看上去是一座楼，但它同时又是好多人一起的墓。墓园埋了无数名人，像余纯顺、阮玲玉、章士钊、章含之等，当然大多数是无名之辈。

陈小元像是逛公园一般，逛着逛着就逛出无限的趣味来了。不说别的，单说说那些草坪上的石碑，样子像一本本书似的摊着，再看看内容也是让人回味无穷的。有单人墓碑，有三人墓碑，多数是双人墓碑；有孩子墓碑，有百岁老人墓碑，多数是殁于花甲之年人的墓碑。陈小元一个个地琢磨过去，就琢磨出无数的小故事来。比如每个墓碑上都有一个大头照，基本可以看出逝者的音容笑貌。这些照片肯定是此人一生中最漂亮的一张，或者是生前津津乐道的一张，所以照片也是五花八门，有的活到六七十岁了，却用了一张少女时代的照片。比如有一个单人墓碑，享年四十九岁，立碑之人是“妻”和“儿”，说明什么呢？说明妻子有再嫁的打算。再比如有个三人墓碑，中间是一个留山羊胡子的男人，两边各有一个女人，这又说明什么呢？说明这个男人先后娶过两个女人。

陈小元看着看着，就发现一个十分可怕的规律，大部分男人都是活不过女人的。这又说明什么呢？恐怕说明男人比女人遭受的磨难多，像自己这么卖命图什么呢？归根结底不就是为了讨自己女朋友欢心吗？

正当陈小元黯然神伤的时候，突然接到了一个电话，是原来报社的工会主席老高打来的。

陈小元说，老高啊，有什么事情吗？老高说，你新工作怎么样了？陈小元说，挺清静的呀。老高说，听胡总编说了，在那种地方真是委屈你了，我们也是没有办法的，你们这批骨干记者一走啊，整个报社就基本熄火了，已经几个月没有发工资了。

陈小元说，代我谢谢胡总编吧，我心里很生气，但是我不怪他。

老高说，告诉你一个消息吧，胡总编去世了。

陈小元一时有些吃惊，急得在墓园里转起了圈子。陈小元一急一恼一烦，就会不由自主地转圈子，只不过有时候圈子转得大一点儿，有时候圈子转得小一点儿。陈小元连忙问，得什么急病了吗？老高说，本来是有抑郁症的，前段时间上边来人，要求报社立即清算关门，胡总编死活不愿意，说是近百号人，要吃饭，要养家，还有怀抱新闻理想的人，报社这门一关，让他们怎么办？上边说，不关门可以，每天的亏损谁来负责？胡总编说，不能只考虑经济效益，还得考虑群众的死活。最后闹得不可开交，胡总编就一句话，关门可以，关门之前先为他收尸。

陈小元说，最后呢？最后他怎么死的？

老高说，跳楼死的，他办公室在二十三楼，硬生生从窗户跳下去了，上边非说他抑郁症犯了，其实我们大家都明白，为了报社他是很忧郁，但根本厉害不到抑郁症发作的程度，他这是为了救大家才死的。

陈小元说，报社现在还关吗？

老高说，不关了，暂时不关了，毕竟胡总编跳楼了，上边一下子怕了，怕再死几个人，就不得了了。胡总编跳楼的前一天晚上，他死活不让我下班，说是要开个会。等大家都走了，只剩我们两个人的时候，我就问他，两个人开什么会呢？胡总编笑着说，不开会，你是工会主席，你要听我这个群众谈谈心。于是他搬出一箱子啤酒，两个人开始喝酒聊天，最后提到你的时候，他就哭了。他说对不起你，他说小陈你不容易，从陕西农村一步步走到现在不容易，混个记者当当更不容易。他说小陈你看重的，其实不是记者证这些东西，看重的还是自己的理想，还是自己的事业，他说小陈你一辈子的理想与事业就是当一名好记者，但是人到中年了，在他的手中让你的理想和事业都破灭了。他说你好像有一份工作，有一份收入不错的工作，但是小陈你那是干什么的，是混在死人堆里的人不人鬼不鬼的工作。老高哽咽着说，胡总编他喝醉了，喝醉的时候他说，若是有可能的话，他还想把你弄回来继续当记者。小陈你说说，你还想回来当记者吗？

陈小元也哭了，说如今他人呢？人在哪里？老高说，人在医院的太平间里，在世时溜须拍马的人一长串，人死了身边就只有苍蝇了。你还记得那个姓贾的主任吧？胡总编上个厕所吧，他也要冲上去开门，开门还不算数，还哈着腰候在边上，等胡总编上完了，再跑过去帮忙冲水；他自己就是放个屁，也去给胡总编汇报一下，若是胡总编说你别放，他会把臭屁硬生生地给憋回去，换成饱嗝给打出来的。就这么个人，胡总编跳楼的那天，大家喊人去收拾现场，他一下子就变脸了，指着楼下说，我才懒得去呢，干什么事情不好，为什么要自杀呀。

陈小元说，我早就提醒过，这个人就是一只不折不扣的白眼狼。老高说，胡总编还是心软，死之前还提拔他做了个主任。胡总编的情况你可能还不清楚吧？他一心扑在事业上，这么大年纪了，其实还没有成家，父母又死得早，就是一个孤儿，别说给他操办后事了，现在尸体在停尸间里放着，都放了一个星期了，连个去看望他的人都没有。

陈小元说，我得去看看胡总编。问一下，什么时候开追悼会？老高说，开追悼会？！谁给他开追悼会？！上边认定他这是自杀，患抑郁症自杀的。而社会上风传的，是报社经营不善，欠了一屁股外债不说，还欠员工几个月的工资，把胡总编逼死了，到目前为止，到底应该怎么办，什么时候埋，谁出钱来埋，都还没有一个明确的说法。

陈小元说，那就不要说法了，你是单位的工会主席，我正好在墓园上班，大家一起想想办法，把胡总编给安葬了吧。

陈小元放下电话，立即赶往医院。当他赶到医院的时候，工会主席老高已经带着相关的证明文件，守候在医院的大门外了。陈小元给胡总编办理完了手续，然后随着运尸车一起，赶到了火葬场。一切办得相当顺利，在太阳偏西的时候，一个堂堂的报社总编，一个四十多岁的大活人，一个为救下一家报社选择纵身一跳的大男人，就这样变成了一把火灰。

陈小元手捧着胡总编的骨灰盒，从火葬场走出来的时候，老高有些迷茫地问，下一步怎么办呢？陈小元说，他真一个亲人都没有了？老高说，我是工会的干部，就目前的档案看，肯定一个亲戚都没有。陈小元说，也就是说没有人跟我们抢骨灰了？老高笑了笑说，如今人什么都抢，抢房子抢车子，唯独这骨灰是个一毛钱用处都没有的东西，恨不得撒到大海里去。

陈小元说，这就好办了，我们现在就去长寿园吧。

老高抬头看了看天空，太阳开始下沉了，已经接近黄昏时分。老高为难地说，能放到明天吗？陈小元说，那今天晚上怎么办？它连个寄存的地方都没有啊，就老实告诉你吧，我是怕鬼的人，虽然与胡总编共事了几个月，但是对他一点儿不熟悉，现在捧着它已经瘆得慌了，若是再把这个骨灰抱回家过夜的话，恐怕我的小命都不保了。陈小元说着，似乎一下明白过来，自己捧着的不是一个珠宝盒子，而是一个骨灰盒子，一个有些陌生的骨灰盒子。

陈小元说，你有什么事情吗？老高说，我家有个情况，你可能也不清楚，我老婆瘫痪在床，还等我回家给她烧饭呢，我不回家她怕就饿死了。正说着，老高家里打来了电话，催他赶紧回家去一趟，说是老婆大小便失禁了。老高无奈地说，你看这样行不？你找个地方把它寄存一夜，反正也没有人在乎它，我现在先回家照顾老婆，而且我们现在去长寿园，天已经黑了，人家已经下班了，恐怕已经无法落葬了。

陈小元觉得老高说得有些道理，于是说，就这么定了，明天早上我们在长寿园碰面吧。老高匆匆忙忙地走了，陈小元看着他有些佝偻的背影，在昏黄的夕阳下有些艰难地移动着。

陈小元十分感慨，老高在报社里，那是多光鲜、多儒雅的一个人，谁会想到他从报社回到家，还得给老婆端屎倒尿，这比起自己来说，恐怕要艰难得多了。自己除了在墓园工作，除了觉得无法面对女朋友一家之外，他还有什么可烦恼的呢？

开始到墓园的时候内心是有些委屈，但是现在慢慢地已经想开了，人生中有生就有死，大家都为了生，总得有人为了死，谁会不死呢？只要会死，就有用得着他陈小元的地方。

五

陈小元抱着一个骨灰盒，坐在火葬场大门外的公交车站里。

天已经慢慢黑了，四处升起了迷离的灯火，公交车来来往往，人流上上下下，没有人注意陈小元到底是个干什么的，更不晓得他手中抱着的是一个什么东西。有一个乘客不小心把陈小元手中的骨灰盒给撞翻了，哐当一声落在地上，这个乘客连忙拾起来，又塞回给陈小元。他与陈小元并肩坐着等车，他看了看陈小元，然后奇怪地问，你抱着的是什么东西？陈小元说，是月饼。他说，是月饼吗？又不是中秋，还会有月饼吗？陈小元说，不是马上清明了吗，清明也可以吃月饼。他说，啊，那是青团吧？现在的包装越来越讲究了，一个青团也弄得这么豪华，我还以为是骨灰盒呢。

陈小元笑了笑，然后半开玩笑地说，再豪华都是装东西的，也没有太大差别吧？

陈小元无聊而又心慌地坐着，他不晓得应该怎么办。抱着骨灰盒回自己家吗？若是回自己家的话，那肯定会被活活吓死的，稍微有个风吹草动的时候，他都睁着一双眼睛不敢入眠，何况如今抱着一个人的骨灰盒。一个人的骨灰盒是什么？就是一个人的尸体。白天还有老高陪着，如今他回家给老婆擦屁股去了，把陈小元连同无边的夜色一起扔在了这里。

那怎么办呢？真把这个骨灰盒扔在荒郊野外吗？虽然骨灰确实不值钱，比一把泥巴都不值钱，泥巴可以填到花盆里，骨灰能干什么呢？但是人家怎么晓得这是骨灰呢？就像刚才那个乘客一样，说不定人家会以为是什么宝贝。退一万步，确实被人家认出来是一盒骨灰，骨灰不值钱，但是这么好看的一个盒子还是值钱的。这个盒子就是自己花三百块买来的。一般人怕它，那些拾荒者可不怕，只要能卖钱，他们什么不敢捡？

若是自己把胡总编的骨灰给弄丢了，恐怕也没有什么人追究自己，但是自己的良心呢？自己的义气呢？他急着来处理胡总编的后事，图的是什么？自己与他无亲无故，更谈不上有天大的恩情，仅凭着胡总编为了报社不关门，为一帮新闻人还能吃上这碗饭才这么拼命的。所以，他无论如何也得让胡总编入土为安才行，这是他陈小元做人的基本原则，别看他平时像个疯子，又像个傻子，更像个愣头青，但是他做人的原则从来都没有放弃过。

关键的时候，陈小元还是想起了女朋友，于是他给女朋友打了一个电话。女朋友说，你在哪里呢？陈小元说，在公交车站呀。女朋友说，准备回家还是准备出去约会？陈小元说，我想你了，你今天晚上加班吗？不加班就陪陪我行不？女朋友说，你今天怎么了？一下子有点抒情了，是不是做什么亏心事了？陈小元说，没有啊，工作一天太累了，就是想见见你。女朋友说，我看你不是想我了，是想我妈的红烧肉了，你赶紧过来吧，正好赶上开饭呢。

陈小元打完电话，发现公交车站离女朋友家并不远，仅仅隔着四站路的距离。陈小元脱下一件外套，把手中的骨灰盒包了起来，然后爬上了一辆公交车。

到女朋友家楼下的时候，陈小元准备买几斤苹果。每次到女朋友家混饭，他都不会空手的。但是小区里的水果店关门了，他只能空着手上楼了。

当他来到女朋友家门口，感觉带着一个骨灰盒是不妥的，别说晦气不晦气，若是被女朋友当成礼物，那可怎么办呢？于是他又下楼，顺着大楼转了几圈。开始想把骨灰盒藏在花丛中，但是花丛并不深，是藏不住的；后来想把骨灰盒藏在楼道的纸箱子里，但是纸箱子很容易被人给收走了。最后，陈小元发现楼道电表房的门开着，于是他留下上衣自己披上，把骨灰盒藏在了电表房里了。平时大家不在家的时候，会把快递放在这里，所以是非常保险的。

等陈小元来到女朋友家，女朋友家已经开饭了，果然有陈小元最爱吃的红烧肉。陈小元也不客气，自己加了一双筷子，狼吞虎咽地吃了起来。他一天都在忙着胡总编的事情，连口水也忘记喝了。

准岳母说，吃饭不洗手吗？女朋友说，快去洗手吧。陈小元就跑到厕所去洗了洗手。准岳父说，吃饭不喝汤吗？女朋友就说，快去给自己舀碗汤吧。陈小元便又起身舀了一碗汤。在这个家里，女朋友全是听父母的，陈小元又全是听女朋友的。吃完饭，陈小元张罗着收拾碗筷，只要陈小元在，女朋友家的碗筷就是陈小元包了的。这并不能说明陈小元的地位低，而是在上海，所有的女婿地位都是不高的。

陈小元刚刚收拾完碗筷，准岳母一边看电视，一边自言自语地说，好像西瓜上市了，也不晓得好吃不。女朋友就说，我们得买一个回来尝尝了。女朋友走到陈小元身边，小声嘀咕，你怎么还不接翎子？今天你怎么空着手来了？陈小元说，我本想买点水果的，但是小区的水果店关门了。女朋友说，你不能跑远一点儿，这世上仅这一家吗？陈小元说，我现在再下去看看吧。

陈小元趁机出门了，他一方面真想买个西瓜回来，讨一下准岳母的欢心；另一方面他是想出门看看，那个骨灰盒还在不在。自从带着个骨灰盒上路，他的心就一直是悬着的，感觉总有一个人跟在后边似的。

陈小元跑到楼道，发现电表房的门刚刚还是开着的，现在却突然给锁上了。锁上也就锁上了，这样更加安全了。陈小元安心地出了小区，找了一家水果超市，买了一个刚上市的大西瓜，另外还买了几斤苹果，回到女朋友家把西瓜给切了。虽然是早熟的西瓜，还是相当不错的，准岳母吃得一时开心，便主动开口说，天已经晚了，小陈你就别回去了。女朋友说，那你就住我家吧。

陈小元就留宿在了女朋友家。不仅没有与女朋友同居一室，而且做了一夜的噩梦，前半夜梦见自己从原报社的楼顶掉下去了，后半夜梦见自己陷进了一个大坑之中，但是因为女朋友家里人多，这一夜还是相安无事的。

天亮后，陈小元匆匆地起了床，向着小区物业冲去。那个电表房应该是小区电工给锁上的，他必须到物业找到电工，才能把胡总编的骨灰盒给拿出来。

物业说，我不认识你，为什么给你开门？陈小元说，我开门就拿件快递，又不干别的。物业说，那不行，万一你偷电怎么办？陈小元说，我偷电干什么？怎么个偷法？电表房天天都开着的，要偷电我早偷一百遍了。物业就喊回了电工。电工说，你是这个小区的吗？我怎么没有见过你，那里边的快递可不是随便能拿的。陈小元说，我是你们小区的女婿，还没有过门呢。电工说，哪家的女婿？我得求证一下。

陈小元说，某某楼某某室的。电工说，这户人家啊，我是认识的，大年三十还给他家修过吊灯的。电工说着，就把电话打给了陈小元的准岳父。电工说，这里有个光头，说是你家女婿，我打电话核实一下。准岳父说，呵呵，两个人正谈着呢，还没有结婚的，他是一家报社的记者，大清早的他找你们干什么呢？电工说，让我给开三楼电表房的门，说是拿个东西。

准岳父一家觉得好奇，他们确实让陈小元帮忙偷过电，但是被陈小元一口回绝了，说是被抓住了会坐牢的，如今哪根筋出毛病了，一清早的，竟然明目张胆地找电工干什么？于是一家人顾不得梳洗，都拥到了三楼楼道里了。

电工随着陈小元，把电表房的门给打开了。准岳母说，这个黑色盒子是什么东西，蛮好看的嘛。女朋友就笑着问陈小元，是不是你的快递，你是不是买什么礼物给我妈了？准岳父说，我以为你要干傻事呢，原来是个礼物呀。陈小元不晓得如何回答，正在僵持不下的时候，女朋友挤到身边说，这么神秘干吗呀？于是一把接过那个骨灰盒，一下子掀开了。

陈小元挡也没有挡住。几个人挤在一起，朝着盒子里一看，除了铺着一片黄色的锦缎之外，什么也没有。确切地说，里边只有一把水泥，没有搅拌的水泥。准岳母问，这是啥货子啊？女朋友接口说，怎么就一把灰呀？准岳父说，是不是珍珠粉呀？陈小元就支支吾吾，不晓得如何回答了。

女朋友说，珍珠粉是白色的，而这是灰色的，倒是像一把虫草，你们见过虫草吧？虫草放得时间长了，就全部化成灰了。准岳母说，小陈啊，你是不是被哪个小瘪三给骗了？女朋友接口说，你是在淘宝上买的吗？可以七天无理由退货的。

电工还没有走开，他也挤了进来，顺着这个盒子转了一圈，左看看右看看，然后疑惑地对大家说，我看不对头吧？这恐怕是个晦气的东西。准岳父说，看你这话说的，阿拉闺女男朋友送来的礼物，晦气在哪里了？电工说，你再看看吧，它像个什么？准岳父说，这么好看，不就是个珠宝盒子吗？电工挠了挠头，嘿嘿一笑说，你们家没有死过人吧？我现在终于看明白了，这其实就是一个骨灰盒。

准岳父一听，气不打一处来，冲上去一把抓住了电工的衣领子，然后扭过头问陈小元，小陈你说说，这到底是什么东西，让这个乡下人长长见识。女朋友接口问，你说说吧，你到底网购了什么礼物？是不是被人给骗了？

陈小元急得脸红脖子粗，他一急照样是要转圈子的，于是围着其他几个人转了几圈，然后像一只泄气的轮胎似的说，它就是骨灰盒，还能是什么呢？！

准岳父以为自己听错了，放开了电工，对着骨灰盒轻轻踢了一脚问，这是什么？你再说一遍到底是什么！陈小元又回答，是骨灰盒呀。准岳父又踢了一脚问，盒子里边呢？陈小元说，是骨灰呀。准岳母本来站在旁边，一边看热闹似的，一边抱着一个玻璃瓶子在喝牛奶，听到“骨灰”两个字，喝下去的牛奶一下子就喷出来了。

准岳父说，你在上海没有一个亲人，你要这个东西干什么？是不是你当记者得罪什么人了，有人寄这个东西和你恶作剧？

陈小元说，没有啊，是我从火葬场买的，我们的胡总编死了，我得把他给埋了。

准岳父说，你是胡总编的儿子还是孙子？用得着你来埋他吗？

陈小元说，我不是他儿子孙子，现在也不是他的下属了，我早就被他给炒鱿鱼了。

女朋友说，你不还是记者吗？陈小元说，我就实话实说吧，我现在不在报社，也不在杂志社，我目前的工作在长寿园，我的身份是一个销售员。电工听了，一边走一边嘿嘿地笑着说，什么销售员不销售员的，就是一个卖墓地的，明白点说就是埋死人的。

准岳母已经回到房间，砰的一声把门给关上了。女朋友也不敢久留，紧随着她妈回家了。准岳父没有走，但是开始蹲在地上，哇哇地呕吐了起来。陈小元上前扶了一把，问，叔叔你怎么了？准岳父朝着地上吐了一口，说谁是你叔叔了？你叔叔在那个盒子里呢！你还不赶快给我滚！

陈小元不紧不慢，脱了自己的外衣，把那个骨灰盒给包了，然后像一个包袱一样，斜挎在肩膀上，顺着台阶下楼而去。陈小元下楼后，没有急着离开，而是围着女朋友家的这座楼，整整绕了十三圈，他一边绕一边朝楼上看，他看见有人在阳台上浇花，但是浇花的人似乎并没有看见他在转圈子。

陈小元离开的时候，眼泪唰唰地流下来了，他明白从这一天起，他又要失恋了。

六

陈小元斜挎着一个包袱，先是搭乘了一辆公交车，又转乘了地铁一号线。本想着赶单位的通勤班车，但是一时找不到班车的停靠点，于是陈小元干脆回了家，骑上了自己的电动车，然后呼呼噜噜地向青浦赶去。

春末夏初，老天爷像坐过山车一般，玩儿得十分过瘾，前几天都冲到三十摄氏度高温了，这时一下子又降到了十多摄氏度，野外虽然已是花开花落，但是风一下子寒冷了起来。陈小元骑着电动车，顺着沪青平公路，风尘仆仆地朝着长寿园跑去。陈小元开始也没有觉得有什么异样，不就背着一个人的骨灰吗？比起背着一个死人轻松多了。走着走着，随着离喧闹的城市越来越远，加上耳边刮着呼呼的晨风，陈小元就有些悲伤了。

他首先想到了还在陕西塔尔坪的老父亲，他已经年近八十岁了，但是依然孤独地一个人住在那个小山村里。上次回家的时候，父亲把陈小元拉到了阁楼上，说我给你看样东西吧。陈小元在阁楼上，看到一副漆得油光发亮的棺材，一套黑色的寿衣，一些麻纸和香烛，还有一缸刚酿的柿子酒。

陈小元明白，这全是给死人用的，给一个人下葬的东西一应俱全了。陈小元问，预备这些给哪个呀？父亲说，还能给哪个呢，给我自己预备的，哪天一口气上不来的时候，你们儿女离得远，哪有工夫预备这些呀，我活着的时候就全弄停当了，只等你们回来把我埋掉就行了。就是那次，陈小元有了深深的自责，大伯死了他没有回家奔丧，叔叔死了他也没有回家奔丧，基本都是忙着工作和糊口。有一次回家，时间稍微空闲了点，想去看看一直很疼自己的舅舅。父亲才告诉陈小元，舅舅已经死了好多年了，临死的时候还问到过陈小元的情况，问陈小元现在在哪里，在外边混得怎么样了，这孩子从小死了娘，你们多关心一下吧。当然舅舅还问到了一杆枪，是陈小元考上学的时候，舅舅送陈小元的一件礼物。这么多年，在亲人一个个离开的时候，别说守在床前聆听几句嘱托，连给他们送葬的机会也没有啊。陈小元当时就想，亲人们几乎死得差不多了，仅剩下一个姨娘，一个姑姑，她们去世的时候，肯定不会通知陈小元的，所以这辈子恐怕只会为父亲一个人送葬了。

但是谁会想到，自己却为一个几乎无关的人送葬，而且成了唯一一个送葬的人，他不明白这是自己讲义气呢，还是这个社会变得更加冷漠了。陈小元想着想着，就特别想唱歌，想唱孝歌。在陕西老家送葬的时候都会唱孝歌的，陈小元从儿时不但会唱孝歌，还会编孝歌的词儿。陈小元于是放开嗓子唱了起来：

管我是亲还是疏
人死还要人来埋
人死灯灭还有魂
哪家门上挂无牌
人在世上千般好
不如路边一棵草
草死叶落根还在
但愿人去得转来

陈小元声音沙哑，几乎是歇斯底里的，好在当时风大，又在郊外的大马路上，所以声音被风吹散了，没有惊吓到什么人。骑到一处十字路口时，电动车颤抖了一阵子，就熄火了。陈小元明白，恐怕电耗光了。自己过去从来没有骑过这么远的路程，所以也就把这档子事给忽视了。正处于荒无人烟的地方，陈小元下了车，推行了一阵子，实在是太吃力了，于是拐入了另一条小路。走了不远，就遇到了一个小镇，小镇背后有一座小山，山上绿意盎然，有一群白鹭在山腰上盘旋，山顶有一座红房子耸立着。上海是没有山的，所以这个小土包应该就是佘山了，山顶上那个红房子就是圣母大教堂。

在山脚下的小巷子里，陈小元找到了一个修理铺，花了五块钱给电动车充电。正好有一段空闲时间，陈小元很想去佘山溜达一下。在上海这么多年了，还从没有来这里逛过。一是自己在山里长大的，对这座小山是不屑一顾的；二是在报社的时候，真是太忙了太累了，根本没有时间与兴致来游玩。陈小元觉得人生很有趣，他恐怕有一百个一千个来这里的理由，但是却没有想到其中的一个原因，竟然是为了送葬。

这样一想，陈小元稍微开心了一点儿，也算是有得有失吧。

陈小元背着包袱似的骨灰盒，顺着一条林荫小路上了山。上到半山腰的时候，发现有一片片密密麻麻的竹林，竹笋早就钻出了地面，长到一人多高了，竹林中间夹杂着几棵绿树，各色无名的野花开满了山坡，景色确实美妙极了，而且安静极了。陈小元偏离了正道，走入旁边一条小道，更是觉得清幽无比。麻雀叽叽喳喳地叫着，偶尔还有一群白鹭在竹林上边跳跃，丝毫也感觉不到人的存在。

陈小元找到一块石头坐了下来，这时一低头，突然发现屁股下边是一块墓碑，准确地说其实只是一块石板，上边用油漆写着几行小字。字迹已经模糊不清了，只能看到“谁谁谁之墓”和“谁谁谁敬立”的字样。坐在墓上，等于坐在死人的头上，这是对逝者天大的不敬。什么地方都可以坐，怎么可以坐在人家的墓上呢?

陈小元一下子感慨起来，这真是埋人的好地方，不但有一方好风水，而且又不要钱。上海的墓地是很贵的，陈小元当记者的时候，采访过一个新闻，有个人买不起墓地，就把自己的母亲埋在了小区的绿化带里。若是他把母亲的骨灰撒在绿化带里，也许就没有人晓得了。因为骨灰对于泥巴而言，真是太渺小了，仅仅算是一小把肥料而已。但是他在绿化带的香樟树下挖了一个大坑，把母亲的骨灰盒全部埋了进去，还在香樟树上刻了一行“母亲大人之墓”的小字，这下就暴露了，引起了居民们的强烈反对，只能把坟给迁走了。

陈小元突然之间，想起自己只顾着出门，竟然忘记带钱了。没有钱，拿什么给胡总编买墓呢?

陈小元取下包袱，把外衣打开，把骨灰盒放在一棵大树下，然后绕着大树转起了圈子。陈小元一边转一边说，胡总编啊,我不是你儿子,也不是你兄弟,甚至你还炒了我的鱿鱼,为什么最后是我来埋你呢? 陈小元说，胡总编啊，你生前有没有想过，自己会埋在什么地方? 肯定没有想过吧，那我替你想一想吧。陈小元说，胡总编啊，你睁开眼睛看看，这是上海之根，是上海唯一的一座山，风水肯定差不了，而且这里不要钱啊，老实说吧，我把自己的存款全部取出来，不见得能在长寿园里安葬得了你。

陈小元说，我把你埋在这里吧，反正你也无后了，埋在哪里都是一样的，埋在这里还有一个好处，有麻雀与白鹭天天给你上坟唱歌呢。

一只小麻雀从枝头跳了下来，落在了骨灰盒上边，轻轻地啄着斑驳的一层阳光。

陈小元说，算是你答应了对吗？那我就把你埋在这里吧。

陈小元折了一根树枝，开始在一棵大树下边挖坑。大树下边盘根错节，根本不是那么容易挖下去的，陈小元于是另想了一个办法，那就是建墓。陈小元的老家当年是挖坟的，现在已经改成建墓了。坟与墓的差别，一个在地下，一个在地上；坟需要向地下挖，而墓呢，只需要用青砖石头向上边堆，显得更加气派一些。陈小元从四周开始找石头，这山上花花草草的十分茂盛，唯一缺少的就是石头，找了半天也没有找到一块像样的石头。陈小元有些好奇，人家那块墓碑又从何而来呢？难不成从山下运来的吗？陈小元再凑过去仔细一看，发现那块墓碑上除了有两行小字之外，还画了一个图案，应该是逝者的肖像。

陈小元总算看清了，那个肖像不是半身的，也不是一个大头的，而是一个全身的。这个逝者，原来不但有鼻子，有眼睛，竟然有四条腿和一条尾巴。所以这里埋着的，不是仙逝的人，而是一只宠物狗。

陈小元早就听说了，上海人爱养宠物，宠物活着时，起着人的名字，比如钱多多呀，比如富满门呀，与主人一起入餐厅，住酒店，吃山珍海味，死了后同样享受着人能享受的一切，最突出的就是立碑了。当陈小元发现这是一个宠物狗的墓地时，就十分气愤，上前踢了一脚。心想，胡总编再怎么与自己毫不相干，我也不能把他埋在这里，与一只畜生为伍啊，这不是对胡总编亡灵的羞辱吗？

半个小时过去了，太阳已经升到天空了，自己的电动车应该充好电了，陈小元再用衣服把骨灰盒包了起来，挎上包袱就下山了。下山之前，陈小元还爬上了山顶。山顶上圣母大教堂的祷告已经结束了，大门也关闭了。陈小元取下包袱，捧在手中，顺着大教堂四周，一边念叨着胡总编——胡中华的名字，一边绕着教堂转了二九一十八圈。就算是对亡灵的超度吧。

陈小元来到维修店，电动车果然充足了电。他上路之前，感觉有些口渴，于是钻进维修店里，向老板讨一口水喝。老板说，我这有饮料呀，你买瓶饮料吧。陈小元说，饮料有啥喝头，都是色素，而且饮料假冒的太多了。老板一听，有些不高兴了，说，你怀疑我这里卖假货对吧？

陈小元一看话不投机，水也不敢讨了，就掏出五块钱递给了老板。老板说，你这不够呀。陈小元说，不是讲好的，充一次电五块吗？老板说，是啊，但人家一次多长时间，你一次多长时间？所以我就收你两次的，十块。见老板有点凶狠，提着一只修车的大扳手，在大门口拦住了去路，陈小元又添了五块钱，一边递给老板一边说，你也不看我这是干什么去，这钱你也敢收！

老板说，你这是干什么去？陈小元已经走出了修理铺，还是嘟哝了一句，我这是埋死人去呀，你不怕死人回来把你多收的钱要回来？老板似乎看出了异样，走到陈小元跟前说，你背上挎着的是什么东西？陈小元说，还能有什么东西，不是说了吗，是死人的骨灰。

陈小元已经骑上了电动车。老板冲过来，一把拔下了钥匙，然后盯着陈小元问，你这包袱里是什么，你再说一遍。陈小元说，骨灰呀。老板说，他妈的，难怪从你来这里充电起，才一个小时不到，我就接连地出事情，先是一榔头下去，砸在自己的大腿上，眼睛都冒金星了；好不容易接到一单生意，能赚个十块八块吧，偏偏收了一百块钱的假钞。原来晦气在你这里呀。你带着这死人的骨灰，哪里不可以去，随随便便地钻到我店里来干什么呢？陈小元说，没有电了，我充电呀。老板说，人家送葬，不说开个汽车吧，起码也是坐公交车的，哪有你这样骑着个电动车的？

老板说着，带着钥匙气呼呼地走了，一瘸一瘸地继续修车去了。陈小元一时意识到，自己这事办得确有不妥当的地方。在陕西塔尔坪那边也有这样的风俗，别说把骨灰带到别人家里，就是披麻戴孝之人，没有过七七四十九天，去别人家里串门子也是犯忌讳的。陈小元买了一包烟，笑着递给了老板说，对不住了，我不是故意的，一会儿我埋好他的时候，我让他保佑保佑你吧。

老板低着头修车，对陈小元置之不理。陈小元说，这样吧，要不那一百块损失，我补给你怎么样？老板说，你补给我？不瞒你说，刚才还有一件事情呢，我老婆在外边逛街，走得好好的，竟然一下子撞在一棵梧桐树上，把个门牙给撞掉了，这不是见鬼了是什么，今天真是倒霉透顶了。

陈小元说，你晓得我要埋的是什么人吗？老板说，还能有什么人？！不是你爹妈还能有什么人？！陈小元说，你猜错了，我要埋的这个人，也是一个可怜人，他只是我的老领导，他还把我给开除了，但是他为了下边一帮兄弟们的利益，竟然以死相逼跳楼自杀了。

老板放下手中的大扳手，伸出手接过了陈小元的烟，抽出一根，一边吸着，一边盯着陈小元问，你这是想博我同情吧？他没有后人吗？还有，单位不管吗？陈小元说，据说是个老孤儿，连个沾亲带故的也没有留下，至于单位嘛，因为是跳楼自杀的，而且人一走茶就凉，所以迟迟没有人张罗，我就想早点儿把他给埋了。

老板猛吸了一口烟，对陈小元说，入土为安嘛，看你是个讲义气的人，你要埋的这个人做了鬼，也不会是个狼心狗肺的，今天的事情就过去了。老板说着，就把钥匙还给了陈小元。

陈小元临走时，老板还说，你返回的时候，若是没有电了，再来我这里充电吧，保证不收你一分钱。

七

陈小元来到长寿园的时候，已经是上午十一点了，还不见工会主席老高的踪影。陈小元便打电话给老高，问，你在哪里呢？不会和别人一样逃掉了吧？你若是还没有动身的话，那就干脆再去报社一趟，带点钱来吧。老高说，我到大门口了，见面了再说吧。放下电话，老高果然出现了。

老高说，让你久等了，你不晓得瘫痪的人有多麻烦，不仅生活不能自理，人心也变了。我本想早点出门的，老婆硬是哭哭啼啼地问，为什么比平时要早一小时？我说，有要紧的事情，与人约好了，要在青浦会面的。她问，和谁会面呢，而且在青浦？青浦有个淀山湖，可漂亮了，不会是与哪个女人约会吧？我说，约什么会呀，是要参加一个人的葬礼。她说，哪个亲戚去世了，我怎么不晓得呀。我说，是一个同事去世了。她说，同事去世了，追悼会应该在殡仪馆，跑到青浦干什么？她更加不相信了，硬是拉着我不放手，一定让我解释清楚。我怎么解释清楚呢？所以就迟到了。

陈小元说，我也刚到呀。老高说，你是骑电动车来的？也够折腾的了。陈小元说，你带钱了吗？人虽然是自杀的，安葬费应该有人出吧。老高说，别提了，我给报社的财务打过电话了，我的意思是先从报社借点钱，等丧葬费领出来了，再还回去。以前只晓得报社穷，没有想到穷到这种程度，连埋个死人的钱也拿不出来。陈小元说，会不会人家根本不想借？老高说，这个不会的，是真的没有钱了，所以才闹着关门嘛。

陈小元说，我们两个都没有钱，那怎么办呢？老高说，大概多少钱？陈小元说，具体也不是很清楚，壁葬的话要一万五千块，树葬的话两万多块，草坪葬的话五万多块，这还不算其他的，比如买个碑、雕个字，还有管理费，等等，都是要收钱的。老高说，原以为房地产开发商暴利，没有想到你们这里更加黑心了。陈小元说，这和我有什么关系？我只是一个卖墓地的，说明白点，也是积德行善呢。

陈小元推着电动车与老高一起，已经步入了墓园深处，这时看到一条清澈的小河，河中鱼儿游来游去，河边一排柳树青青。老高说，你看这样行不，周总理的骨灰都撒到大海里去了，我们把胡总编的骨灰就撒在长寿园的这条河里，应该也不错吧？

陈小元想起自己在佘山上经历的一幕，不由得摸了摸自己的光头，笑了笑说，你不怕胡总编找你报仇？这条河虽然不错，但是水是流动的，毕竟没着没落的，不踏实啊。老高说，壁葬是什么情况？那就弄个壁葬吧。陈小元指了指不远处的一座塔楼，对老高说，我也没有去过，我们去看看再说吧。

两个人上了楼，发现所谓的壁葬，就是在墙壁上隔出一个个小小的橱窗，橱窗里放着骨灰盒，上边写着逝者的名字，下边则摆些祭品。橱窗虽然有些狭小，而且有些阴森恐怖，但还是有名有姓的。等再仔细看过去，才突然发现，葬在这里的基本都是夭折的婴幼儿。老高说，你看怎么样？陈小元说，这不就是另一个幼儿园吗？你把胡总编放在一群孩子中间，这也太幼稚了吧。

陈小元带着老高，去办公室找到了墓园的销售经理，说是自己有个朋友来落葬，忘记带钱了，能不能先欠着。经理说，欠着？这在墓园可是头一回啊，到底是你什么人呀？陈小元说，是我一个重要的亲戚，你就从我的工资里扣吧。经理说，是亲戚那就好办，还可以给你个内部价，而且正好要发工资了，你们订的是哪块墓地？陈小元说，他走得比较突然，所以墓地呀墓碑呀，什么都没有预订呀。

经理说，墓地好办，你看上哪一块，立即就可以拿走，但是墓碑是要提前好多天预订的。陈小元说，请领导给批个条子，给我们加个急吧。经理说，我看过你的档案，你在上海没有亲戚，也没有结婚，这真是你的亲戚吗？老高在旁边帮腔说，就实话实说吧，这个人不是他亲戚，也不是他朋友，只是我的同事，他的老领导而已，你就帮个忙吧。

经理有些吃惊地看着陈小元说，你来这里前不是报社的吗？陈小元说，是呀，我衣服里包着的，就是报社领导的骨灰啊。经理这时才发现陈小元的肩膀上挎着一个包袱，于是问，为什么只有你一个人呢？陈小元说，不是我一个人呀，还有这位老高，他是报社的工会主席，是代表报社的，只是我在这里工作，顺便给咱们墓园拉个生意。

经理说，那为什么要你自己出钱？陈小元说，不为什么，谁让他是我的老领导呢，若是有一天你去世了，我也会这么做的。经理说，放屁，我活得好好的。老高说，话不好听，但是陈小元是个讲义气的人。经理有一点点小小的感动，他没有批条子，而是直接打了几个电话，然后对陈小元说，我已经替你安排妥当了，你们现在去办一个手续，选一块墓地，带着工人去挖坑，三个小时后墓碑就好了，应该就可以正式落葬了。

陈小元与老高就照着交代去了，临出门时，经理又补充了一句，要先把碑文写下来啊。于是陈小元与老高办完了所有的手续，先去了“墓碑预订处”，开始起草碑文。逝者的名字与生卒年月是清楚的，只是落款处写谁的名字，让陈小元与老高颇为犯难。

按理是要雕刻上立碑之人的名字的，但是立碑之人是陈小元与老高，确切地说钱是陈小元出的，应该雕刻上陈小元的名字，但是陈小元与他非亲非故，无端地被雕刻上了一个人的墓碑，那是不是显得有些滑稽呢？老高提议，就雕刻你陈小元的名字。陈小元却说，若是雕刻我的名字，称呼是什么呢？难道要写上"同事陈小元敬立"？老高说，称呼就免了，可以让人想象去，这样还更有吸引力。

陈小元说，你以为是做新闻要惹人眼球啊，我看就雕刻上报社的名字，胡总编是为报社员工而死的，报社给他立个碑，也是合情合理的。老高反对说，这个碑，又不是烈士纪念碑，哪能写单位的名字呢，算了，还是空着吧，刻字是按字数收费的，空着还可以省几百块钱呢。陈小元思考了半天，最后拍板说，空着也不好，让人一看就是无后之人，我看报纸上发文章的时候，不晓得作者的统统署名为"佚名"，那我们就写上"佚名敬立"吧。

老高说，这和空白还不是一样的？前边再加两个字吧。陈小元说，加什么？老高说，加"儿子"两个字怎么样？陈小元说，加"儿子"好像有点疯刺人家胡总编，我看加"妻子"两个字比较有意思。

最后敲定下来的落款就成了"妻子佚名敬立"。两个人看着这个碑文，越想越有味道，"佚名"既像是一个女人的名字，又有点遗落人间的意思。胡总编生前最羞于启齿的，不就是一直没有娶个老婆吗？这也算是替他把丑给遮了。

下午五时，太阳已经西斜了，气温又无端地升上来了，再次显得有些闷热而毒辣。碑已经雕刻好了，坑已经挖好了，万事俱备了，只等着工人来帮忙落葬了。这时，老高接了一个电话，说是老婆打来的，又大便失禁了，等着他回去给擦洗呢。老高挂了电话，一脸忧愁地说，别管她，先埋人吧。但是电话一个接着一个，老高再次接了，竟然是邻居家的大妈打来的。大妈说，你怎么还在外边吗？老高说，是啊，在青浦呢。

大妈说，你果真在青浦和女人约会？我还以为你老婆瞎猜忌的呢。老高说，我是在约会，不过不是女人，而是与一个死人，马上就落葬了。大妈呀，你先帮忙照顾一下，我马上就回来。大妈在另一边大呼小叫起来说，哎呀，不得了了，你老婆恐怕把舌头咬断了，满嘴流血啊。

老高一下子脸色铁青，挂掉电话后对陈小元说，本想与你一起把胡总编好好送走的，我再不回去的话，老婆恐怕就没命了。老高从身上掏出一张纸条，递给陈小元说，这是我准备的话，本来准备念一念的，现在就交给你吧。

夕阳开始西下，几名工人带着铁锹，来到这片空旷的草坪。工人问，你没有带锡纸什么的吗？陈小元说，我不懂啊，还需要什么，我现在去买吧。工人说，死者生前爱抽烟的话，是要放个烟斗什么的；若是爱喝酒，就放几个酒盅子。没有金银细软的话，有些家属就放一个玉手镯或者是玉耳环。陈小元说，这个人，不烟不酒，不穿金戴银，我看还是算了吧。工人说，没有什么陪葬也行，你起码得弄点锡纸，把墓穴给烘一烘吧？不然里边阴气太重，会生关节炎的。陈小元说，谁会生关节炎？人都死了，哪还有关节？

工人说，人死了还有魂呢，魂也是五官齐全的，你以为一把火就把什么都烧掉了？况且死人的坟，就是生者的福，他这里太潮湿了，会影响后人的。陈小元一方面觉得有些道理，一方面也懒得啰唆了，于是赶紧去了一趟小卖部。但是小卖部已经关门下班了。陈小元无奈，只好从路边捡了一把枯枝败叶，放在墓穴里烧了烧，工人们从衣服里取出陈小元背了一天的骨灰盒，放入墓穴之中，开始向里边填土。

陈小元站立于如血的余晖中，展开那张老高留下的纸条，开始一边绕着墓穴转圈子，一边高声地念了起来：

静静流逝的所有一切，这个世界没有终结。安息吧，我的同事，你的灵魂将会延续。你的诞生与你的生存，只是为了传递那希望的诗篇，直至永远。将此泪水献给你，这是崭新的爱语，我们将感谢你给予我们的梦想与幸福的日子。我走过那片阴暗的草坪，我不会感到恐惧，因为你的灵魂与我同在……

工人说，这是《圣经》里的话吗？陈小元没有回答他，照样绕着自己的圈子，从头又念了一遍。念着念着，太阳就落下去了，留着一丝丝刺眼的光芒在天边；念着念着，陈小元的眼泪竟然流了下来，他不明白这泪水到底是为胡总编而流呢，还是为了自己。

墓穴已被泥巴填平，四周重新铺了一层草皮，若不是上边盖着一个黑色的石碑，谁也看不出它与平常的草坪有什么异样。工人收工了，天已经彻底黑了，没有阳光与太阳的时候，这里才显出与人间的不同。直到最后，陈小元也没有给胡总编下跪，而是不停地绕着圈子。对于陈小元来说，绕圈子才是最高规格的仪式，因为无论生与死，无论阴与阳，哪怕一片小小的叶子，一束小小的光，一朵小小的云，有的匆忙，有的缓慢，有的绵长，有的短暂，大家都是一样的，从起点到终点，从终点到起点，起点就是终点，都是在绕着大大的圈子。

陈小元忽然发现了一张报纸，这张报纸正好又是胡总编生前所编，于是他把它给点燃了。

陈小元对胡总编说，就因为你，这家报社还在办着呢。

陈小元说，我们同事一场，生前你不能保住我的饭碗，现在你走了，我已经尽力了，为你我女朋友都丢掉了。

陈小元说，不是我吹牛，这世上像我这样的人少啊，可以说是百年不遇啊，不信你看看吧，这里有多少墓啊，有多少石碑啊，但是有哪一个是同事给他立的？

陈小元说，你问“佚名”是谁？这还用问吗？我这是给你遮丑啊，别人以为是你的妻子，其实我们心里明白，这就是老高和我啊。

陈小元停下脚步，摸了摸墓碑上的“佚名”两个字，然后又摸了摸自己的光头，仰头大笑了起来。他感觉这真是一个伟大的发明。

陈小元说，你若是在地下有灵，就保佑我陈小元尽快找到一个女朋友吧，我已经奔四了，再不找个女朋友，怕都生不出孩子了，就会和你一样无后了，死了连个送葬的人都没有了。一阵风吹过，吹得旁边的树叶哗哗地响，像是一声声回应着陈小元似的。

八

从埋完胡总编的那天起，上海那一年的春天就再也没有回来过，真正地进入了炎热的酷暑，然后再一枝一叶地向秋天冲去。陈小元的心，和那个季节一样，经过了一个萌发期，倒显得格外安静了。

他照旧每天早晨七点起床，八点坐上单位的通勤班车，九点来到青浦的长寿园上班。卖墓不像卖房子那样，楼市不景气的时候，要出门搞促销，到大马路上发放小卡片。没有人死了不需要墓地的，永远都是刚需客户，一直处于卖方市场。所以陈小元还是老样子，到单位之后，基本不待在办公室里，也不刻意走出大门，而是一股脑地泡在墓园里。碰到有送上门的客户的时候，他就带着人选选墓地，介绍一下各种葬法的好处。然后办办手续，起草一下碑文，签订一下销售合同。没有客户的时候，就看看哪里又添了新坟，墓碑上写着什么文字，帮人扶扶墓前的烛台，擦一擦沾染的灰尘，再对墓主人做一通自己的猜想。若是遇到有人落葬，他还帮人填几铲子泥巴，人家缺个什么，就替人跑个腿，到小卖部买点香烛之类的祭祀用品。中午天热的时候，有点慵懒了，就靠在某一棵大树上，一边乘凉一边给外边的朋友打打电话。

陈小元给好多朋友都打过电话。给朋友打电话的时候，他不再瞒着大家，说自己在房地产公司工作，干脆明白地告诉人家，自己是在长寿园。人家就问，长寿园不就是墓园吗？陈小元便说，是的呀，我现在就躺在坟头上呢。人家说，你不害怕吗？陈小元说，有什么好害怕的？刚来时有点点害怕，但是见得多了，看到活人与看到骨灰就一个样了。有时候看到活人的时候，直接看到的就是骨灰。人家说，太消极了吧？陈小元说，每个人都会死的，只是迟早的问题，反正你们有什么事情，别忘记我这个朋友啊。人家就不高兴地挂掉了电话。这种不高兴基本是暂时的，随后就有朋友主动打电话来了。开始当然是找陈小元帮忙的，比如选个好地方呀，拿个内部价呀，安排个落葬日期呀。陈小元都不计前嫌，帮朋友办得妥妥帖帖的。后来一段时间，朋友们聚会也会想到陈小元的，不过陈小元基本都推辞掉了。

陈小元也给女朋友打过电话。陈小元给她打电话，不是想挽回这段感情，而是他终于想通了。他自从到墓园工作后，他的心态变了，性格似乎也变了，与女朋友天真烂漫的性格不太合适了。开始打电话的时候，女朋友并不挂断。陈小元就问，你还好吧？女朋友在家的时候，就把电话递给了她妈，说让我妈跟你说吧。她妈接过电话当然一句话没有，就把电话给咔嚓了。最后，陈小元再打电话问好的时候，她就说，我交男朋友了，正和他在外边吃饭呢，你有什么事情就跟他说吧。陈小元从此就不再打电话了，他明白连朋友都做不成了。

陈小元还给老高打过电话。他问老高，你老婆怎么样了？老高说，还能怎么样，那天她把舌头给咬断了，现在瘫痪了不说，还变成哑巴了。陈小元无语，他没有想到会是这个结果。反而是老高有点不好意思地说，陈小元啊，我觉得对不起你，埋胡总编的时候，你垫付的那几万块钱，我一直想让报社还给你，但是报社保住了，却比以前更穷了，员工的午餐补贴都发不下去了，上边正在想办法拨款呢，你再等等吧。陈小元说，没有关系的，万一没有，我就不要了。

总之，陈小元在墓园的工作不是太忙，也从来没有闲着。他总有干不完的事情，这些看似与本职销售无关，却都是墓园里必需的。

有一天早晨，下着迷蒙的小雨，雾也特别的大。陈小元入了墓园，一时不想去办公室，就想在大雾中转圈子。陈小元没有变过的就是转圈子，不过圈子有时候会大一点儿，有时候会小一点儿。在拥挤的市区里，圈子大小是由别人决定的，到了墓园后圈子大小就由自己做主了。雾中的墓园，无论是墓还是树，都是若隐若现的，感觉大雾是从墓中冒出来的，灵魂是融入了大雾之中的，所以让人分不清，哪些是雾，哪里是魂，到底是先有了雾，还是先有了魂。陈小元撑着一把伞，开始贴着整个墓园转圈子。

当他走到一个僻静处的时候，发现一块草坪上有个女人，着一身白色的连衣裙，没有撑伞，而是静静地跪着，似乎在祷告着什么。陈小元走过去，把伞撑在了她的头顶，再向墓碑看过去的时候，发现上边的那张照片有一些眼熟。陈小元说，还以为遇到仙女了，原来是你呀。

她站了起来，回过头对陈小元说，你还认识我吗？陈小元说，怎么会不认识呢，你不是小姚吗，是我的第一个客户呀。小姚抹去了脸上的雨水，或者说是脸上的泪水，对陈小元笑了笑说，在这里出没的，应该没有仙女，而是女鬼吧。

陈小元说，这么早就来上坟了？小姚说，是啊，上坟就得尽早，爸爸被我埋在这里后，我还是第一次来看他，几乎都找不到位置了。陈小元说，那你为什么不打电话？小姚说，你的电话忘记了，以为这辈子一时半会儿用不着了。陈小元说，啊，把我删掉了？小姚说，也不算吧，手机坏过一次，我其实是顺便找你来的。

陈小元说，找我的人一般都没有什么好事情，你这段时间还好吧？小姚说，不好，一点儿都不好。小姚说着，就又开始流眼泪了。陈小元与小姚离开了她父亲的墓地，两个人撑着一把小伞，在淅淅沥沥的小雨中，依然按照陈小元预定的圈子，散步一样地转了起来。

小姚说，他死了。陈小元说，我明白呀，你爸爸走那么久了，你应该想开点儿。小姚说，不是我爸爸，是我男朋友，准确地说是我老公，我们已经领证结婚了。陈小元见过许多稀奇的死法：有吃鸡蛋噎死的，有被不明物体从天而降砸死的，有夫妻吵架被活活气死的。陈小元听到小姚老公的死，还是有些吃惊地说，是意外事故吗？应该还很年轻吧。小姚说，比我大一岁，是生病去世的。

陈小元不晓得如何安慰她，于是说，你是来选墓地的吗？

你爸爸旁边的那块草坪已经卖空了，他们不能做邻居了，只能选择别处了。小姚说，仅仅是选墓地就简单多了，关键还有更烦的事情，你能替我想个办法吗？陈小元说，我就是个卖墓的，不晓得能不能帮你，你说说看吧。

小姚说，他老家是陕西的。陈小元说，啊，与我同乡呀，我也是陕西的，我们村子叫塔尔坪。小姚说，你老家还有亲人吗？陈小元说，还有个老父亲，想接到上海来的，他死活不愿意，一个人还在老家呢。小姚说，你在上海呢？在上海成家了吗？陈小元说，原来有个女朋友，有一次，我把一个朋友的骨灰带到她家去了，所以就闹翻了，现在成单身了。小姚说，想必这个朋友很重要吧？陈小元说，谈不上，原单位的一个同事而已。小姚有些感动地说，你是个讲义气的人，她为什么就不理解呢？陈小元说，这不能怪她，是她家人嫌弃我这份工作。

小姚说，你有什么打算吗？还会回陕西吗？陈小元说，在这里有房子，有活着的朋友，也有死了的朋友，还有这份工作，哪走得开呀。小姚说，就是说，你以后会在上海扎根？陈小元说，当然了，若是不打光棍的话。小姚说，你人这么好，你那个女朋友恐怕太虚荣了，其实在墓园工作的人，生生死死的看得多了，应该更加懂得生活，更加重视家庭，找个这样的人也是不错的。陈小元说，这要看缘分的。

雨下得有些大，陈小元担心淋湿了小姚，干脆把伞全部倾斜给了小姚，而小姚则怕淋湿了陈小元，就轻轻地揽住了陈小元的胳膊。小姚笑了笑说，有机会我给你介绍一个吧，有什么条件吗？陈小元说，长相嘛，像你这么漂亮那最好了，关键是人家不嫌弃我是乡下人，不嫌弃我这份职业就行了。小姚停下脚步，回头看了看陈小元说，你若是觉得我这样的还行的话，那就给你……

小姚停下脚步，指了指不远处的草坪。草坪上落下了两只麻雀，在一前一后地追逐着，在亦步亦趋地跳动着，偶尔还停下来，啄着彼此的羽毛，啄着身上的水珠，或者是正在亲嘴呢。陈小元说，它们在干什么？小姚脸一红，抛开了陈小元的胳膊，从雨伞下走了出去。小姚说，我只是觉得它们好可爱，就指给你看看，你可别误会呀。你要求不高的话，那就给你介绍一个吧。

陈小元说，你很爱他吧？小姚说，其实谈不上爱不爱，这门婚事是我妈点头的，我妈喜欢他，因为他长得帅，还有那份银行的工作，工资很高，又很安稳。开始我死活不同意，不同意又能怎么样呢，他天天来家里混吃混喝，后来干脆搬到我家里不走了。陈小元说，于是你就答应了？女人都是被感动的，这样很正常吧。小姚说，有什么正常的，是我妈把我们锁在房间里。小姚又停住脚步，回过头盯了一眼陈小元说，你还有什么就问吧。陈小元笑了笑说，你们在一起也是你妈逼的吗？小姚说，这个倒是没有人逼，开始几个晚上，我一直不敢入睡，第三个晚上实在招架不住了，把心一横就睡着了。

小姚说，那天之后，我就怀孕了；我怀孕之后，就领了结婚证，但是与他领完结婚证，酒席都还没有办呢，他就死掉了，你说说这个节奏，不是把我往绝路上逼吗？小姚又回到了现实之中，一下子变得凄切起来。陈小元安慰她说，我觉得孩子一定要生下来，不管谁以后娶了你，应该都很乐意接受的，娶个老婆还能送个孩子，这占了多大的便宜啊。小姚说，都像你这么想就好了，其实我也是这么打算的，孩子又不是他一个人的，所以我一定得生下来。以后改嫁的时候，人家要娶就连孩子一起娶，不然就拉倒。

陈小元再次把小姚拉到了伞下。陈小元说，你现在是有孕之人，怎么敢淋雨呢？小姚回到伞下，又轻轻地揽住了陈小元的胳膊。小姚说，我找你，其实不为孩子，还是为怎么安葬他。陈小元说，是为墓碑落款吗？正好走过胡总编的墓旁，陈小元指了指说，你看看这块墓碑，有什么想法吗？小姚说，单单一个“妻子佚名敬立”，一是说明还没有子女，二是妻子要改嫁了。不过觉得好奇怪呀，这世上有姓铁的，怎么会有姓佚的呢？会不会是写错了？

陈小元说，改嫁那是一定的，姓名怎么会错呢？

小姚说，你认识这个人吗？

陈小元想说，这个人就是自己的老同事，就是自己亲手埋下去的，“妻子佚名”其实是虚拟的。陈小元还是改口了说，只是我拉来的一个客户。仅仅为墓碑落款纠结的话，这也没有什么为难的，该怎么写就怎么写。孩子还没有出生，还不晓得是儿是女，而且还没有来到人世呢，就刻上了墓碑，有一些不吉利，所以还是写你一个人比较好，“妻子小姚敬立”。反正你和他是合法夫妻了，最后一次尽点妻子的义务，署个名也没有什么大不了的。

小姚说，只是现在的问题，不是怎么埋他，而是把他埋在哪里。陈小元有些不明白了，说当然是埋在上海呀，你是上海本地人，马上就有他的孩子了，他的根也在上海了，不埋在上海还想埋在什么地方？小姚说，每个人总有一天会死的，你若是在上海结婚了，你有没有想到一个问题，你在上海有个家，在陕西也有个家，你死之后准备埋在哪里呢？

陈小元一愣，他只想过自己怎么活着，却从来没有想过自己死后。自己有两个家，他在上海的时候，就特别想陕西的塔尔坪，想自己的老父亲，想村子前的那棵大树，想树上那群叽叽喳喳叫个不停的喜鹊；回到陕西塔尔坪的时候，他又放不下上海，放不下上海光怪陆离的生活，放不下那么几个朋友。还有一点点放不下的，是自己亲手埋下去的那个胡总编。过年过节时，顺便还得给他擦擦墓碑。

小姚说，我是无所谓的，我还这么年轻，肯定会再嫁人的，不会为他守寡的，也不会与他埋在一起。但是他有两个家，我妈坚持要把他埋在上海，说是孩子马上就出生了，总得让孩子明白父亲在哪里吧，清明冬至的时候，还有人给他扫个墓吧。我怀孕的事情一直还瞒着他爸妈，所以他爸妈死活不同意埋在上海，说是除非我一辈子不改嫁，一旦改嫁了，把他埋在上海一个亲人都没有，多孤单啊。两家人在他尸首面前，吵得不可开交。我实在没有办法，就想到你了，我想你在这里工作，应该见多识广，总归有办法的。

陈小元确实见过不少，但是大部分争吵的，基本是财产分割，壁葬还是草坪葬，往墓里埋金项链呢还是埋玉手镯，也有为照片和署名的事情争来争去，但是小姚家的这种情况，还是第一次听说。其实两家人说得都有道理，陈小元一时有些犯难了。

九

在十点多钟的时候，雨说停就停了，雾也全部散掉了，太阳一下子就露出个红屁股，又是一个泼辣的好天气。

小姚离开墓园的时候，陈小元给单位请了个假，说是去外边接一单生意，于是背着个包就随小姚出门了。两个人坐在公交车上，小姚说，你有办法了吗？陈小元说，还没有呀。小姚说，那你跟着我，是想送送我呢，还是想去我家看看？陈小元说，这不是一举两得吗？我想见见你妈和他爸妈，也许会说服他们的。小姚感激地笑了笑说，先谢谢你了。他爸妈是乡下人，还好对付点，我妈却凶得出奇，说不好还要打你耳光的，你可得有思想准备啊。陈小元也开玩笑说，上海丈母娘难缠是出了名的，我一个大男人让她打去好了，怕什么。小姚说，谁是你的丈母娘啊，这便宜你可不能乱占啊，我听了无所谓的，若是让她听到了，恐怕不打耳光了，要朝你动刀子了。陈小元朝着小姚靠了靠，然后夸张地说，这么严重呀！

小姚家住杨浦区，与同济大学仅隔着一条老式里弄。陈小元跟着小姚穿过巷子的时候，透过一扇玻璃窗子，看到黑压压的一群学生正在上课。陈小元有点好奇，就立在窗子外边向里看。只见一位白发苍苍的老师，正在黑板上唰唰地写字。他在黑板上抄写的，不是数字公式，也不是英文单词，却是一首诗歌，看来这是一节文学课。诗歌的题目也很有趣，叫《双碑记》。有个小说叫《双城记》陈小元是读过的，但是《双碑记》陈小元听也没有听过，不晓得是哪朝哪代出自何人之手，究竟又是什么意思呢？

五分钟过后，老师把一首诗抄写完毕，就背着双手朗读了起来，陈小元与小姚没有听得太明白，只隐隐记得几句：

我漂泊的一生
可能需要两个坟墓
一个要用故乡的黄土掩埋我的影子
一个要用他乡的火焰焚化我的肉体
我在此立下一份遗嘱——在我死后
仅剩下一把骨头与几朵白云的时候
请不要让我自己和自己分开，分开
在那块金色的麦地里无名的小河边
为我的肉体与灵魂再安排一次重逢
让它们相互拥抱一下相互渗透一下
我这世上最弱小最动荡的一根杂草
怎么经得起凌厉的风
撑得起两个碑

陈小元十分激动，扭过头问小姚，你听懂了吗？小姚摇了摇头说，不懂，一点儿都不懂。陈小元说，说的是一个游子离开了家乡，比如像我吧，在死的时候要求建两个坟墓，一个用来埋我的影子，一个用来埋我的肉体，简直写得太妙了！小姚说，不明白妙在什么地方。陈小元说，你老公他在哪里？小姚说，他这人不坏，这会儿应该在天堂吧。陈小元说，我说的是他的骨灰，骨灰是不是存在殡仪馆里？我们去殡仪馆吧，一会儿你就明白那首诗妙在什么地方了。小姚说，你还有心思谈什么诗吗？陈小元说，我们去殡仪馆不是谈诗，而是解决你的烦心事，我保证我们到了那里，问题都不是问题了。

小姚说，你想到办法了？陈小元说，那当然了，不过你得答应我一件事情。小姚说，什么事情你说吧。陈小元说，若我把这件事漂漂亮亮地化解了，而且不伤两家人的和气，你怎么谢我呢？小姚指了指自己的腹部，笑着说，我让肚子里的孩子认你做干爹吧。陈小元说，谁稀罕呀，亲爹还差不多。小姚说，那你想怎么样？陈小元说，不想怎么样，就想亲他一下。

小姚说，这个呀，现在就满足你吧。小姚说着，就双手叉腰地横在陈小元的面前。陈小元蹲下去，把耳朵贴着小姚的白裙子听了听，然后说，他害羞了，躲着我呢，而且隔着两个世界，我亲不到他呀。小姚说，起来吧，男人那点小九九，以为我不晓得。陈小元站起身，摸了摸自己的光头，从树上摘下一片梧桐叶子，对着梧桐叶子啧啧地亲了几下，然后独自朝前走了。

陈小元与小姚来到殡仪馆的时候，已经是下午两点钟左右。殡仪馆里排满了各式各样的告别仪式，人们清一色地穿着黑色服装，胸前别着白色小花，眼里噙着泪水。四处传来凄惨的哀乐和撕心裂肺的哭号声。有个白发苍苍的老太太，也许是失去了什么至亲之人，由于过度悲伤就晕过去了，被急急地抬上了救护车。

小姚脸色一阵苍白，一下子蹲在地上。陈小元十分担心地说，我们走吧，你这身怀六甲之人，哪能受得了这个刺激。小姚说，正事还没有办呢。陈小元说，你到对面喝口东西，稍微等我一会儿。于是扶着小姚进了一家咖啡店，帮她点了一杯鲜榨橙汁，然后要了寄存骨灰的单据，独自一个人再次拐进了殡仪馆。

二十分钟后，陈小元从殡仪馆里出来，左右两只手中各提了两个东西，均是用红布包着的。小姚便问，你提的是什么？陈小元说，你老公的骨灰呀。小姚说，我只有一个老公，为什么变成了两个？陈小元说，你有一个老公不假，但是你的老公是分裂的。小姚说，这怎么讲呢？你这是在骂他吗？陈小元说，逝者为大，我哪敢骂他呀。其实我也是分裂的，我们有一半血脉在陕西，有一半血脉在上海，那位老师刚念的那首诗，不是说得很清楚了吗，我们这种人是需要两个坟墓的。

小姚说，也就是说，你把他给一分两半了？陈小元说，是呀，这不就解决问题了吗？一份给你留在上海，一份让他爸妈带回陕西，不就两全其美了吗？小姚有些不高兴了，说这不等于把一个人砍成两半了吗？太残忍了吧。陈小元说，人是人，骨灰是骨灰，那是不一样的。小姚说，你只听懂了那首诗的前半段，后半段你是没有听清楚呢，还是不懂装懂？诗人说得很清楚了，是千万别把他分开，他生前已经很可怜了，不想在死后还要两地分离，还要两地奔波。

陈小元一愣，对黑板上的那首诗，他一半听得含糊，一半理解得还不透彻。陈小元说，小姚啊，你学什么专业的？小姚说，中文啊。陈小元说，是本科吗？哪个学校毕业的？小姚说，混了个小小的研究生，就刚才那个教室。陈小元摸了摸自己的光头，呵呵地笑了说，原来如此！你这么厉害，竟然故意糊弄我，说你不懂什么诗歌，这才是装的呢。不过我要打击你一下，那首诗你是理解得比我深刻，但是有些事情你未必比我想得清楚，我问你，天下有几个孔子？

小姚说，就一个啊。陈小元说，孙中山有几个？小姚说，也一个啊。陈小元说，那天下有几个孔子墓？又有几个孙中山墓？据我所知，肯定不止一个，有些墓里埋着什么你晓得不？小姚嘟哝着说，墓里还能有什么，肯定是尸首了。陈小元说，你错了，有的墓里埋着尸首，有的墓里埋着的仅是几件衣衫和帽子，所以才叫衣冠冢。

小姚说，这又说明什么呢？陈小元说，起码能说明几个方面，一是有点本事的人，他的墓或许就不止一个；二是这骨灰，你就保证百分之百是你老公的？我刚才一个人去殡仪馆干什么了？我新买了一个骨灰盒，取出了你老公的骨灰，平均分成了两份，分装在了两个骨灰盒里。不瞒你，我不小心把一把骨灰撒在地上了，我很内疚地把它们一点点扫起来，自然扫了一些灰尘进去了，你知道工作人员说什么了吗？他们说，有这个必要吗？在火葬场的时候，大家的骨灰早就混在一起，不单纯是一个人的了。最后，这死人的墓是什么？一个象征而已，其实里边埋着什么很重要吗？一点儿都不重要，安慰活着的人而已，让活着的人有个寄托，感觉他们还在那里。

小姚似乎坦然了起来。她笑了笑说，你挺会开导人的，是不是在这里练出来的？陈小元说，当了十几年的记者，张狂得不得了，那其实是虚度光阴，倒是这段时间进了墓园，有事没事就去墓地转圈子，和地下的人聊聊天，想得也就多了。所以，你万事都要想开一点儿，人生在世就这么回事，自己顺心就好。小姚说，你原来是做记者的，怎么不告诉我呢？陈小元说，我们认识才多久，怎么告诉你呢？小姚说，为什么跑到墓园了？反差太大了吧。陈小元说，被人炒鱿鱼了。小姚说，肯定是为了女人，看你这样子应该挺讨女人欢心的。陈小元说，你真是冤枉我了。小姚说，你也不像是没有能力的人，谁这么没有眼光敢开除你？陈小元说，说来话长啊，这个人如今已经躺在长寿园了。

陈小元干脆把胡总编如何跳楼，如何人走茶凉，自己如何与老高把他给埋了，如何在墓碑上写了“妻子佚名敬立”，前前后后就说了一遍，听得小姚一阵感慨，又是眼泪汪汪的了。

小姚说，接下来我们怎么办呢？陈小元说，还能怎么办？我刚才已经说了呀，把两个骨灰盒，一个埋在上海，一个埋在陕西，然后分别再立一个碑，不仅对两边都有个安慰，对你老公来说也应该是好事，他死了，也不用两地跑来跑去了。小姚说，听你这么一讲，还真是一个很妙的办法，但是把一个人分成两个人，埋在两个地方，老人们会同意吗？陈小元说，你傻呀，我们不告诉他们，怕是一辈子也不会穿帮吧？

小姚瘪了瘪嘴，要请陈小元喝杯咖啡。陈小元提了提手中的两个骨灰盒说，我手中提着的，像不像他的两只眼睛？等把这个冤家安排妥了，你再请我喝酒吧。

陈小元与小姚从咖啡店出来，已经是下午三点钟，太阳已经有些倾斜了。陈小元把两个骨灰盒中的一个，又重新寄存到了殡仪馆，提着另一个就回家了。回家之前，先去了一趟火车站，购买了两张前往陕西的火车票，然后去了一家小旅馆。公公婆婆每次来上海，小姚她妈总是横挑鼻子竖挑眼，说人家傻了吧唧的也就罢了，还说人家身上有洗不掉的味道，所以公公婆婆从不愿意住在小姚家，而是住在了附近的小旅馆。

到了小旅馆，小姚对公公婆婆说，我已经想通了，他去世之前就特别想家，几年时间头发都想白了，不能让他死了还要想家呀，其实他一点儿都不喜欢上海，整天说上海风尘大，又潮湿，吃不惯这里的东西。你们就把他带回陕西吧。两位老人听了，一下子哭了说，这是真的吗？你这孩子太贤惠了，亲家母那边会同意吗？小姚说，这个工作我来做，你们就放心吧，只是我现在走不开，不能随着你们回陕西安葬他，等过些日子我就回去给他上坟。两位老人说，那孩子的骨灰呢？骨灰在什么地方？小姚说，我让人给你们带过来了，火车票也已经买好了，今天晚上就可以动身了。

小姚说着，又掏出五千块钱，递给两位老人说，你们回去，给他选个向阳的地方，他在世的时候喜欢晒太阳；若是方便的时候，坟头上给他栽一棵银杏树，他特别喜欢银杏树金黄的叶子；好好地给他立一块碑，别忘记把我的名字也刻上去。

三个人说着说着，又抱在一起一场痛哭。哭完了，两位老人收拾了东西说，时间也不早了，我们还是直接去火车站吧。陈小元拦了一辆出租车，四个人直奔火车站而去。进站的时候，他把骨灰盒交到了两个老人手中。看着两个老人提着一个红色的布包，留下苍白而蹒跚的背影，陈小元也禁不住落泪了。

他不明白自己死后的那一天，是否也会出现此时的一幕。

十

小姚把安葬另一半老公的日期，定在了某一天的上午。陈小元本打算放在周末的，周末大家都不上班，比较清闲，但是小姚她妈说，落葬哪能随随便便的。于是请人正正经经地查了个日子，这个日子不是周末，所以陈小元与小姚各自请了一天假。落葬的那天，陈小元预订了一辆出租车，在太阳刚露出个小脑袋的时候，就守候在了小姚家的楼下，接了小姚母女，去殡仪馆取了骨灰，就径直向长寿园赶去。

小姚她妈见了陈小元就问，你是谁呀？陈小元说，一个朋友，阿姨你以后就叫我小陈吧。小姚她妈转身问小姚，什么样的朋友？你说说是什么样的朋友？你可是披麻戴孝之人，可不许有什么花头。小姚说，还能是什么样的朋友，人家小陈是长寿园工作人员，当时安葬我爸的时候，就是他帮忙选的墓地，我公公婆婆之所以同意把儿子安葬在上海，也是小陈苦口婆心说服的。小姚她妈说，那今天要他这个外人来干什么？小姚说，你这么一大把年纪，我又是个孕妇，小陈不上门服务，谁帮忙捧这个骨灰盒？再说了，这是葬礼，又不是什么稀罕的宴会，不是人家仗义，才懒得参加呢。陈小元笑了笑说，万一有个什么事情，我就是帮个手，你放心吧，阿姨。

出租车走的是沪青平高速，开上高速十多公里的时候，小姚说，司机，能停车吗？司机说，高速啊，你要干什么呢？小姚说，肚子痛，怕是要上厕所了。司机说，你得忍着点，就是我能停下来，这无遮无掩的，你也不方便吧？看小姚脸色苍白，陈小元说，师傅，你就靠一下边吧。陈小元早上订车的时候，司机还以为捞了个大鱼，后来发现这单生意是送葬的，觉得十分晦气，就反悔了。陈小元说，你拉了我们，肯定会发财的，逝者会保佑你的。司机说，你帮帮忙吧，他又不是我什么亲人。司机正要掉头离开，陈小元递了支烟过去说，这世上除了亲人，还有其他关系，不瞒你，他也不是我的亲人，上次我埋过一个人，不但不是我的亲人，还是我的仇人。司机说，这年代，你蒙谁呀。陈小元说，你是出租车司机，有个记者陈小元你晓得吧？司机说，他替我们维权，当卧底调查黑车，险些把命都搭上了。陈小元说，如果我是陈小元呢？司机说，如果你是陈小元，那就是我们的恩人，这趟我就免费拉你。陈小元明白，只要他掏出身份证，证明自己就是原来那个记者，司机肯定就会免费的。陈小元觉得司机也不容易，于是说，我不是陈小元，不过是陈小元一个同事，我现在在长寿园工作，你就看在这个分儿上，跑一趟吧。司机是个善良的人，便答应了。

如今又生事端，司机靠了边说，这小囡怀孕了吧？小姚她妈说，你怎么看出来的？司机说，你别管我怎么看出来的，我一个出租车司机，为人送送葬，也许是积德的事情，但是这肚子里的孩子，哪受得了这个阴气？我看她不是要上厕所，弄不好会动了胎气的。

小姚母女急急下了车，只听到车后的小姚哭了起来。陈小元问，出什么事情了吗？小姚她妈惊慌地说，师傅，果真被你猜对了，我家小囡见红了，得赶紧送医院啊。小姚她妈也哭了，埋怨小姚说，劝你几天了，你哪能随便掺和的。小姚说，他好坏是我老公，怀着的好坏也是他的孩子，我们不送他一程能忍心吗。

陈小元把小姚扶上出租车，对司机说，你能不能掉头？司机说，掉头？高速路怎么掉头？陈小元说，你就掉头吧，有事情我担着吧。司机说，逆向行驶怕更误事的，这样吧，前边就是赵巷出口，我们先下高速再掉头吧。当出租车下了高速，小姚她妈拦住陈小元说，你抱着骨灰盒，去医院也不方便，你就等在这里吧。陈小元对小姚说，你看呢？小姚说，你放心，我不会有事的。陈小元说，我等在这里也不是个事情，你们同意的话，我一个人把他给埋了吧。小姚她妈说，小陈啊，那就拜托你了。

陈小元于是叮嘱了几句，独自一个人下了出租车。陈小元想拦辆车，没有直达墓园的公交，这么偏远的地方也没有出租车。中途倒是有几辆黑车开了过来，人家问，你去哪里？陈小元说，我去长寿园。人家就警觉地问，你提着什么东西？陈小元说，骨灰盒呀，你不认识吗？人家一下子明白，这是要去长寿园落葬，于是破口大骂着说，你见鬼去吧。纷纷开着车一溜烟地跑掉了。

陈小元是步行回到长寿园的，到长寿园已经是下午一点钟了。墓地早就预订好了，选在了胡总编的隔壁的隔壁。几个工人早就挖好了墓穴，运来了墓碑，见骨灰迟迟不来，于是躲在旁边的树林子中乘凉。看见陈小元提着个骨灰盒，满头大汗地走了过来，一个工人抱怨说，你看看什么时候了？陈小元说，午饭时间呀，忙完了我请你们吃饭。工人说，午饭就免了，你请我们喝酒吧。

在路上，陈小元已经备好了两瓶五粮液。大家一边喝着酒，一边就把人给埋掉了。有个工人在离开的时候，对陈小元说，你的事情，我们都听说了。陈小元说，你们听说什么了？工人说，还能有什么呢，义葬老领导啊。陈小元说，若是摊在你们身上，你们也会这么干的。工人说，今天埋的这个人，又是你什么人？陈小元说，兄弟呀，墓碑上不是写着的吗？工人说，你哄我们呀，人家姓吴，你姓什么，你姓陈，怎么可能是兄弟呢。

几天前为小姚老公预订墓碑的时候，小姚听从了陈小元的建议，同意在落款处只写“妻子小姚”，并没有写孩子的名字。孩子还分不出男女，谁也不清楚将来会是什么样子，说个不吉利的话，万一这孩子夭折了呢。陈小元打电话对小姚说，不如算我一个吧？小姚说，你跟他有什么关系？陈小元说，我跟他没有一毛钱关系，但你是我的朋友，有了你，我们就有千丝万缕的关系了呀。小姚以为陈小元是开玩笑的，在电话中对陈小元说，行啊，随便你吧。在界定他们之间关系的时候，陈小元是犯过难的，又打了一个电话给小姚，小姚想了半天说，你有没有觊觎人家妻儿呢？所以叫“敌人”如何？陈小元说，你真是冤枉我了，我这是做善事，想替他照顾你们呀。陈小元放下电话，决定把自己放在小姚后边，在自己名字前边加一个“兄弟”。雕刻墓碑的人说，你是不是搞错了？哪怕双胞胎，要么“兄”要么“弟”，怎么可能是“兄弟”呢？陈小元笑着说，人与人之间一定得分出大小来吗？那些分不出大小的呢？！陈小元心里明白，他这个“兄弟”其实就是“哥们儿”的意思，难道有谁规定就不能给哥们儿立块碑？最后出来的墓碑上，立碑之人就变成了两个，一个是“妻子小姚”，一个是“兄弟陈小元”。

有个工人似乎喝多了，卧在新起的坟头上，说，陈小元啊，你是外乡人，我也是外乡人，你在长寿园工作，我也在长寿园工作，我们是不是有缘？陈小元说，当然了，这是上辈子修得的缘分，至少要修两百年吧。这个工人年龄不大，不到三十岁的样子，却顶着一头白发。“少年白”说，你这么讲义气，我托付你个事情吧。陈小元说，你尽管吩咐。“少年白”说，我哪天不小心死掉了，比如给人抬墓碑的时候被砸死了，或者是被车撞死了，你得把我埋掉，一定要埋在长寿园啊。陈小元说，你这么年轻，哪有这么容易死的。

“少年白”提着个瓶子，朝着陈小元碰了碰，仰着脖子又喝了两口，然后醉醺醺地说，你是好人，哥们儿，我敬你一杯。说完，就不省人事了。

陈小元懒得管他，想醉就随他去吧。陈小元看了看雕刻着自己名字的墓碑，一半被埋入泥土之中，一半隐现在青青的草丛之间，他想起了《百年孤独》里的话——“有一个亲人埋在这里，这里才是你的故乡”。他感觉这块墓碑和胡总编的墓碑，不是别的，仿佛是自己一下子长出来的根须。

小姚被送到医院之后，医生说是过度疲劳，开了几针黄体酮，要求好好静养一阵子，便会安然无恙的。半个月后，小姚就基本无事了，那天中午，她赶到了长寿园。陈小元说，你来干什么？小姚说，我不放心，就来看看。陈小元说，看谁呢？看地下的，还是地上的？怕我会抛尸荒野吗？小姚说，当然一起看了，其实最想来的不是我，是它你晓得不？跟在小姚后边的是一只泰迪，明显是土洋杂交过的品种。

正是午饭过后，夏天的长寿园显得格外清静，树丛之中传出一阵阵知了声，像是从地下发出的呢喃。有几名工人，坐在树丛中闲聊着。那天喝醉酒的“少年白”，从刚刚收拢来的垃圾堆里拾起一束康乃馨。墓园里的垃圾与外边的垃圾是不同的。外边的垃圾大多数是臭气熏天的废物，而墓园里的垃圾大多数都是鲜花。“少年白”捧着那束鲜花，在鼻子前闻了闻，递给了另一个女工，两个人依偎在一棵树下。他们并不在乎康乃馨的意义，也不在乎它从哪里来，他们只明白它很美，它很香。他们静静地欣赏着它，不时地嗅着它，偶尔还掐下一朵，喂给不远处的麻雀。

陈小元顺手拾起了另一束玫瑰递给了小姚。小姚说，人家祭祀用的，你怎么送给我呢？似乎是在咒我。陈小元说，有什么关系呢，不都是玫瑰吗？小姚说，我老公就在眼前，你就不害怕他吗？陈小元说，我和他是兄弟，相互总得干点什么，不然要兄弟干吗呢。

泰迪狗走进长寿园，像是回家了一般，开始兴奋起来，一边叫着一边嗅着，径直向一块墓地冲去，一会儿就不见了踪影。陈小元说，不会跑丢了吧？小姚说，不会的，它这是找主人去了，自从我老公去世后，它整天乱吼乱叫，烦躁不安的样子。陈小元说，是他养的吗？小姚说，是他收留的一只流浪狗，他说自己也是一只流浪狗，所以就在一个大雨天收留了它。

陈小元与小姚来到墓地的时候，那只小狗果然安静地伏在坟头上。直到多年之后，在长寿园里，大家都会看到那只杂交的泰迪，它枯瘦如柴地伏在一块墓碑前，饿了的时候就会站在路边，表演一个直立或者转圈子的动作，向行人讨点吃的。有人试图用几块骨头想把它带走，当它吃完了东西，便会淡淡地掉头而去，重新回到主人的身边匍匐着。

它不是希望主人能够起死回生，而是陪着自己的主人让他不再孤单。

地 下 三 尺

一

想起一年前自己的小诊所出事那阵子，陈小元感到十分心酸。在给一个女学生堕胎的时候，女学生竟然出现了大出血，酿出了人命事件，小诊所就被人给查封了。不是自己倾家荡产把这件事情给摆平了，说不定现在还待在监狱里。几名跟随多年的小兄弟，还有女朋友兼小老乡的小护士，大家一哄而散；最最要命的是自己一下子无家可归，连房租也交不起，硬是被人赶了出来，只好流浪街头了。

那段时间，他身无分文，走路的时候基本低着头，两眼盯着脚下那些花花绿绿的垃圾，多么希望能够拾到十块钱。是的，就是十块钱！开小诊所的那阵子，十块钱算什么呢？每次碰到了乞丐，他丢过去的就是十块钱。如今十块钱对他来说，就是五个包子，就是一天的口粮，就能维持一个人的小命。

他的小诊所当时开在上海西北角，是普陀与嘉定两区的交界处，到底是归属于哪个区，他开始是搞不清楚的，后来知道正儿八经地归普陀区管辖。那里流动人口比较密集，而且离工业园区又近，还是比较吃香的。小诊所不远的地方，有一块三五亩的空地，为什么一直空着，没有人说得明白。开小诊所那阵子，陈小元把它当成了自己老家的一块田野，一旦想家了，心烦了，高兴了，他就来这里打打滚，发发疯。

小诊所关门后的某一天，他仍像往常一样，无所事事地到处闲逛着。说他闲逛简直是美化了他的生活。他其实连一名拾垃圾的也不如，拾垃圾的还可以拾点破铜烂铁，他则只能盯着钞票。在繁华的大马路上，什么钞票也没有。他拾到过五块的，竟然是一张假钞，什么地方都会有假钞；他拾到过一百块的，竟然是阴钞，是没有烧干净的阴钞。陈小元就改变了方向，来到了这块空地。

这块空地一直空着，成了垃圾分拣中心，中间堆满了花花绿绿的垃圾。别小看了城市里的垃圾堆，这才是可以淘金的地方。

果然，陈小元随便那么一踢，就在半块砖头下边发现了一张有些发霉的二十块的纸币。

陈小元顾不得检验真假，便揣着这二十块，一边吹着口哨，吹着“解放区的天是明朗的天”，一边来到对面的一家早餐店，买了三个热气腾腾的大肉包子。陈小元花掉了六块，还剩下十四块。当他蹲在地上吃完了包子，忽然发现这家包子店不但卖包子，还卖彩票。他干脆眼睛一闭，把剩下的十四块全部拿出来，买了七注双色球。

谁想到，天无绝人之路，幸运地中了个二等奖。陈小元一询问，奖金竟有六十多万元。

中奖的那天晚上，陈小元没有去住宾馆，也没有去喝酒吃肉。彩票还没有兑现，他仍然是身无分文的，他干脆跑到这块空地上，饥肠辘辘地坐了一夜。反正这是悲惨人生的最后一夜。这一夜，他看着天上的星星，想着落魄的这些日子，那一张张扭曲的脸，那一双双冷漠的眼睛，那一句句挑衅的话，他一下子流泪了。他有了写诗的冲动，但是那天晚上，除了怀揣着一张六十多万元的彩票外，他的身上没有一张纸、一支笔，没有任何地方可以记下他内心的诗意，所以这首诗在天亮之后就熄灭了。

太阳升起的时候，陈小元像一头狮子一样，仰望着天空，张开嘴一声长啸，想一口吞下整个早晨一般。他没有打出租车。他根本打不起出租车，而是一路跑步赶往彩票中心。等兑完奖回来后，他已经一天没有吃喝了，他仍然没有顾及自己。陈小元中奖后，他似乎就不饿了，或者说他不怕饿了，也饿不死了。

他跑到了菜市场，买了一头大肥猪，包括猪肉、猪骨头和猪杂碎，当然还有半盆子猪血，统统运到了这块空地上。他要感谢一下这块空地，确切地说他要喂喂那些流浪狗和流浪猫，顺便用猪血喂喂那些苍蝇和蟋蟀。他知道苍蝇是喜欢猪血的，却不知道蟋蟀喜欢什么。在自己最孤独最寂寞最困难的时候，这些小狗小猫苍蝇蟋蟀，还一如既往地围在身边陪伴着自己。小狗小猫们还偶尔在他的面前撒个欢儿，舔舔他的伤口；苍蝇们还在他的面前翩翩起舞；蟋蟀们还在夜深人静的时候，吱吱地叫上那么一曲，来慰藉他的心灵。特别是那些小狗小猫，平时只能吃一些残羹剩饭，甚至连残羹剩饭也吃不到，但是它们面对陈小元设下的盛宴，不争不抢，吃得很平和，吃得很开心。有一条老黄狗，还谦让着几只小狗崽子。就凭这一点，陈小元觉得这些畜生比人要讲义气，要有人情味。如果碰到了人，哪怕一奶同胞的弟兄姐妹，知道他陈小元中了六十万元，肯定会扑过来咬上一口的。

陈小元怀揣着几十万元的存折，在走出这块空地的时候，他终于双腿一软，禁不住一下子跪下了，泪流满面地仰着头，朝着空地边上的一根大烟囱跪下了。

他磕了几个头，作了几个揖，既像这里埋着自己的祖先，更像三尺之下便有神灵一般。陈小元是虔诚的，是有敬畏之心的，他的头磕向地面的时候，发出了嘭嘭的声响。有一位白发苍苍的老大妈，恐怕是从菜市场回来，左手提着半只鱼头，右手提着几个馒头，当她从旁边经过的时候，看见陈小元在这里下跪磕头，而且是泪流满面，老大妈便问，你拜什么呢？

陈小元说，还能拜什么，自然是神灵呀。

老大妈说，全是垃圾，神灵在哪里？

陈小元说，你看着是垃圾，它就是神灵；你看着是神灵，有时候却是垃圾。

陈小元正好剃着一个光头，而且神神道道的，不像是在开玩笑，很像正在参禅的高僧。老大妈于是又问，你是和尚吗？在哪里出家的？陈小元说，行善之人四处为家，善在哪里，家就在哪里。这话如此高深莫测，让老大妈深信不疑了，于是再问，能许愿吗？陈小元说，自然了，我昨天拜了一下，心愿就实现了。老大妈说，什么心愿？陈小元说，还能有什么呢？发财呀，如今大家除了发财，还有什么呢？人一旦发了财，还会有什么烦恼吗？

老大妈说，我得了高血压，正等着看病呢。老大妈心想，磕个头也不算什么，就扑通一下靠着陈小元跪下了。老大妈把几个馒头与一袋子豆浆拿出来，当成供品摆在了大烟囱下边的地上，然后一五一十地拜着。

等老大妈离开的时候，陈小元从怀里掏出十张百元钞票，递给了老大妈说，拿这点钱到中药铺里，抓点葛根和野菊花，煮茶喝吧，每日三次，每次一杯，或许能消除你的病患。

旁边有几个路人，看到有人发钞票，也纷纷朝着大烟囱跪下了。有些人一边拜，还一边念念有词，甚至从哪里弄来一炷香，在这块空地上燃了起来。陈小元还是一样，凡是下跪磕头的，每人发放五十元，能讲出自己灾难大小的，视情况每人发放一两百元。于是，每个离去的人，逢人便说，赶紧下跪去吧，有钱发呢。

闻风而来的人越来越多，各人的灾难也五花八门，有人是自己生病了，有人是家人出车祸了，有人是家里起火了，还有一些无灾无难的，却格外的痛苦和忧愁，比如被单位给炒鱿鱼了，莫名其妙地被举报了，或者是老婆在外边有花头了。陈小元想想自己以前的各种境遇，对每个人的灾难一点儿都不怀疑，眼含泪光地听完了，不但发了钱，还分头赠送几句话安慰一下。比如，想开一点呀，日子还长着呀，风水轮流转呀，等等。

大家下完跪，磕完头，领了钱，临走时还问一句，明天呢，明天还会发钱吗？

陈小元看阵势有些不妙，自己中个彩票多不容易，几百万分之一吧？不能就这么花掉了。这个世上人人都值得同情，自己没有钱的时候，或者是钱不多的时候，谁来同情自己呢？陈小元觉得，自己中了六十多万元，交了十多万元的税之后，剩下的也就五十多万元，如果这样撒下去，几个月也就完蛋了。五十多万元在这个城市算什么呢？恐怕就是少数人家的一辆车，或者说就是大多数人家的一个厕所，这附近的房子一平方米需要三万多元了，五十多万元仅仅是十多平方米的厕所而已。全上海有两千多万人口，估计至少有五百万个家庭，家家户户谁会没有厕所呢？

陈小元心想，应该用钱老子生钱儿子，才会越来越富，等自己真正富了，不是五十多万元，是五百多万元，是五千多万元，不需要别人同情了，再回过头来做点善事，也是不迟的。在一个资本的世界，有钱的人钱越来越多，穷人会越来越穷；有钱的人好像都是慈善家，穷人似乎都是土匪。就像这块空地一样，长草的地方草会越来越深，光秃秃的地方被人踩成了路，会越来越光。

自从陈小元在空地上发过钱之后，前来跪拜的人竟然络绎不绝。除了老大妈这些真来许愿的，大多数人是为了钱，是冲着陈小元的布施来的，中间有一部分是拾垃圾的，有一部分是附近的小商小贩，还有那么几个是凑热闹的。陈小元看人越来越多，第二天就由五十块减到了十块，第三天由十块又减到了一块，第四天一分都不敢发了。

陈小元不发钱之后，除了一批常客之外，还有一些路过的，看着人家跑到这里，面对着直入云霄的大烟囱，扑通一声就跪下去了，自己也不管青红皂白，不问要拜的是佛还是神灵——多数人是分不清佛和神灵的，就糊里糊涂地跟着跪下去了。大家都这样，肯定有这样的道理，用不着搞清楚原因，不就下个跪磕个头吗？有什么了不起的呢？

慢慢地，就不再是过路的人了，而是有灾有难的人，祈求平安的人，希望发财的人，主动带着供品与香表，有时候也带三尺红布，专门跑过来的。他们来这里，不是冲着陈小元的钱来的，相反他们在这里跪拜完之后，还会在空地上留下一块两块的香火钱。

自从陈小元有了几十万元，打算进行一点儿投资之后，他每天都要跑到这块空地上，看着由自己引起的莫名其妙的香火，摸着自己的光头苦思冥想着。

陈小元心想，在上海既然房子最值钱，投资房地产肯定最有前途了。陈小元清楚，五十多万元，仅仅是一个厕所，离投资房地产还差十万八千里。但是，谁说投资房地产就一定要给人住呢？不给人住的房地产，似乎投资不大，而且更有意义。自己的一个朋友，就是进入这个行业而发达的。他开始是一个小小的推销员，他推销的不是给活人住的房子，而是埋死人的墓地。当时人们买墓地是自由的，活人也可以买墓地，不需要等死了之后。他不知道从哪里弄了六十张身份证，从亲戚朋友处借了三十多万元，在青浦一家墓园里，一口气买了六十个墓穴，当然还包括他自己的一个。这六十个墓穴成了他的业绩，除了基本的工资外，公司发了他三万元的奖金，他用三万多元又买了六个墓穴。于是，他一个人总共拥有了六十六个墓穴。买完了这些墓穴，公司迟迟不见一个人埋在这里，问这六十六个人什么时候落葬呢？他就回答说，人家个个都活得好好的，起码得等十年八年的吧。此后不到三年时间，巴掌大的一块墓地，从五千块先是涨到了两万块，在他出手的时候，一路攀升到了六万块，他一下子就发达了。

如今国家规定，人死了才能买到一块墓，炒墓肯定是不允许的了。陈小元只能开发墓园，开发墓园也是要有土地的，就是荒郊野外的土地也是相当值钱的。所以说，陈小元连墓园也是开发不起的，他算了一下，即使政策允许，他仅仅只能买八个墓穴。

当陈小元看到这块空地上，除了一根大烟囱之外，连一间房子都没有，不出几天就香火不断，扔满了闪闪发光的硬币，他的思路就慢慢地清晰起来。他坚定了投资房地产的信心，他开发不起给活人住的居民楼，也开发不起给死人住的墓园，但是他的五十多万元，勉强可以盖一座小小的寺庙。

好！那就建寺庙，就在这块空地上建寺庙。如果盖一座寺庙在这里，给神灵居住，那会是什么样子呢？这让陈小元充满了想象。

在初步有了方向的那几天，为了拿出一个切实可行的计划，陈小元除了围绕着那块空地不停地转圈子，还对方圆几里之内进行了一番考察。无论走到哪里，他满脑子都是那块空地，想着上边齐腰深的杂草，想着在杂草中交配与栖息的流浪狗与流浪猫，当然还会想想那些冬去秋来的蟋蟀们。

尤其想到那块空地上袅袅的香火，让他觉得自己未来的福地，应该仍然在这块空地上。

二

或许自己那天的一次无心之拜，引来了那么多的香客前来许愿，感动了栖息在这块空地之下的神灵，使得他犹如幻想一般的计划，竟然一下子就有了眉目。

从陕西那个叫塔尔坪的小山村跑到上海后，陈小元几乎什么活儿都干过：在建筑工地给人搬砖，当过房产中介的销售员，还去一家报社卖过报纸，后来觉得给别人干永远是没有出息的。在农业学校的时候，陈小元是学兽医的，他很喜欢小狗小猫，尤其是与自己境遇相同的流浪狗与流浪猫。陈小元当初之所以决定开一个给人看病的小诊所，没有开一家宠物医院，原因是每次看到城里人，动不动花几千块几万块给小猫小狗看病的时候，给它们理发、做美容、找性伴侣的时候，他就十分心酸和难过。在他们村子塔尔坪，包括已经进城的自己在内，有病了都是一拖了之，想女人了只能忍着。

女朋友小护士在自己最落魄的时候，悄悄地离开了。陈小元对此一方面是庆幸，一方面是理解。庆幸的是，色字头上一把刀，打个麻将想赢钱的话，几天之内不近女色才行。若小护士还在自己身边，也许他的好运气就消失了，就不会中几十万元的彩票了；理解的是，自己当时身无分文，如一棵没有一片叶子的香樟树，一只小麻雀在上边也是无法立足的。让一个小女人恓恓惶惶地陪着自己，有些于心不忍，也会拖累自己，自己就没有那么大勇气，还半死不活地留在上海了。

陈小元中了几十万元彩票的时候，他没有告诉任何一个朋友，也没有立即告诉小护士。一是他觉得这点钱不算什么；二是这些钱不是凭本事赚来的；三是他还不需要她，让她来除了睡觉，不知道干什么。陈小元后来注册了自己的公司，公司又拿到了项目的标书，要在这块空地上建一个医疗垃圾处理站的时候，尤其是心中有了进一步的目标之后，他第一个想到的还是小护士。

陈小元很兴奋地给小护士打了一个电话。小护士的手机依旧是关机的，陈小元就发了条短信给她说，“想你，赶紧把自己送过来吧。”

陈小元第二个想到的是焦大业。焦大业家是河南南阳的，离陈小元的老家就三百公里的地方。焦大业从一所医疗技术学校大专毕业，由于文凭太低了，一直没有找到像样的工作，后来进了陈小元的小诊所。焦大业跟随陈小元两年多，按说时间不是很长，陈小元之所以打电话给他，主要念的还是旧情，要有福同享。当年在小诊所里，无论是治疗性病，还是刮宫引产，在焦大业的配合下，还算是热火朝天的。女大学生来堕胎的时候，陈小元本来想亲自做手术，但是女大学生很漂亮，遭到了小护士的强烈反对。小护士对陈小元说，看你那两眼放光的样子，到时候色心一起，两手一抖，要出乱子的。陈小元无奈才把手术让给了焦大业，不想给小护士说中了，果然出大事了。女大学生大出血死后，焦大业流着眼泪对陈小元说，三十六计，走为上计，我一走，不管是屎呀尿呀，你都往我头上浇吧。陈小元说，你能去哪里呢？南阳回不成了吧？焦大业说，世界这么大，你就放心吧。陈小元为焦大业收拾了东西，塞了两千块钱，让他连夜逃掉了。等到有关部门来调查的时候，陈小元说，这个病人来呀，也没有挂号，也没有交一分钱，我怀疑她与医生之间认识，如今医生已经离开了，还卷走了我两千块钱，我希望你们把他给找回来呢。调查人员无奈地说，这个小诊所是你开的，医生是你请的，你得负管理责任。女大学生父母闹上门的时候，陈小元仍然一样，说是自己不知情，也没有收过一分手术费，如今人已经死了，医生已经不在了，好多情况已经讲不清了，大家可以坐下来好好商量，万一商量不好，可以走法律途径，他保证会听法院的。女大学生父母觉得，女儿堕胎的事情闹到法院，也不是什么光彩的事，就同意调解。最后，小诊所被关掉了，陈小元主动赔了一笔钱，向上级部门交了一笔罚款，把所有积蓄全部搭了进去，还向老家借了十几万块，把事情利利索索地给摆平了。

陈小元接通焦大业的电话后，摸了摸自己的光头，用一副激动的腔调说，好久不见了，焦大业呀，你在干什么呢？焦大业用一股子懒洋洋的腔调说，还能干什么，在给人洗脚啊。陈小元说，这是老天在考验你呢。焦大业说，考验个屎，如果老天真要考验我，不应该让我整天抱着人家的臭脚丫子，应该直接让我抱着人家的屁股。

陈小元说，臭脚丫子好呀，这不是机会来了，想不想继续跟着我干？

焦大业说，跟你干什么？继续给人家看性病？继续给人家流产？

陈小元把手中的文件甩得噼里啪啦地响，说当然不是了，这次干的是积德的事，如果干成了，上海都要为我们晃一晃了。

焦大业说，替人家代孕？都一年多过去了，你还在做梦啊？陈小元嘿嘿一笑说，焦大业啊，一年不见，你还是那么没有出息，所以只能给人家洗脚丫子。焦大业说，别扯那么远，你说说你到底在干什么吧。陈小元说，你想想做什么最赚钱吧。焦大业说，当然卖房子了，比当婊子都赚钱，我们这里有个小姐，做了这么多年的皮肉生意，当初那么漂亮，那么年轻，几年下来就被抽干了，如今黄皮寡瘦的，照样顶不了一套房子。另一个小姐当年贷款买了一套房子，刚刚一出手卖了四百万，净赚三百多万啊。

陈小元说，不要这么俗好不？就不瞒你了，我现在做的生意就是房地产。焦大业说，你又干老本行，去房屋中介了？陈小元说，你怎么回事呀，还是土农民的思维，我现在不是卖房子的，我现在是开发商，开发商你知道吗？焦大业停顿了一下说，你不会吹牛吧，开发商是一般人能做的？听一个洗脚的老板说，不但要有资本，还要有后台，没有后台你根本就拿不到土地。

陈小元说，我跟你说不清楚，你愿意的话就直接过来，到我的公司考察考察不就什么都清楚了？

焦大业自从离开陈小元的小诊所，一年来去很多地方找过工作，特别是一些专治性病的民营医院，就连这些医院招聘医生，也要本科以上文凭，也要会说上海话，搞得焦大业万般无奈，只好去了一个保健按摩房，当了一名洗脚工。

焦大业接到陈小元的电话，第二天早上来到两人约好的地方。他们约好的地方不是别处，就是这块空地。空地中间摊着一堆堆垃圾，有纸箱子，有塑料瓶。焦大业说，我说嘛，不过是个收破烂的，你还开发商呢，开发商谁没有一个办公室，谁没有一个老板椅，谁没有一个小秘书。陈小元说，这不都在准备着嘛。现在缺人手，人手到了，筹备好了，就要开始动工了。

焦大业说，这样吧，你如果让我相信你的话，那你先把在小诊所欠我的大半年的工资发给我吧。陈小元听到焦大业提到了拖欠的工资，明白他这不是来考察的，而是借机来要钱的。陈小元说，别说你不相信，我自己也跟做梦一样的，但是你看看这是什么。这白纸黑字写着的，我还骗你不成？原想着你当时跟着我，大家之间是有感情的。你整得我倾家荡产，外边还欠着十几万元，这一年来过得猪狗不如，我没有和你计较什么，你倒要和我斤斤计较？

陈小元说着，就把手中的一沓文件甩了甩，然后递给了焦大业。

焦大业一看，这是几份文件的复印件。第一份是“上海发财狮子置业有限责任公司”营业执照，公司经营项目里写着：房地产开发、建筑工程承包、物业管理，等等。

焦大业好奇地看着陈小元问，这又能说明什么呢？这个公司又不是你的。陈小元说，不是我的？你看看法人是谁，不就清楚了吗？焦大业再仔细一看，“法人代表”一栏果然写的就是“陈小元”。

焦大业还是不信任地说，这种皮包公司，花几千块就能注册了。陈小元说，你再看看吧，下边还有一份文件，上边写着什么？这块空地上的建设项目，中标的公司是不是“发财狮子”，是不是由我的发财狮子公司来开发的？上边盖着红彤彤的公章，这个总不会有假吧？

其实文件上写的，并不是陈小元真正的目标。陈小元的目标没有落在纸上，还深藏于陈小元自己的心中，对于常人来说，无异于一个幻想。陈小元更不想让焦大业知道，自己中标的项目不是房地产开发，而是一个不赚钱的医疗垃圾处理站。

医疗垃圾处理站也不是陈小元的目标，他心中的那个目标是一座寺庙。所以，不等焦大业看清楚，陈小元一把夺过几份文件，一边走入杂草中间，一边对着焦大业说，看来你不是干事的料子，兄弟我如今有了机会，喊你回来给我当个秘书什么的，你还是这一副穷酸的样子，算了，你走吧。

遇到了几个拾垃圾的，陈小元对那几个拾垃圾的说，你们明天就搬走吧，这里要开发了。几个拾垃圾的说，开发什么呢？陈小元说，开发房地产呀。拾垃圾的说，我们在这里拾垃圾，都五六年了，你让我们去哪里？陈小元说，如今政府把这块空地批给了我，你们去哪里，得问问政府了。

焦大业一直跟在后边。陈小元对焦大业说，你怎么还不走？还不赶快给人洗脚丫子去？

焦大业说，你还没有把欠我的工资给我呢，你现在都是一个开发商了，那大半年的工资累计也就四万多块。

陈小元回过身，摸了摸光头，冲着焦大业嘿嘿一笑，就不再吱声了。

焦大业离开后的第三天下午，他在给一个女人捏脚时，那个女大学生绝望的表情又浮在他的眼前。他一走神，下手有点重，这女人一阵尖叫，就把洗脚水给踢翻了，一下子浇在了焦大业的身上。这种事情过去是经常发生的，有人嫌你捏重了，有人嫌你捏轻了，有些难伺候的，轻了不行，重了也不行。那个女人不但不道歉，反而提起剩下的半盆子热水，从焦大业的头顶上灌了下去，然后大呼小叫着说，这个丑八怪，给我换个帅点的来。

焦大业确实长得丑，一米六几的个头，胖乎乎地挺着一个啤酒肚子。焦大业长得丑，不是因为个子矮，长着个大肚子，而是他长得太黑了。他长得丑也不全是因为黑，皮肤黑成非洲人那样闪闪发光，也就不丑了。焦大业黑得黯然失色，脸上长满了粉刺，看着不仅仅丑，而且还有一点儿恶心。

这个女人一句话，伤害了焦大业的自尊心。焦大业忍无可忍，上前扇了这个女人一巴掌，然后说，是洗脚，又不是上床，你换个屌啊，老子不干了。

焦大业就给陈小元打了个电话问，给你当秘书在哪里办公？陈小元说，还有哪里？当然是那块空地了，有了这块空地你想要什么会没有呢？焦大业说，那一个月多少钱？陈小元说，你想要多少呢？有了这块空地，跟着我干得好的话，你想要多少都不过分吧？焦大业说，只要不再给人洗脚丫子，你就看着办吧。

焦大业背着自己的行李，一气之下再次投奔了陈小元。

当焦大业跑到这块空地的时候，西北角上搭起了三间白色的活动房，作为陈小元的临时建设指挥部。陈小元手中提着一把榔头，还有一根钉子，正在往墙上悬挂着“上海发财狮子置业有限责任公司”的牌子。他扶起牌子，就没有办法钉钉子；他去钉钉子，就没有办法扶着牌子。陈小元看焦大业来了，于是喊叫着说，焦大业，还愣着干什么呢？

焦大业站在旁边，一动不动地看着满头大汗的陈小元说，你不是总经理吗？这小事还得亲自动手？陈小元说，做生意与泡妞是一样的，不亲自动手是不行的。焦大业说，你这牌子看上去不错，只是你挂牌子的黄道吉日查了没有？陈小元一愣说，你不提这事，我还真给疏忽了，这是不是秘书分内的事情？焦大业笑着说，你就安心当你的总经理吧，我来给咱操办就是了。

焦大业把这个“发财狮子”的牌子接过去，安安稳稳地重新放回了指挥部内。焦大业对陈小元说，你看看谁家开业，有这么清清冷冷的？我先去查个日子，扯几块红绸子来，到时候你请几个领导，和你一起拿一把大剪刀，剪个彩，奠个基，不仅仅图个吉利，也为了扩大一些影响。我再去请几个记者，发个红包什么的，给咱们见见报，宣传宣传。

陈小元挥挥手说，你这个想法是对的，但是做人还是低调点好，黄道吉日是可以查的，炮也是可以放的，请领导和记者那就免了。

焦大业跟着陈小元，把这块空地巡视了一遍。陈小元自从注册了公司，打算开发这块空地，特别是拿到了建设医疗垃圾处理站的标书，成了这块空地的主人之后，他一天要在这里转上好几圈，像是一个皇帝在巡视自己的江山，觉得上边的一草一木，哪怕是上边飞舞的一只苍蝇，都是那么亲切和生动。

两个人走入茂密的杂草中间，周围的喧嚣一下子就没有了，感觉置身于荒郊野外一般，那么安静和温暖。只有一条老黄狗，不知道从哪里弄来一根骨头——或许就是陈小元中奖后扔给它们的骨头，在津津有味地啃着。它啃骨头的时候，不是站着的，而是卧着的，不时地还打个滚儿。

陈小元几脚下去，就把杂草踏平了，干脆如老黄狗一样，往杂草上一躺，看着蓝色的天空。

焦大业说，这块空地太小了，恐怕只能盖三座楼最多了。陈小元说，你觉得三座楼太少了？焦大业说，你看看周边，哪个不是十座八座的，没有这个规模根本不上档次。陈小元很神秘地说，那看你盖什么了。焦大业靠着陈小元，坐在草地上说，你要盖什么？不盖居民楼，总不会盖写字楼吧？虽然这里划入了上海的城市副中心，还是太偏僻了，没有公司愿意到这里办公，根本租不出一个好价钱的。

陈小元说，这个我清楚，我不盖居民楼，也不盖写字楼，到底盖什么呢，你就不用操心了。

焦大业站了起来，拾起半块砖头，朝着那条老黄狗扔了过去。那条老黄狗汪汪叫了几声，慢悠悠地走了。焦大业说，从一开始，我就不相信你，你再怎么发达，哪怕你中了五百万元的彩票，恐怕也当不了开发商，你就实话告诉我，到底是怎么回事吧？

陈小元说，你别问了，以后自然会明白的，相信不相信都不重要，重要的是兄弟们能不能在一起，你能不能在这里找到你想要的位置。

焦大业问，你到底要给我什么位置？我的职责范围是什么？

陈小元说，为了你开展工作方便，我任命你为副总经理兼办公室主任，你看怎么样？

焦大业说，哪怕你那个公司是真的，难道就你一个人说了算吗？

陈小元说，起码目前是我一个人说了算的。

焦大业说，以后还有谁？

陈小元说，还有小护士，我已经通知她了，她是公司的财务总监，当然还有你，我现在就任命你怎么样？

焦大业说，都是空口无凭的事情。

陈小元一下子从草地上爬了起来，从包里掏出一张纸、一支笔，写道：

经过总经理推荐，公司领导班子研究决定，兹任命焦大业为上海发财狮子置业有限责任公司副总经理兼办公室主任。

总经理　陈小元

某年某月某日

写完了，陈小元又从包里掏出一枚公章，还有一盒子印泥，哈了一口气，在落款处红红地盖了下去。陈小元捧着这张纸，严肃地宣读了一遍，就递给了焦大业。

焦大业呵呵地笑着，看了看四周茂密的杂草，又看了看不时飞来的苍蝇，还抬头看了看那根大烟囱，并没有接过这张纸，而是怀疑地说，你就在这里任命我了？我现在就是副总经理了？陈小元说，这叫现场办公你懂不？管他在哪里发的文件，只要公章是真的，任命就是有效的。

焦大业不再笑了，他接过那张纸，看了看那个红色的公章，又看了看陈小元严肃的光头，然后说，好吧，那我这个副总经理工资多少？陈小元说，按劳分配，我先给你一个大概，每月至少八千块，你看怎么样？焦大业说，先欠着吗？还是按月发放？陈小元说，这得看公司下一步的效益，过后我还要招聘很多人，大家都是一样的，工资与公司的效益挂钩，公司好了，大家就好了，公司不好的话，大家只能一起倒霉。

焦大业说，我明白了，那就是还得欠着。

陈小元嘿嘿一笑，拍了拍焦大业的肩膀说，这才是干大事的样子，公司刚刚成立，四处都得花钱啊。

焦大业说，我今天就算报到了对吧？那具体分工是什么呢？

陈小元说，没有具体分工，需要干什么就干什么，最重要的就是项目开工前期的筹备，你听我的吩咐就行了。

焦大业掏出一支烟，他一边吸烟，一边把杂草给点着了。

好在当时并没有起风，陈小元几脚下去，就把火给扑灭了。

陈小元说，你想干什么？！焦大业说，我想一把火把杂草先给烧掉，一来方便以后平整这块空地，二来也好把那些臭烘烘的东西赶走。陈小元说，你不能这么干，这会很危险的，在小诊所你弄死个人，把我害得已经够惨的了，搞不好再烧死个人怎么办？何况这些杂草呀，留着还有重要的用场，就是一定要烧掉，时机还不成熟，你听我的吩咐就行了。

焦大业看陈小元更加神秘了，他想问问到底是什么时机。

他动了动嘴并没有问出声来，他知道陈小元已经不是一年前开小诊所的那个陈小元了，他问也是白问了。

太阳落下去了，夜色立即把这块空地给淹没了。焦大业说，天黑了，我们住哪里呢？陈小元说，还能住哪里？当然是临时建设指挥部了，三间房子我们每人一间，另外一间就做办公室，应该够用了吧？走，我们去买几床被子回来。

当天晚上，陈小元与焦大业就在这块空地上安了家。三间房子，虽然小了点，空了点，暂时睡在地板上，但是陈小元从拾垃圾的那里弄了许多纸箱子铺在下边，比出租屋的硬板床还要舒服。而且比较荒凉，秋风一吹，无比的凉爽，四周是一片唧唧的蟋蟀之声，偶尔还有几声蛙鸣狗叫，感觉不是睡在闹市里，而是回到了自己在陕西塔尔坪的老家。

第二天早上醒来，焦大业要出去买点早餐，被陈小元给制止了。陈小元提出几个包子、几包牛奶，还有几个苹果。焦大业说，这么丰盛啊，是总经理亲自买的？陈小元说，用得着我们买吗？你想吃什么，大烟囱下边一大堆。焦大业正吃包子呢，听陈小元这么一说，一下子憋住了，翻着白眼说，那些供品是给神灵吃的，你也敢动吗？

陈小元说，我们不吃，不就坏掉了？坏掉了不是浪费吗？而且寺庙里的供品最后都去哪里了？不是给和尚吃了吗？不吃掉多罪过啊。

焦大业说，你虽然剃着个光头，又不是和尚。我就奇怪了，这里又没有神灵，那么多人都在这里下跪磕头干吗？

陈小元就把自己如何下跪磕头，如何给下跪磕头的人撒钱，如何在大烟囱下边的空地上形成了这么一个香坛，从头到尾说了一遍。他当然把自己如何买彩票中了几十万元，自己最后如何注册了“发财狮子”公司，在这块空地上如何弄到医疗垃圾处理站的项目，自己到底想利用这块空地干什么，最核心的部分统统给隐瞒掉了。

虽然焦大业还是不相信陈小元，但是陈小元相信自己，既然有人在这里上供，在这里许愿，肯定就有许愿的道理，说明在这里许愿是灵验的。不管在哪里，地下三尺有神灵，哪怕就是这块空地应该也不例外。

大烟囱下边的香火，开始兴盛过一阵子，慢慢又稀少了些。或许大家终于醒悟，就是一块空地而已，根本不值得神灵出没。除了一根大烟囱和一簇簇杂草之外，他们根本不知道应该给谁下跪磕头，应该对谁许愿求情，所以他们就迷茫了。

有几个老人一直是虔诚的，他们每天早上都来这里。有的空手，有的随手放下几个水果、几个包子或者牛奶，尤其是那个患有高血压的老大妈，她是风雨无阻的。不知道她是去菜市场的时候顺便拜拜，还是来这里拜拜的时候顺便去菜市场，反正每天早晨七点左右出现在这里。有一次陈小元碰见了她，她感激地说，真灵啊，我现在的血压正常了，什么毛病都没有了。不知道她是感激陈小元的葛根与野菊花呢，还是感激她祈求的神灵保佑了她。

借着巡视这块空地的机会，陈小元会顺手拾几件供品，装在袋子里提走，所以陈小元每天的早餐照旧是吃供品的。焦大业来了之后，似乎存在一分敬畏之心，不管那些供品好坏，一个都不会动的。相反他去买早餐的时候，从那些下跪磕头的人身边经过，被他们的虔诚之心感染了，时不时地放下几样东西，弯下腰作几个揖，也替父母祈求一份平安。

老大妈选择烧香的地方，在这块空地的东南角，紧邻着一条大路。不知道什么时候，放了一尊服装店里的半身模特，模特两只手臂不见了，有点像是西方的维纳斯。也许是陈小元故意弄来的，也许是有人无意中扔在垃圾堆里的废物，反正它郑重其事地竖在大烟囱下边，像是等着人们来下跪磕头似的。虽然从陈小元下跪之后，过去的时间不是很长，但是这里烧香烧纸，有时候是烧垃圾，积了厚厚一层火灰，面积有几十平方米，宛如一个像模像样的香坛。

在临时建设指挥部安家后的第三天早上，陈小元与焦大业各自吃完了早餐，一起去外边采购，主要是采购一些办公用品，比如一台电脑、两张办公桌、两把老板椅，还弄了一张“难得糊涂”的字画，挂在办公室的墙上。他们重点要买两张席梦思。陈小元睡在纸箱子上，对比自己流落街头的时候已经很满足了。但是焦大业似乎不满足，他对陈小元说，你是吃苦的命，你得给我买张席梦思回来享受一下。

当陈小元与焦大业抬着席梦思穿过那块空地，看见老大妈还在那里念念有词，焦大业说，奇怪了，好多年没有做过梦了，昨天晚上却做了一个梦。陈小元说，说明你在这里睡舒服了，这一年多是不是都没有睡踏实过？焦大业说，一条命啊，每次眼睛一闭她就浮出来了。陈小元说，不止一条，是两条，想想两条命丢在自己手里，我们吃的那点儿苦算什么呀，是老天爷在惩罚我们呢，昨晚你梦见她了？焦大业说，无缘无故地竟然梦见自己住在一座寺庙里。陈小元说，恐怕是日有所思夜有所梦，自从我与这块空地结缘后，几乎天天晚上都会梦到寺庙，连寺庙的样子都是一清二楚的。

说到这里，陈小元对着身后的焦大业，不禁脱口而出，我就告诉你吧，我的终极目标就是在这块空地上盖一座寺庙，这里要是有一座寺庙应该很神奇吧？

焦大业没有再吱声，放下了抬着的席梦思，站在老大妈的旁边，朝着那根大烟囱，或者是下边的断臂“维纳斯”，弯下腰深深地鞠了一躬。

三

陈小元注册了一家公司，中标了一个开发项目，拿到了政府部门的几份文件，但是这块空地确切地说，还不是他陈小元的。至少产权不是他陈小元的。他合法拥有的，仅仅是在这块空地上，建设一个医疗垃圾处理站的项目，而且是公益性质的。最后要实现自己心中的那个远大目标，不仅要花光花净他陈小元中奖的几十万元，还会花费他陈小元的很多心思，很多手段——卑鄙的手段。一想到自己的卑鄙，他便会想到北岛的那两句诗——“卑鄙是卑鄙者的通行证，高尚是高尚者的墓志铭”。

陈小元开小诊所的时候，经常会到这块空地上来玩儿。有时候是一个人来，有时候是小护士陪着。陈小元看到它一直荒废着，那根废弃的大烟囱，坚挺地戳破了天，有一次他感慨地说，这块空地要是自己的多好啊。小护士就打击他说，你就做梦吧，连根草你都别想。陈小元说，万事皆有可能，人这一辈子千变万化，谁也说不清楚的。正好有一条狗在拉屎，小护士就说，再怎么变化，一堆臭狗屎能变一堆金子吗？陈小元说，这要看什么情况，你去扒拉扒拉，说不定里边还真有金子。小护士说，你开个小诊所，给人打胎流产的，能翻出什么花头来？陈小元说，你等着瞧吧。

陈小元从内心来讲，是认同小护士的，他不过在嘴上发发狠而已。等到什么时候呢？等着瞧什么呢？他自己是无奈的，有时候是绝望的，如那些小生命一样，好不容易托生到人世，最后还得被掐死腹中，不得不从头再来。

买彩票中了几十万元，应该是很大一笔财富了，多少人在心中幻想着这笔钱啊。等到陈小元真正地拿到这笔钱之后，才明白拥有五十多万元与拥有五万元，生活并没有天地之别。拥有五万元的时候，他想干的就是开个小诊所，拥有五十多万元的时候，他想干的就是房地产开发。两件事情的艰难程度是一样的，落到真正的生活上，他照样孤苦伶仃，早餐照样吃包子，晚上照样想女人。比如说，他多么想拥有这块空地，按说中了彩票几十万元，多么幸运的事情啊，但是离实现自己的愿望仍然相差甚远。

陈小元一直心有不甘，继续盲目地考察着有关项目，重点是如何用五十多万元拿下这块空地。没有中彩票以前，他连政府的大门都没有勇气进去，中了彩票后，他去土地管理部门咨询，人家问，你是干什么的？陈小元说，我是开发商，我看上了这块地皮，想投资呢。人家说，你是什么开发公司的？说来听听。陈小元说，准备叫"发财狮子"，还没有登记注册。人家说，你有多少资本？有十个亿吗？陈小元说，哪有这么多呀，不到一百万元吧。人家说，这点钱还想要地皮，你是不是做梦呀？陈小元说，多好的一块空地，为什么要荒着？太可惜了吧。人家说，关你什么事情呢？你有什么想法吗？陈小元说，哪怕是挖一挖，种点南瓜呀土豆呀什么的，一年也有不少收成吧？人家呵呵一笑说，啊，你不是开发商，原来你是一个农民啊。

人家一下子看扁了陈小元，连和他搭话的兴趣都没有，也在情理之中。注册在案的开发商已经多如牛毛，哪一家注册资本不是几个亿？连李嘉诚也有几个公司，在这个区域虎视眈眈地等着。每一家都有千丝万缕的关系，早就上上下下打点好了。但是一接触到这块空地，陈小元的好运气是接二连三的。他的好运气总是那么荒诞，荒诞得让陈小元自己都有些害怕了。

当人们运气不好的时候，总埋怨上天不公，一旦运气太好了又开始恐惧，总想着是不是最后的晚餐。就像是死刑犯被拉出去之前，吃到的那顿上路饭一般。

有一天，当陈小元看着那根大烟囱，无奈地发呆的时候，他突然接到一个男人的电话。这个男人说，陈医生，你还记得我吧？陈小元说，还真不记得了，你到底是谁啊？这个男人说，不记得最好了，电话里不方便，我们见面再聊吧，你还在桃园地区吗？陈小元说，还在桃园，不过换地方了，你知道不远处的一块空地吗？我们就在那块空地前边见吧。

那阵子陈小元已经中奖了，像一只无头的苍蝇一般到处乱撞，没有注册上海发财狮子置业有限责任公司，也没有具体的投资方向和人生目标。生活还与从前一样，没有租房子，没有住酒店，而是在旁边住了一间小旅馆，每天三十块钱的地下室。陈小元想，打电话的这个人，应该是自己原来的某个患者。他有许许多多的患者，来小诊所看好病后，基本再不会联系了。到他这里来看病的，全是乌七八糟的人，无论是打胎，查胎儿性别，还是看男科妇科，都是有秘密的。极少数几个关系比较好的，才会留下陈小元的电话，以便于随时咨询一点儿见不得人的事情。

陈小元听对方的口音，似乎有点儿熟悉，当对方站在他面前时，陈小元一下子想起他了。想起他，不是因为他长得有特点——梳着一个大背头，挺着一个啤酒肚子，两只向外凸出的大眼睛，而是与人说话的时候，他不看人的眼睛，像锥子一样盯着人的胸脯。多年前的一个冬天，他到小诊所来的时候，一直盯着小护士的胸脯，搞得陈小元当时十分生气，但是发现他看男人也一个样，也就理解了。他这是若有所思，他的目光根本没有落在别人的胸脯上，而是落在别人的内心深处。“大背头”当时走进小诊所，戴着一副黑墨眼镜，扣着一顶瓜皮帽子，围着一条围巾，把自己武装得像个黑社会似的。到这里来的，基本都会伪装一下，还从来没有伪装成这样的，连个脸蛋子都看不见。

陈小元说，你是来看病的吗？“大背头”说，你这什么地方？陈小元说，私人小诊所呀。“大背头”说，啊，那我好像走错地方了。“大背头”虽然这么说，却没有退出去，站在原地看着陈小元的胸脯。陈小元说，没有旁人，你有什么需要我帮忙的吗？

“大背头”在陈小元的带领下，走进一个相对隐蔽一点儿的房间。这是一个没有窗户的门诊室，大白天仍然拉着一个灯泡子，房子里摆着一张床，铺着白色的被单，看病时用来给患者检查身体，不看病了就成了陈小元的卧室。

进入门诊室，陈小元说，有这么冷吗？穿得这么严实干吗？“大背头”说，不放心呀。陈小元说，你放一百个心好了，到我这里来的，处长局长一大堆，不排除有市长级别的人物，我们会保护好病人隐私的。“大背头”说，我担心的就是隐私，传出一张艳照什么的，不就把人毁掉了？陈小元说，这是小诊所的优势，我们不像那些大医院，要挂号，要开处方，要留联系方式，我们这里什么都不需要，你来了就一件事情，直接看病，看好走人，你是不是要看性病？“大背头”说，你怎么知道的？陈小元说，你一来，两腿就紧紧地夹着，不时地还伸手去挠一下，不是性病是什么？你把裤子脱下来，让我看看吧。“大背头”扭捏了一阵子，闭着眼睛，做掩耳盗铃状，把裤子脱了下去。陈小元检查了一番说，你这是梅毒。“大背头”说，真是梅毒吗？你这里可以治吧？陈小元说，男人就是一只猫，染上这个太正常了，我给你开点药打几针，保准立即见效，该干什么你照样干好了。“大背头”说，和老婆呢？陈小元嘿嘿一笑说，你难道还和别人？暂时还是忍忍吧，万一想了最好戴个帽子。

“大背头”就这样往陈小元的诊所跑了半个月，没有人问他姓名，没有人打探他的身份，连一张纸也没有在小诊所留下，只是打了一些针，吃了一些药片子，就完完全全地痊愈了。

“大背头”最后一次离开的时候，他主动脱掉了帽子、墨镜，真正地露出了他的真面目，而且留下了陈小元的电话号码。几个月后，“大背头”给陈小元打过一个电话，问在什么情况下才能传染艾滋病，艾滋病有什么症状吗。陈小元说，艾滋病传染只有三种方式：一是母婴传播，这是娘胎里带的；二是血液传播，就是输了含病毒的血液；三是性传播，你还是不戴帽子吗？“大背头”说，哪里呀，从你那里回来，我每次都戴两个，但是我痔疮犯了，痒得人难受，就抓破了屁股，接下来的事情，你应该明白了吧？陈小元说，这怎么不明白，你担心被传染了。“大背头”说，是呀，那阵子，谁忍得住呢？陈小元说，你们这些当官的，花头还真不少啊。“大背头”停顿了一下说，你怎么知道我是当官的？陈小元说，猜的呀，不是当官的，谁怕这个？如果光是痔疮的话，应该没有什么大问题。“大背头”说，我还是不放心，你们那里不能检查吗？陈小元说，我没有那个设备，你如果不放心，我给你抽一管子血，代你去医院检查一下吧。

“大背头”是开着一辆黑色轿车来的。这次见陈小元，他没有戴帽子，也没有戴墨镜，一是因为还是夏末秋初，没有冬天那么冷；二是他们见面是在外边，越武装越显得有鬼。但是他没有下车，把头伸出车窗，仍然盯着陈小元的胸脯说，陈医生，上车吧。陈小元说，去哪里？“大背头”说，去吃饭，现在正是吃晚饭的时候。陈小元说，吃饭就免了，在车上说说事吧。

陈小元于是钻进车，坐在副驾驶的位置上问，领导，最近身体还好吧？“大背头”说，别这么称呼我，我姓吴，以后就叫我老吴吧。陈小元说，你又不老，不嫌弃我这个老兽医，我就叫你吴哥吧。吴哥这次是专门请我吃饭的，还是另有其他事情需要我帮忙？老吴说，两方面都有吧，小诊所生意怎么样？陈小元说，别提了，被关掉一年了。

老吴说，什么原因？是出人命了还是被人举报了？有事情为什么不找我？陈小元说，找你？我怎么找你？你是一只麻雀还是一只老鹰，什么身份我都不知道，更何况你来无影去无踪的。老吴说，我打过你电话的，你没有保存一下？至于帮忙嘛，看多大个事情了。陈小元说，多大个事情你能帮呢？照我猜呀，你也就一个局长吧。

老吴侧身看了看陈小元，然后呵呵一笑，不再吱声了。

关于小诊所因为女大学生的事情关门，陈小元有意给隐瞒掉了，而是说，什么都不是的，天天给人家打胎，那些胎儿有什么错？大人们胡作非为，为什么要拿这些小生命开玩笑？这不是造孽吗？所以良心发现了，自己主动关掉了。

老吴说，怪可惜的，存在的就是合理的，大医院需要，小诊所也需要，比如有些大手术，必须上大医院，有些小毛病，只能来小诊所，你看看你上次给我看病，才花了多少钱？又安全又便宜，关键是患者没有太大的思想包袱。

陈小元说，吴哥说得也是，我就是想换个行业发展一下。老吴说，什么行业？还有什么比开小诊所更赚钱的吗？陈小元说，有啊，比如说开发房地产。老吴说，这个行业，我得劝劝你了，现在房地产不景气，而且水太深了，搞不好就把自己给淹了，好多房地产企业都倒闭了，就拿我们眼前的这块空地来说，多少公司在争在抢，为什么现在宁愿荒在这里？

陈小元更加判定，旁边的这个“大背头”，老是盯着人家胸脯的男人，是一个有身份有地位的人，对这块空地的信息是十分了解的。陈小元好奇地问，到底为什么呢？见老吴没有回答自己的问题，陈小元补充说，一切要看机会，我现在筹措了一笔资本，如果机会好的话还是想在这个领域发展发展。

陈小元所说的资本，就是自己中彩票的几十万元而已。

天真的黑了。已经漆黑一片，在这块空地上，白天能看到的杂草、垃圾，几个拾垃圾的人，包括老吴停在边上的车，全部都被夜色淹没了。那根大烟囱因为竖得比较高，上半身被远处的灯光照亮，依然十分清晰和威武。

沉默了半天，老吴说，前两次的事情，我觉得你很够朋友，所以我今天找你，还是想请你帮忙。陈小元说，吴哥，你把我当朋友的话，就尽管吩咐吧。老吴又侧身看了看陈小元的胸脯说，你小诊所不开了，手艺应该还在那里，有个朋友找你看病，你能帮忙吗？陈小元说，这没有什么问题，除了艾滋病之外，我这个兽医什么不能看？

老吴呵呵一笑地说，怎么了，你是个兽医？胆子不小啊，兽医敢开小诊所？陈小元说，你可能不知道，给动物看病比给人看病高明多了，动物得了病哪里疼，它不能告诉你，但是给人看病，望闻问切，都用得上。你朋友得了什么病？不会又是梅毒吧？老吴说，如果是梅毒，我就不会亲自来找你了，这次事情比较复杂，你得保证和从前一样，一切都要保密，对我那个朋友也要保密。陈小元说，难道你朋友得绝症了？这个我恐怕看不了的。

老吴干脆把车开进了这块空地。一旦坐进这块空地里，两个人也被夜色给消灭掉了，似乎连骨头也没有吐出来。

老吴说，如果是绝症那就好了，也没有这么多烦恼了。陈小元说，怎么了？看来你盼望这个朋友得绝症呀。老吴又侧身看了看陈小元，这次他没有盯着胸脯，恐怕在漆黑的环境中，胸脯是看不出来的，所以他盯着陈小元的眼睛说，这个朋友怀孕了。

陈小元说，那生下来，二胎都放开了，中年得子是喜事呀。老吴说，又不是老婆怀孕，这孩子要是生下来，肯定是个“原子弹”。陈小元听明白了，老吴所说的不是朋友，而是有一个孽债需要了结。陈小元说，吴哥，不是我说你，你怎么就不吸取教训呢？老吴说，我老实说，防不胜防。陈小元嘿嘿地笑了说，你肯定被人给算计了。老吴说，我也是这么想的，人心险恶啊。

陈小元说，你现在找我，让我给她做人流？老吴说，事情就复杂在这里了，人家死活不愿意，一直拖到现在，有五个月大了，把这个“原子弹”生下来，你说说，是不是把我给炸飞掉了？陈小元说，生下来就生下来，你偷偷养着不就行了？老吴说，想偷偷地养着，人家也不愿意呀，一旦找上门了，老婆孩子怎么办？头顶上的乌纱帽怎么办？由此再引出一些事情来，我恐怕只能跳楼了。

陈小元说，还是我们这些平民百姓好啊。老吴说，所以我很羡慕你，如果放在你的头上，也就没有什么了。陈小元说，你到底想干什么，就明白告诉兄弟吧。老吴说，当然还是打胎了，不过得有一个策略，你看这样行不行？

老吴的电话响了，似乎是秘书打来的，通知他去什么什么路，要开什么什么紧急会议。这条路紧连着人民广场，是某政府机关的所在地，能去这里开会的，而且是连夜开会的，级别看来低不了，起码不会小于局长。老吴放下电话说，你很关心这块空地到底为什么荒在这里对吧？刚才的电话，正好通知我去开会，研究这块空地的规划。

陈小元很想问问，具体的规划是什么，但是他打住了。

陈小元开始是纠结的。如果老吴托他看点性病，那也是顺手的事情。他确实不想再伤害那些无辜的小生命了，仅仅是流产的话也就一摊子血水。但是老吴托付的事情是打胎，五个月的胎儿已经成形了，鼻子眼睛都齐全了，而且有心跳有脉搏了。如果自己帮了老吴，不就是伤天害理吗？陈小元与老吴之间是什么关系呢？是朋友吗？根本谈不上。是利益关系吗？老吴给他什么好处，值得自己出手呢？

如今为了那块空地，陈小元有点顾不得多少了，老吴也许就是他的机会，也许是他唯一的机会。

陈小元说，我怎么才能帮你？老吴说，长话短说，我让她来找你，你不要说自己是开诊所的，就说自己是第一妇婴医院的 B 超医生。也不要说是让她来打胎的，就说是检查一下胎儿的性别。你在宾馆里包一个房间，她要问为什么在宾馆里，你就说在医院检查胎儿性别是犯法的。老吴一边说着，一边把车从这块空地里开了出来。

陈小元说，你还没有说重点呢，到底要我干什么呀？

老吴说，你还不明白吗？非得让人说透吗？

陈小元说，你是让我趁机下手，把孩子给偷偷地打掉？老吴不再说什么了，随手拿起一个大大的信封子，塞在陈小元的怀里说，这是检查费，你先用着吧。陈小元在下车的时候，把钱扔回给老吴说，成事后再说吧。

老吴说，我没有看错你，你不是想开发房地产吗？但愿以后我也能帮到你。

陈小元说，等办完你的事情，我请你出来喝酒，专门聊聊这块空地。

四

焦大业为陈小元所查的黄道吉日，并非请哪位大师掐指算的，而是上网搜索的。上海发财狮子置业有限责任公司挂牌的日期，定在了某月某日早上八点零八分。

焦大业提醒说，连那个洗脚房开业，都请了当地一帮有头有脸的人，比如公安呀、城管呀、工商呀、税务呀来剪彩。陈小元嘿嘿一笑说，有这个必要吗？焦大业说，剪彩其实是假的，实质是拉大旗做虎皮，告诉那些地痞流氓，自己是有背景的，别在这里惹是生非。陈小元说，咱是合法企业，合法的投资，政府是有责任保护我们的，我怕他个屌毛啊，而且我巴不得他们闹事呢。

陈小元果然没有请任何一个官员，也没有请一个朋友。一是他拿到医疗垃圾处理站的项目后，自己只是做点儿开张的样子给上边看的；二是他在上海不认识当官的，连街道办事处的门朝哪里开都不清楚。那次小诊所出了人命，他被带到一家派出所，根本没有记住位于什么地方。陈小元唯一认识的老吴，还是神龙见首不见尾，交往时间也不是太长，根本不适合请到台面上来。要说朋友，恐怕只有焦大业和小护士沾点儿边儿。

小护士已经联系上了，几乎说破了嘴皮子，起初和焦大业一样不相信陈小元。当时小诊所被查封，陈小元落魄的样子还不如一个乞丐。乞丐不仅有住的地方，有基本的生活来源，起码买得起安全套。出事后的某个晚上，陈小元与小护士两个人，惊慌地坐在这块空地上，突然一下子想那个了。人在绝望的时候尤其想那个，也许为了发泄一下吧。陈小元与小护士可怜巴巴地抱在一起，相互咬着嘴唇，掐着对方的胳膊，当他们想进入对方身体的时候，小护士想起了自己接待过的那些乌七八糟的性病患者，于是一把把陈小元给推开了，硬要陈小元去买安全套。恰恰那时候，陈小元身无分文，似乎连安全套也买不起。他们在这块空地上干熬了一夜，第二天小护士红着眼睛就失踪了。

如今分手才一年多时间，就是开妓院或者贩毒品，也不可能有实力开公司，何况是一家房地产开发公司。小护士说，除非你中彩票了。陈小元只好实话实说，你还真猜对了，我中了一注双色球二等奖，到手五十多万元。小护士说，你就编吧，你告诉我哪一期，号码多少？陈小元就发了一张中奖彩票的照片，小护士还是不相信，说是要搞房地产开发，你中一注彩票二等奖哪够呀，我看十注一等奖还差不多。

陈小元又发了一张公司营业执照的照片，而且把电话递给了焦大业。小护士问焦大业，他真的当老板了？焦大业说，这个应该是真的，法人代表上不是写着吗？小护士问焦大业，真是开发房地产吗？焦大业说，是不是开发房地产我不清楚，但是这块空地现在确实在他手里。小护士问焦大业，你也是他请来的吗？你在公司干什么呢？焦大业说，我来也就几天时间，我现在是公司的副总经理兼办公室主任。

这下小护士相信了。小护士对陈小元说，你已经成大老板了，你让我来干什么呢？陈小元说，还能干什么呀，一边当财务总监，一边陪我睡觉啊，你走后这一年多，我还没有和女人睡过觉呢。小护士说，又骗人吗？一年三百六十五天，没有沾过任何女人？陈小元说，现在整天忙着筹备公司，把这事情给忘记了，刚刚拿到这个项目，第一个就想到你了。

小护士嘻嘻地笑着说，那我马上把自己送过来！

陈小元不请当官的，也不请一个朋友，请了几个拾垃圾的。说是“请”也不准确，挂牌的前一天下午，陈小元在焦大业的陪同下，在这块空地上仔仔细细地转了一圈，每见到那些拾垃圾的，他就摸着自己的光头，嘿嘿地笑着对人家说，明天我的公司要在这里开张啦，你们可要来捧场，有意外惊喜啊。拾垃圾的就问，要发中华烟给我们抽吗？陈小元说，咱不干这些虚头巴脑的，还是老样子，直接发钞票。拾垃圾的说，每个人发多少呢？陈小元说，这要看每个人的本事了，反正明天你们吃饱点，攒点力气准备抢钱吧。

几位经常在大烟囱下边烧香的香客遇到了陈小元，他们就问，明天要撒钱了？陈小元说，是啊，像上次一样，你们有空就来吧。香客说，我们来是肯定要来的，只是送不起什么东西。陈小元说，你们烧香磕头的时候，给我的公司祈福一下就够了。

上海发财狮子置业有限责任公司挂牌仪式，在临时建设指挥部前如期举行。按照焦大业设计的程序，整个过程是十分简洁的，先由总经理陈小元上台致辞，然后把牌子挂在墙上，再放几串鞭炮，撒一撒钞票，热闹一下就结束了。

这一天，真是秋高气爽，蓝天白云，一群流浪狗在四处撒欢，一群麻雀似乎也感受到了异常，在杂草中间叽叽喳喳地跳跃着。

出乎焦大业预料的是，天空刚刚泛白，人就一拨拨地朝这边聚集，最早是一些香客，包括那位虔诚的老大妈，也包括一些刚刚得到消息的过客，他们趁着晨曦初露的时候，就跪在大烟囱下边的香坛前，双手合十地祈祷着，或者装着祈祷的样子；随后就是拾垃圾的，或者是装成拾垃圾者的流浪汉们，他们一个个背着袋子，低着头认真地寻觅着，不放过任何一片废纸，更不放过一个瓶子，像偶然跑到这块空地似的。这块空地被围得水泄不通，都在等待那个吉祥时刻的到来。

程序虽然很简单，但是焦大业还是很早就起床，做了十分周到而详细的准备。他把那块“上海发财狮子置业有限责任公司”的牌子搬出来，上边绑了一朵大红花，准备了一个榔头和几颗钉子。虽然没有搭台子，也没有摆花篮，鞭炮还是准备了两万响，绕在一根长长的竹竿上。

七点半的时候，焦大业就敲陈小元的门说，陈总啊，你得起床洗把脸，打扮一下了。陈小元哼哼唧唧地说，不是还早吗？再睡半小时吧。焦大业再敲门的时候，就不见陈小元再吱声了，应该真是睡着了。焦大业心想，陈小元对挂牌的事情从没有上心过，这个仪式硬是自己吵出来的，所以就懒得再管了。

离仪式开始还有十分钟的时候，焦大业正准备再去敲门，从里边传出一阵撕心裂肺的声音，不仅有陈小元的声音，还有一个女人的声音。陈小元在噼里啪啦地扇那个女人的耳光，焦大业起初以为出事了，再仔细听下去，发现这耳光不是扇在脸上，而是打在那个女人的屁股上。

焦大业狠狠地敲着门说，陈总啊，吉时马上到了，客人在外边等着呢。又过了几分钟，陈小元穿着一身西装，小护士穿着一件旗袍，两个人胸口各自别着一朵小花，红光满面地走了出来。陈小元把门打开的时候，也许外边阳光太强烈了，也许看到外边黑压压的一片人群，他感觉到了羞愧，所以十分吃惊地抬手挡住了眼睛。

没有人宣布仪式正式开始，也没有人为他们的出场而鼓掌。感觉不像是举行挂牌仪式，而像是在举办一场特别的婚礼。陈小元拉着小护士的手，迈着方步，走下台阶，走向人群，穿过这块空地，向外边走去。

小护士问，我们去哪里？不是公司挂牌吗？陈小元嘿嘿地笑着说，谁说挂牌了？我们这是拜堂成亲呀。小护士说，你就瞎掰吧。陈小元与小护士顺着这块空地巡视了一圈，再回到临时建设指挥部前的台阶上。他拉着小护士一起，扑通一声跪在了地上，点燃一炷香，磕了三个响头。

陈小元仰望着蓝天，仰望着那根插入蓝天的大烟囱，然后闭上眼睛，声如洪钟地大喊了一声，挂牌啦！

谁也没有想到陈小元会有这么一声，吓得正在下跪的香客们一下子跳了起来，那些正在等待的拾垃圾的人都抽搐了一下，连那些麻雀也呼的一声全部飞走了。只有那些流浪狗好像什么也不怕，仍然在草地上相互追逐着。

焦大业一时没有反应过来，茫然地看着陈小元说，下来干什么？

陈小元摸了摸光头，嘿嘿地笑着说，你傻呀，我不是已经宣布挂牌吗？焦大业赶紧起身，搬起那块绑着大红花的“发财狮子”，几榔头下去就把它高高地钉在了墙上。挂好了牌子，焦大业又挑起一串鞭炮，噼里啪啦地点着了。放完了炮，焦大业不知道从哪里弄来两张门神，贴在了临时指挥部的两扇门上。小护士问，焦大业你贴的是什么呀？

焦大业说，这个你不认识？这是关公，关公是辟邪的。

小护士说，不是贴秦琼敬德吗？

焦大业说，在我们南阳，只贴关公。

小护士就问陈小元，陈小元说，随他吧，有什么关系呢？

陈小元拉来一把椅子，坐在太阳底下，一边眯着眼睛晒太阳，一边与小护士没头没尾地聊天。两个人聊到了在小诊所里发生的事情，也聊到了小护士为什么失踪。小护士说，我选择消失，是不想给你添负担，其实我是喜欢你的。陈小元说，这个我知道呀，我如果怪你的话，也不会把你叫回来。小护士说，你真好。一边说，一边坐在陈小元的腿上，搂住陈小元的脖子，朝着陈小元的脸亲了几口。

焦大业说，仪式就这样结束了？陈小元说，没有啊。焦大业说，你们打情骂俏的，也算是仪式的内容吗？陈小元说，当然了，你等着吧。焦大业明白，还有一个项目，就是陈小元要撒钱，给前来捧场的人撒钱。一万多张零钱，有一毛的，有五毛的，也有一块和五块的，加起来整整一万块。这是陈小元让焦大业专门从银行换好的。焦大业换钱的时候说，你这钱哪怕是捡来的，也不能这么花呀。陈小元说，不这样花要怎么花？

那些真来烧香的人等来等去，太阳已经升到头顶，连钱的影子都没有，以为是骗人的，就陆续离开了。他们基本是老大妈与老大爷，在附近买菜时顺便来看看的，眼看着到了准备午饭的时候，不得不提前回家了。但是那些拾垃圾的不一样，黄金时间是一早一晚，中午正是一个可以休息一下的空档期。对于那些远道而来的拾垃圾的而言，看到太阳底下的这么一块空地，无疑像是看到一座舒服的乐园，不但是分拣垃圾的好地方，也是休息一下的好地方。他们干脆放下袋子，抢占一个比较好的位置，有的坐下来吃点东西喝口水，有的躺在杂草上睡上那么一觉。原来有一帮拾垃圾的，已经够让人头痛的了，没有想到如今招来这么多，他们似乎发现了新大陆，要安营扎寨的样子。

焦大业就一遍遍地吆喝，说是这块空地马上就要动工了，希望他们赶紧挪个窝子。他们听了，一个个毫无反应，该分拣垃圾的继续分拣垃圾，该睡觉的照样呼呼大睡。

有一个拾垃圾的是个罗锅子，终究还是没有忍住，迈上来问陈小元，老总，公司开张啦？陈小元说，是啊，开张了呀。罗锅子说，太简单了吧，没有其他项目了？陈小元转身问焦大业，没有其他项目了吗？焦大业转身对罗锅子说，你觉得有什么不妥的吗？罗锅子有点不好意思地说，我们是从老远专门赶来的，早饭都没有顾得吃一口呢。

焦大业说，你们的意思是让我们摆几桌子，请你们去吃一顿？

罗锅子说，明说了吧，我们是来捧场的，听说捧场是有惊喜的。陈小元摸了摸光头，悄悄地对着这个罗锅子说，惊喜肯定是有的，钱我整整准备了一塑料袋。罗锅子说，那还等什么呢？赶紧发给我们呀。陈小元说，焦大业，你在等什么呢？赶紧发给他们呀。

焦大业对陈小元笑了笑，神秘地眨了眨眼睛，然后对罗锅子说，你看看，前边人山人海的，钱再多，我撒一把下去，你这身子骨也抢不了多少。罗锅子说，抢什么呀，你发我几张不就行了？焦大业说，这样不公平，多了少了在其次，万一发到你面前，发光了那怎么办？罗锅子说，那你还是撒吧，如果抢不着算我活该。焦大业说，撒也有撒的麻烦啊，大家一拥一挤，踩死一个两个人，那好事就成丧事了。

这不仅仅是焦大业的想法，也是陈小元的顾虑。陈小元准备在挂牌的时候，图个热闹，图个吉利，行点小善，撒点小钱出去。况且人家说了，中奖得来的是意外之财，得撒一些出去,才会平安无事的。当他推开门,看到这么黑压压一片,他一下子惊呆了。

罗锅子说,那怎么办?我不能白来一趟吧。

陈小元说,焦大业呀,我们总不能让人白来一趟吧。陈小元转身回到了房间里,然后关上了门,继续与小护士温存去了。

焦大业对罗锅子说,还是等等吧,等到天黑大家自然就散了,除非你有本事把人赶走,假设只剩下你一个人的话,这一塑料袋的钱不就全归你了?罗锅子说,这还不容易吗?你看看,这里荒草连天的,我放一把火过去,保证让他们立即撒腿就跑。

焦大业没有赞成,也没有反对,而是给罗锅子递了一支烟,又递过去了一个打火机。过了不久,这块空地就起火了。

中午时分,只刮了一阵微风,火势并不是很大。但是天干物燥,枯败的杂草实在太深了,堆放着的纸箱子和塑料袋又特别容易燃烧,火苗还是蹿出了一丈多高,滚滚的浓烟遮住了一大片天空,从几公里外都看得清清楚楚。二十几分钟,火就烧遍了整个空地,一直烧到了陈小元的窗外。

陈小元朝外边问,不是撒钱吗?怎么起火了?这火谁放的呀?一定要小心啊。焦大业说,那个罗锅子放的,不就一些茅草吗?有什么大惊小怪的。陈小元说,不光有茅草呀,还有那么多人呢。焦大业说,人怕什么,他们长腿不会跑吗？

不知道是火引起了风，还是风扇起了火，随着火越烧越大，这块空地就起风了。不但烧遍了这块空地，几乎快要烧出边界了。焦大业这才忍不住了，敲着陈小元的门说，你们不能歇会儿吗？陈小元说，跟起火是一个道理，已经烧起来了，能停得住吗？焦大业说，万一烧到了旁边小区，我看你还停得住不。陈小元紧张地问，那些拾垃圾的呢？都走了吗？焦大业说，跑得差不多了。陈小元说，赶紧叫消防车吧。

当焦大业报警的时候，几辆消防车已经开了进来，很快就把大火给扑灭了。同时，有一辆警车也开了过来，停在了临时建设指挥部的门前。一位警察敲了敲陈小元的门，陈小元以为还是焦大业，有些不耐烦地说，这火不是我们放的，关我们什么事情呀？陈小元一手提着裤子，一手拉开门，发现是一位警察，就笑着说，是你们啊，我已经说了，这火不是我们放的。

警察看到陈小元房间还有一个女人，于是说，怎么了？你还在干老本行？去年小诊所害死个人，没有坐牢是不是还不过瘾啊？

陈小元指了指墙上的那块牌子说，你没有看见吗？我现在开发房地产了。警察说，不管你是干什么的，先随我们走一趟吧。这时，有一个人从浓烟中跌跌撞撞地跑了过来，一边跑一边挥着手说，人都跑光啦，是不是可以撒钱了？

他正是放火的罗锅子。他话刚说完，一头栽倒在地，就昏过去了。

在去派出所的路上，陈小元给老吴发了一条短信说，我正去派出所呢。老吴说，谁不知道啊，你把半边天都给烧红了。陈小元说，如果我进去了，念在兄弟一场的分儿上，天凉了送件御寒的衣服给我行不？老吴说，这个嘛，你放心吧，世界名牌波司登如何？陈小元说，我对天发誓，火不是我们放的。老吴说，火不是你们放的，那块空地如今是你的。

陈小元被带到了派出所。与小诊所出事那次完全不一样，上一次陈小元被吓得浑身发抖，面对那些警察的呵斥，他乖得像个龟儿子，连直视一下对方的勇气都没有。但是这一次，不知道因为自己有了点钱，还是背后有了一个老吴，他似乎很轻松，摸着自己的光头，嘿嘿地笑个不停。

做了半个小时的笔录，陈小元果然什么事没有，就被放出来了。陈小元走出派出所，就接到了老吴的短信，让他到旁边一条街上见面。陈小元在一个僻静的地方，钻上了老吴的车，一副无辜的样子说，我们挂牌仪式结束了，鞭炮也都放过了，我都回房间休息了，火真不是我们引起的。老吴盯着陈小元的胸脯说，不是你们引起的，难道不会是你们指使的？陈小元说，我能指使谁呢？而且我为什么要放火？老吴说，指使谁你不清楚，你的手下还不清楚？那个罗锅子还躺在医院里你不知道？

好像一点一滴都在老吴的掌握之中。陈小元转身看了看老吴，他戴着一副墨镜，梳着一个大背头，依然一副深不可测的样子。

陈小元说，现在怎么办呢？老吴说，陈医生啊，你不能再冒险了，今天烧伤个人不算什么，如果烧死个人谁也兜不住，我只能给你送一件大棉袄了。就这样，恐怕也会有人拿这把火说事的，为了堵住别人的嘴，我私下给你提三条处理意见：一是你们公司要主动承担管理责任，相关责任人必须受到处分；二是有一个人受伤，公司必须承担相关的医疗费用，做好安抚工作；三是一些拾垃圾的在这块空地上，堆放垃圾虽然属于违规，垃圾被烧掉也算是活该，你要借机给予一定的人道主义补偿，相信他们自然也不会赖在这里了。

陈小元说，给吴哥添麻烦了，不知道怎么报答你？

老吴摆摆手说，兄弟之间说这些干什么，这一把火虽然烧得我心惊肉跳的，不过基本扫清了障碍。这个垃圾处理站的项目，不是挂个牌子就能了事的，你打算什么时候正式动工？陈小元说，前期还要准备一下，有些细节还没有想清楚。

陈小元没有想清楚的并不是如何建设垃圾处理站，而是如何不建垃圾处理站，这个想法不到关键时候，他当然不能告诉老吴。

陈小元回到临时建设指挥部，让焦大业提着一塑料袋的钱，与自己一起去了一趟医院。原来，那个罗锅子拿着焦大业递过去的打火机，立即放了一把火，那火势慢腾腾的，像自己平时走路似的。几个小火星子并没有吓倒那些拾垃圾的，他们一点儿都不在乎，有的借着机会烤馒头，有的甚至在火里烧土豆。于是罗锅子在东南西北，凡是杂草长得深的地方，各放了一把大火，才把整个垃圾场给烧着了。他之所以昏倒，不是被火烧到了，而是被烟熏了几口，醒过来后啥事都没有了。

焦大业拍拍塑料袋，对着躺在医院里的罗锅子说，我说话是算数的，这些钱全是你的了。罗锅子平时拾垃圾，会拾到一块两块，从来没有见过这么多，所以他提着钱主动出院了。罗锅子走的时候，十分高兴地对陈小元说，老总你放心，不管谁问起来，我都会承认这把火是我放的。

陈小元在饭店里订了一桌子菜，说是要一起去庆祝一下。小护士说，应该是压惊吧？陈小元说，当然是庆祝了，你们看看那块空地，现在多干净啊。焦大业笑了笑说，我以为又给你惹事了呢。三个人吃饱了饭，喝完了酒，陈小元掏出一张纸，写了一份处理决定，大意是这次火灾，虽然不是他们造成的，但是他们公司有管理责任，经公司研究决定，撤销副总经理兼办公室主任焦大业的职务。

小护士说，你跟谁研究的？陈小元说，我跟自己研究的。小护士说，你以为是自摸呀？！陈小元说，这跟自摸是一个道理。小护士说，火又不是他放的，你为什么要处理他呢？陈小元说，现在不说火是谁放的，也不管是谁的责任，但是出事了总得有人当炮灰，这个公司目前就三个人，我是总经理不能倒吧？你是财务总监，跟安全是毫不相干的，而且还没有正式任命，所以你也不能倒，剩下的就只有焦大业了。

陈小元写好了这份文件，递给了焦大业。焦大业已经喝多了，他眯着眼睛说，陈总啊，你说的时机是不是今天？我这把火烧得怎么样？烧到你心里去了吧？陈总啊，你说得对，你怎么可以倒呢，我真怕你被抓起来了，一旦你被抓起来了，我们几个人不就又散了吗？你能安然无恙地从派出所回来，我已经很高兴了。所以呀，你别说是开除我，就是除掉我，我也高兴啊。

焦大业这番话，虽然是酒后之言，让陈小元还是十分感动的。陈小元说，焦大业，你虽然有些鲁莽，凭你这些话，已经够哥们儿了，副总经理算个狗屁，不就是我一句话的事情吗？虽然现在撤掉了你，一切待遇不变，仍然吃在公司，住在公司，等风声过去了，再把你提拔起来。焦大业说，我有什么待遇？我见过你一分钱吗？你欠我大半年的工资补给我了吗？来干杯！兄弟们干杯！

陈小元喝醉了。焦大业与小护士也全都喝醉了。

火灾是属于烧荒性质的，除了有一个人被烧伤，一些垃圾被烧毁之外，虽然没有造成其他人员伤亡与较大财产损失，仍然被定性为安全责任事故，起码存在着极大的安全隐患。在上边还没有研究怎么处理的时候，陈小元就先行一步，主动把自己三方面的善后工作，包括对一名伤员的积极救治，对十几名拾垃圾者的补偿，对相关责任人的撤职处分，还有吸取教训，查找安全隐患，保证类似事件不再发生，等等，用发财狮子公司红头文件的形式汇报了上去。

最后，陈小元的公司不但没有遭到罚款，而且还受到了上边的表扬。

摆平这次火灾之后，陈小元看着被清理得干干净净的这块空地，不禁在心里暗暗地骂了一句，真他妈的，还是人家老吴高明啊。

五

自从女大学生出事后，陈小元发誓这辈子洗手不干了，所以他从外边请了一个人，在一家五星级宾馆里，把老吴的孽债办得滴水不漏。之后，他一直在等老吴的消息。他没有主动给老吴打电话，询问那天晚上的紧急会议，到底是怎么研究这块空地的。他没有和老吴联系，老吴也没有及时和他联系，这并不影响陈小元的计划。

他开始筹备注册公司的事情。他请了一个中介机构，代理公司正常的注册事务。陈小元了解到，注册公司不但要有财务人员，要有办公场地租赁合同，还要有正规的验资报告，如果陈小元自己来办的话，未必能够办好。果不出所料，陈小元委托中介公司过了十几天的时间，他的“上海发财狮子置业有限责任公司”的营业执照就拿到手了，在只有他一个光杆儿司令的情况下，公司就这么办了起来。

注册公司花不了多少手续费，大头主要是一百万元的注册资本。其中六十万元是让中介公司垫付的，公司注册好了人家就抽资了。陈小元实质只出了四十万元，自己中彩票的钱，注册完公司就剩下不到十万元，是作为流动资金的。陈小元当时是这么想的，公司业务还没有一点儿着落，如果招聘几名正式职工，那是得按月发放工资的，起码是要供人家吃喝的。仅仅养着一帮子人，不出半年也会把公司给吃空的。等有了真正的开发项目，首先把焦大业与小护士喊回来，等自己的钱可以生钱了，哪怕再招聘一两个生活女秘书，给他捶捶背也是舍得的。

“发财狮子”注册好之后，急着等待开发项目的时候，却百等不见老吴的电话，陈小元有些坐不住了。他太需要有关消息了。在这个世界上，陈小元认识的人里边，只有老吴与这块空地沾点儿边。陈小元觉得人家毕竟是当官的，不知道级别到底有多高，起码凭着把一个女人肚子搞大，那女人还要生个私生子赖着他，就证明这个官肯定是小不了的。在陈小元眼里，好像给人家办了一件大事，在人家眼里恐怕并不算什么，仅仅只是擦了一次屁股。

陈小元在又一个黄昏，坐在那块空地中间的杂草里，屏住呼吸主动拨通了老吴的电话。

老吴说，有事情吗?

陈小元说，没啥事情，吴哥什么时候有空的话，说好了想请你吃个茶。

老吴说，我正在开会呀。老吴匆匆地把电话挂断了。陈小元坐在一片混沌的暮色中，心想老吴如果擦了屁股不认自己了，那应该怎么办呢?陈小元几乎是绝望的，再一次感觉到了内心的空茫，感觉到了这块空地的虚无。

陈小元再次走到大烟囱下边的香坛前，朝着这块空地跪下了。当时人们还没有弄来那个维纳斯般的服装模特，陈小元仍然是朝着那根大烟囱磕头的。当他叩地有声地磕到第三个头的时候，奇迹再次出现了。

自己的手机响了，电话是老吴回过来的。老吴说，刚才真在开会，陈医生你说吧，有什么事情找我?陈小元说，以为领导不认我这个小兄弟了，其实也没有什么大事情，就是想关心一下吴哥，我把你的屁股擦干净了没有?老吴说，我正想找机会谢谢你的，你在老地方等着吧，我马上过来。

老吴仍然开着那辆黑色的轿车，一溜烟地停在这块空地的深处。他同样没有下车，招招手让陈小元上车。陈小元钻进车里说，吴哥，你爱吃湖南菜还是本邦菜？对面有一个望湘园，还有一个梅龙镇，都是非常地道的。老吴说，我吃过了，饭就不用了。陈小元说，那我们到对面喝个茶？老吴说，外面人多眼杂，说话也不方便，就在车上吧。

陈小元说，不瞒你，我把公司都注册下来了，现在万事俱备，只欠东风了。老吴说，以为你说说而已，怎么还真要搞房地产开发？你这是真注资还是假注资？陈小元说，当然是真注资了，这个公司可是合法的。老吴说，你这些钱是不是开小诊所赚的？你赚这些钱也不容易，用这些资本干什么不好？开一家民营医院也是不错的。陈小元说，我只想开发房地产，特别想开发前边的这块空地。这是我的一块福地，在这里待久了，也有感情了，请吴哥透露一点消息如何？老吴说，不是我不想帮你，是这事情太难了，一牵扯到土地的事情，就复杂起来了，原因是这块肥肉落到谁的嘴里，别人都会流口水，所以我们研究过不下十次了。

陈小元说，结果呢？结果给谁了？

老吴说，谁也不给。

陈小元说，仍然在这里荒着吗？这么好个地方，老是荒在这里，也影响市容环境吧。老吴说，这一点我们已经看到了，影响环境是一个方面，还存在一些安全隐患，这些杂草哪天起火了，说不定会把周边的居民楼给烧掉的。陈小元说，那还不开发掉算了？老吴说，已经定下来，要开发的，但不开发房地产。陈小元说，那开发什么呢？

老吴说，规划在这里建一个医疗垃圾处理站，就是把各个医院的医疗废品，集中起来进行第二次加工，其实属于公益性质的，过几天会向社会公开招标的。

陈小元说，这个项目也不赚钱呀，哪个企业愿意投标呢？老吴说，是的呀，你还愿意投资吗？能接手这个项目的企业，都是一些资本雄厚的大企业，准备在这个项目上赔一点儿小钱，再争取在其他地方得到巨大的补偿，陈医生你如果有十几个亿的话，把这个医疗垃圾处理站的项目划给你，那是我一句话的事情，随后有哪块地皮公开拍卖，你看中了想开发，政府照顾一下也是名正言顺的。现在你就说，你有没有这个资本吧？陈小元说，我是怎么发家的，吴哥你一清二楚，和人家卖身是一个样子的，怎么可能有这么多钱？建一个医疗垃圾处理站，恐怕我的钱都不够折腾啊。

在老吴临离开的时候，陈小元还是说，谢谢吴哥，让我再想想吧。

老吴说，你别急，什么事情都需要机会，如果有什么投资项目，我首先会想到你的。

老吴把一个大信封子递给了陈小元，陈小元还是拒绝了。一是觉得老吴总归有用得着的地方，二是想起那个女人绝望而无辜的表情，陈小元都会因为自己抹去了一个小生命而十分自责。

什么结果都想到了，想到了老吴无情无义不帮他，想到了老吴官太小帮不了他，唯独没有想到最后自己缺的还是钱。什么问题归结到最后都是钱。如果自己真有十几个亿，那他会义无反顾地拿下这块空地，赔钱也要拿下这块空地。

陈小元又想，如果自己真有十几个亿的话，还会去开发房地产吗？不开发房地产，那自己会干什么呢？

陈小元思考的结果是，如果自己有十几亿的话，他就不会再为钱而烦恼了。他最想干的事情还是寺庙，不是一座寺庙，首先会盖两座寺庙。

陈小元一直有个梦想，就是盖两座属于自己的寺庙。

他老家是陕西塔尔坪的，原来叫大庙村，有一座寺庙被拆掉了，就改成了塔尔坪村。那座寺庙在他童年的心目中，留下了十分美好的印象。无论哪个孩子生病了，还是要出远门了，母亲们都会去寺庙里烧一炷香，祈求神灵的保佑。不知道什么原因，寺庙后来被拆掉了，所以他最想的就是把它给重新盖起来。

陈小元想盖的第二座寺庙，不在别的什么地方，就在这块空地上。他的心情是复杂的：第一，自己如果没有在这里拾到二十块钱，就不可能买包子的时候再买双色球，不买双色球自己就不可能中奖，不中奖的话他现在也许就饿死了，起码他的理想已经被饿死了，那五十多万元其实是这块空地给的；第二，自己那次无心的跪拜，竟然让那么多人一个接一个，从不在乎这是一块不毛之地，从不在乎这是臭烘烘的垃圾场，特别是那个患有高血压的老大妈，她一日接一日地来这里上供，这是多么虔诚啊。陈小元想，如果自己在这里建一座寺庙，不需要富丽堂皇的大殿，不需要真金塑成的神像，只需要有几间房子，几个蒲团，几朵莲花灯，一只木鱼，对这些许愿的人来说，应该是多么美好的。

另外一个建寺庙的原因他是说不出口的，在他心里，建一座寺庙也是房地产开发，卖香火，积善款，照样可以经营得不错。有了钱，自己想做多少善事都行，想帮助谁就帮助谁，而且想盖几座寺庙就盖几座寺庙，让人们有灾有难了，随时都可以烧香，祈求神灵的保佑。

陈小元好奇，自己怎么就想到了要建寺庙呢？难道真是上天在冥冥之中指引着他吗？他顿时醒悟了过来，在这个世上，其实建什么也不如建寺庙。从表面上看，人们似乎最需要的，是寄托身体的房子，对于一个灵魂的漂泊者，过去他常常感慨的是，眼前有千千万万的窗户，唯独没有一个是自己的容身之所。人们似乎都在想房子，能够拥有几套房子，是衡量人生几斤几两的基本元素，但是再深究起来，人们最最需要的，终究也不是房子，不是金钱，而是一个心灵的皈依。

陈小元打定主意之后，给老吴打了一个电话。老吴说，怎么了，陈医生想明白了吗？陈小元说，想明白了，我们公司决定投标了，不就是建一个医疗垃圾处理站吗？这也算是造福一方的事情啊。老吴说，难道你真有十几个亿吗？陈小元说，现在没有，总有一天我会有的，吴哥哪天有空，我有一个大胆的计划，看看我们之间有没有合作的机会。

六

自从上海发财狮子置业有限责任公司在那块空地上正式挂牌之后，附近的居民听说要搞房地产开发，就十分期待，天天来打听什么时候动工，什么时候开盘。他们之所以如此高兴，一是有些人近水楼台，想在这里买房子；二是这块空地荒废这么多年，春夏两季臭气熏天，蝇蚊乱飞，秋冬两季黑咕隆咚，像一个巨大的坟地。自从有一次发现了一具女尸，深夜的时候都没有人敢从这里经过了。正是这些环境的影响，周边的房子每平方米的价格，也比相同地段便宜一千多块。

周边的居民越是高兴，陈小元越是感觉头痛。陈小元干脆在临时建设指挥部的墙上，又挂了一个“医疗垃圾处理站项目组”的牌子，与“发财狮子”公司的牌子一样大小，意在提醒人家，这里不是开发房地产，真正要建的是一个医疗垃圾处理站。但是十几天过去了，人们仍然视而不见，就连焦大业与小护士两个人，也根本不去过问这个牌子到底是什么意思。

陈小元预想的结果并没有出现，让他十分着急，于是把焦大业与小护士召集在一起，商量公司下一步的业务。

陈小元说，你们知道我们下一步重点工作是什么吗？焦大业说，公司挂牌那天的一把大火，把这块空地已经腾出来了，目前当然是赶紧动工呀。小护士说，是呀，赶紧动工吧，一动工就可以开盘卖房子了。陈小元说，动个屁工！我新挂的那个垃圾牌子，你们看到了没有？老实告诉你们吧，政府不同意我们公司拿这块空地盖住宅楼啊。

陈小元在拿到垃圾处理站的项目后，才把焦大业与小护士叫回来的，但是他一直都隐瞒着他们，一是怕影响了他们的志气，二是怕他们坏了自己此后的计划。焦大业与小护士听到这个消息都很吃惊，迷茫地看了看外边那块“项目组”的牌子，异口同声地问，难道要建一个医疗垃圾处理站？加工医疗垃圾能赚什么钱吗？

陈小元说，我是总经理，赚钱的事情用不着你们操心，眼下我们要考虑的是，如果建医疗垃圾处理站，周围的居民会答应吗？焦大业说，别说周边的居民了，就是我也不答应的，而且又是医疗垃圾，比现在污染更大了，人家保证要闹事的。

陈小元说，我担心的不是他们闹事，我担心的是他们不闹事，我这个垃圾牌子都挂几天了，他们这群笨蛋什么反应都没有，所以我们要做好宣传工作。

焦大业说，这个容易，贴几张标语，挂几个横幅，再找一个高音喇叭，二十四小时广播广播，还怕他们不明白我们要干什么？陈小元说，和政府部门做事要讲方式，不能明着煽风点火。从今天起，你们两个就到周边找人聊天，像局外人一样和他们聊天，可以一五一十地说，也可以夸大其词地说，让他们有一个充分的思想准备。小护士说，就跟搬弄是非一样？陈小元说，对呀，你们不要露出身份，最好装成收废品的。小护士说，哪个收废品的有我这么漂亮？陈小元嘿嘿一笑说，那你就装成卖房子的吧。

陈小元说，你们要把医疗垃圾处理站的危害，比如会传染艾滋病呀，会产生有毒气体呀，统统地告诉他们。焦大业说，这样把人给吓坏了，人家可能要拼命的。陈小元说，你动点脑子好不好？在人家门口要放毒气了，人家为什么不拼命？他们拼命怕什么？我就希望他们拼命，这个项目又不是我们规划的，他们如果要拼命，就告诉他们应该找政府拼命，我们也是没有办法的。

陈小元又摸了摸光头说，他们这一闹啊，他们有机会了，说不定我们也有机会了。

焦大业与小护士似乎有点明白了，居民闹得越大，改变规划的机会就越大，最后说不定真能开发房地产了。于是每天吃完早饭，焦大业就叼着一支烟，小护士就嗑着瓜子，分头开始行动了。

焦大业见了正在下棋的老大爷们就问，原来收纸箱子的那个垃圾场，现在哪里去了？老大爷们说，给人烧掉了，要开发房地产了。焦大业说，不对吧？听说要建一个医疗垃圾处理站。老大爷们说，这哪里的消息？焦大业说，我刚去收废品，牌子就在墙上挂着的呀，而且专门处理针管呀绷带呀，恐怕还有从病人身上割下的瘤子什么的，都是从医院里运过来的，这些东西可脏了，不小心会传染疾病的。几个老大爷一下子坐不住了，棋也不下了。

小护士在路上见了老大妈们就一个个拉住人家问，我有一套房子在这边上，有人要买房子吗？老大妈们指指隔壁的那块空地说，那边准备开发，快要动工了，都等着买新房子呀。小护士说，不对吧？人家要建一个医疗垃圾处理站，到时候什么病毒都会运到这里来的。老大妈们说，你这消息从哪来的？怎么和我们听到的不一样呢？小护士说，我是专门卖房子的，什么消息都是清清楚楚的，我估计呀，这个医疗垃圾处理站真建在这里的话，谁还敢住在这里？房价肯定会大受影响，每平方米降个一两千，那是最少的，所以我才想把这里的房子处理掉。老大妈听了，赶紧拉住小护士说，那我们怎么办呢？小护士说，要么忍着，要么到政府讨个说法。

老大爷与老大妈很快就把这个消息传给了儿女们。儿女们又开始把这个消息告诉邻居们，不到几天时间，旁边要建医疗垃圾处理站的消息就尽人皆知了，而且不仅附近几个小区的居民串联起来了，就连四周的商户也全部串联起来了，家家窗户外边都挂上了横幅，写着“禁建垃圾处理站，还我美好家园”的标语。大家很快推举了十几个代表，成立了一个维权小组，开始有组织地进行上访活动。

有一个周末的早晨，陈小元还在被窝里的时候，就听到外边一片嘈杂。几百人的队伍拥进了这块空地，团团地把临时建设指挥部给围住了。

陈小元推开门说，你们干什么呢？有个黄毛小青年说，你眼睛瞎了吗？不会自己看吗？黄毛小青年一边说一边取下那块“医疗垃圾处理站项目组”的牌子，扔在地上，几脚下去就给踩烂了。陈小元说，我是公司的总经理，也是这个项目组的负责人，你们听我解释好不？说实话，我也很同情你们，可惜这么好个地方，一旦把医疗垃圾处理站建起来了，不管会不会排放毒气，不管有没有病毒传染，从心里来讲是不舒服的。

黄毛说，明知道伤天害理，你为什么要干？陈小元摸摸自己的光头，嘿嘿一笑说，我有什么办法呢？我只负责建设与经营，我投入这么多钱，上百万元的血汗钱，其实是没有什么回报的。黄毛说，没有利益你会干？你以为我是傻瓜吗？陈小元说，完全是出于社会责任，是公益行为。如果这个规划我们公司能够做主，你们知道我想拿这块空地干什么吗？想给大家盖几座花园式的好房子，中间建一个大大的音乐喷泉，路上全部铺上彩色的石子，路边不栽梧桐树，也不栽香樟树，全部栽上银杏树，不但可以结果子，还有金黄色的叶子，看上去十分漂亮。

虽然我想开发的就是房地产，当然房地产也是最赚钱的。但是我最想干的大家肯定还不明白，你们看看那边吧，有人在露天地里干什么？他们在大烟囱下边磕头！他们为什么要在这里磕头？因为他们希望得到神灵的帮助，每个人都难免有灾有难，一时没有灾难的，也希望神灵保佑自己有一个美好的来生，而且有时人感觉自己像个塑料袋子轻飘飘的。所以，我很想在这里建一座寺庙。

陈小元环顾了一下闹事的人群问，你们说说，如果这里有一座寺庙，你们是不是很高兴？

那个老大妈就在人群中，她立即说，那当然好了，我们离玉佛寺和静安寺真是太远了。

陈小元说，我理解你们的心情，但这是政府实施工程，你不让建他不让建，医疗垃圾怎么办？除非大家都不生病，都不产生医疗垃圾。当然，这个垃圾站如果远远地建在没有人的荒郊野外，肯定就没有人反对了。总之一句话，希望得到你们的理解，万一有什么想不通的，你们哪怕把我杀了，屌用也不顶一个，想解决问题那就向上边反映。

黄毛说，上边是哪里？

陈小元说，肯定不是天上，是谁规划的，谁就是上边。

几个带头的黄毛小青年对着人群高声喊道，走！一部分人留下来，一部分人去上边吧。

居民闹事的当天晚上，焦大业都已经睡着了，被陈小元神秘兮兮地叫了起来。焦大业说，你干什么呢？有什么事情不能等到明天吗？陈小元说，快起来，开工了。焦大业说，半夜三更的开什么工？还没有查黄道吉日的。陈小元说，我已经查过了，子时开工动土保证万事亨通，而且你看看白天那个阵势，我们白天开工的话，他们不把我们两个给杀了？焦大业说，这火是你煽起来的，现在还是怕了吧？

这块空地被烧得一片焦煳，加上拾垃圾的全部撤走了，显得十分空旷。当焦大业跟着陈小元来到空地中间，一下子迷茫到了极点。他问陈小元，什么是垃圾处理站，没有一张设计图纸，也没有一个工人，凭着我们两个人，像两只老鼠似的，在这么大一片空地上，怎么个动工法？

陈小元摸了摸自己的光头说，十几个工人明天就到了，我们今天晚上只是奠基，大型工程开工的时候都是要奠基的，而且垃圾站是什么样子，全在我的脑子里了。

正说着，有一辆小卡车嘟嘟地开了进来，几个人把一样东西搬下了车。一个长着络腮胡子的司机说，陈总，你看看这货怎么样？陈小元说，黑灯瞎火的看不清呀。“络腮胡子”拿出一个手电筒照着说，现在能看清了吧？陈小元仍然说，看不仔细，就这样吧，反正随便摆摆，做个样子而已。“络腮胡子”说，陈总，牛不是吹的，你这个货与曹操墓里挖出的东西，是出自同一个人之手，能蒙过不少专家的。

“络腮胡子”一走，焦大业就说，你真没有看清楚吗？凭着那一张红彤彤的长脸，一把齐胸的大胡子，我怎么觉得是一个关公？

陈小元说，它就是个陶瓷的关公呀，你知道关公是干什么的吗？

焦大业说，你考小孩子呀？关公谁不知道，刘备的结拜兄弟，千里走单骑，败走麦城，是个重情重义的人。在我们南阳老家，不但门神是关公，小孩子出生后的襁褓里，或者是老人的枕头下，都会放一把关公的大刀来辟邪的。陈小元说，就这些吗？如今那些大老板喜欢谁？焦大业说，老一代喜欢霍英东和李嘉诚，青年人喜欢马化腾。陈小元说，他们是人，不是神，我说的是神，现在大家喜欢拜关公。因为什么？因为关公讲义气，能保佑人出入平安，所以他变成了财神爷，人人祈求保佑的财神爷。

陈小元说，别说这些没有用的，我们快点动手把它埋起来吧。焦大业说，这就是奠基吗？陈小元说，对呀，别人奠基，就栽一个水泥桩，我们奠基在地下埋一个财神爷，你说说，我们不发财能行吗？于是两个人拿着一把镬头和一把铁锨，在这块空地的正北方向，开始使劲地挖坑。陈小元与焦大业挖了一个三米多深的大坑，把那个将近两米高的关公像放进去，然后用泥巴进行了回填，还在上边铺上了一层草灰。

焦大业问，不就是奠基吗，用不着埋这么深吧？像埋一件宝贝似的。

陈小元嘿嘿一笑说，它就是一件宝贝，埋得时间久了就是一件宝贝，你千万别说出去了，我连小护士也瞒着了，怕人偷啊。

两个人在空地上又坐了一会儿，天空就泛白了。陈小元与焦大业刚刚躺下，一群工人就跟着一辆挖掘机，到工地开始施工了。

附近的居民们不管大人孩子，还有老大爷老大妈，他们带着小凳子，已经兵分两路，一路去上边上访，一路跑到了陈小元的工地上。有的坐在工地上聊天，有的干脆躺在工地上晒起了太阳。暮秋的太阳确实灿烂而和煦，不一会儿就响起了酣畅的呼噜声。人太多，别说是挖掘机了，连镬头也施展不开，工人干脆坐在地上打起了扑克。

陈小元带着焦大业与小护士在工地上转着，好像这些人与自己是一伙的。他不停地说，我们来错地方了，我们应该去政府，政府院子又宽敞又干净，要睡觉就睡到政府院子里，睡个三天五天，看他们解决不解决。

最后，陈小元他们三个人也坐在工地上，嘻嘻哈哈地打起了扑克，玩的是挖坑，又叫拐三。下午的时候，太阳淡了，风大了，有些冷了。其中有个黄毛小青年实在忍不住，就跑到了临时建设指挥部那边，开始踢陈小元的门，把门给踢了一个大窟窿。他还冲进陈小元的房间里，说是肚子饿了想找点吃的，没有想到翻出一大把杜蕾斯，干脆朝着空地上撒着，引来了一阵哄抢。

陈小元没有报警，却给老吴发了一条短信说，这边开始打砸抢了。

老吴回了一条短信，什么内容也没有，只是一片空白。

过了一会儿，陈小元接到了一个电话，是派出所那边打来的，请陈小元赶紧过去一趟，要了解一下情况。陈小元赶到派出所的时候，接待自己的还是那个警察，于是说，我又犯规了吗？警察倒了一杯水给陈小元，笑着说，你别误会，与前两次是不一样的，所以我们是请你来的。陈小元说，已经有人打砸抢了。警察说，你为什么不报警？陈小元说，我能体谅他们的心情，这事放在谁的身上也过不去的。警察说，他们还有一拨人在政府那边，上边让我问问你的意见是什么。

陈小元说，我没有什么意见，等他们闹完了，该动工的还得动工，这是政府的重点工程，哪能让他们闹一闹就停下来了。警察说，上边的意思和你一样，但是让我们提醒你，考虑到维护社会稳定，让你一定注意方式，哪怕就是暂时停工，也不能死人，一死人什么都不好说了。

陈小元说，如果停工了，我的损失怎么办？几十号人是要付工资的。

警察说，你放心，上边正在研究，各方面的利益都会考虑进去的。

闹事的居民比陈小元想象的要顽强得多。陈小元以为天黑了，或者大家饿了，人也就散了。等天黑下来的时候，虽然人少了不少，仍然有上百个之多，他们分成了几组，进行二十四小时倒班。年轻人白天要上班，所以晚上就由他们来值守。很快，年轻人从家里搬来了帐篷，一顶顶地撑了起来。天气少有的好，天空少有的蓝，有恋人的叫来恋人陪着，有老婆老公的叫来老婆老公陪着，好像不是讨说法来的，而是露营来的。他们相互依偎着，坐在帐篷外边，一边说着情话，一边数着星星。

陈小元很高兴，偷偷地笑了。看到别人浪漫，他实在忍受不住了，于是搂着小护士，当然也叫了焦大业，三个人提了几瓶子啤酒，坐在临时建设指挥部前的台阶上，仰望着星空，不停地碰杯。焦大业说，你还有这个兴致？一旦他们在此扎下根来，我们开工就遥遥无期了。陈小元说，车到山前必有路，我这个总经理不怕，你这个副总经理操什么心？

焦大业说，我还是副总经理吗？不早就让你开除掉了吗？陈小元说，那是应付上边的，现在我重新任命你，恢复一切职务吧。焦大业说，既然还是副总经理，那我给你出一个主意吧。陈小元说，你这个猪脑子如今脑洞大开了？说出来看看。

焦大业说，当初我能放一把火，现在可以再放一把火。

陈小元说，你还真是猪脑子，当时荒草连天的，现在你放火烧什么？

焦大业说，这个还不简单，用汽油呀，到加油站弄几桶汽油过来，往地上一泼。

陈小元盯着小护士说，亲爱的，你说说看。

小护士说，这个办法不错啊，汽油烧起来火更大了，肯定让他们屁滚尿流的。

陈小元敲了敲小护士的额头说，你怎么和他一样，也傻不拉叽的了？烧荒草那是意外，烧汽油那是预谋，性质能一样吗？我看你们不是想把他们赶走，而是真的想把我送到监狱里去，我一旦进了监狱，你们两个就都自由了对吧？

陈小元看着前边一顶顶帐篷，实在是太高兴了，因为这些人还不知道，在这场战争当中，陈小元并不是他们的敌人。

陈小元与他们就是一伙的。

七

当时医疗垃圾处理站项目的公开招标启事一出来，陈小元又给老吴打了一个电话，约好了要具体谈谈投标的事情。这一次，陈小元没有把碰面地点放在那块空地上，而是定在了对面的一家高档会所里。

这家会所十分高级，有一个个独立的桑拿房，有各种层次的保健按摩房，还有三个大小不同的歌舞厅。陈小元专门包了一个桑拿房，桑拿房里不但有一个小酒吧，还有一个碧绿的水池子。池子边雾气蒙蒙，感觉像是仙境一般。当两个人坐在小酒吧里喝了半瓶子红酒，再一丝不挂地走到水池子边的时候，陈小元摸了摸光头，嘿嘿一笑地说，领导就是领导，命根子与普通人也不一般。老吴则哈哈一笑地说，过奖了，真是过奖了。

彼此打量着对方，神秘感就完全消失了，加上有了一些醉意，说起话也不再躲躲闪闪的了。老吴钻入水池子，一边撩着碧绿的水，一边主动地说，陈医生，你到底是怎么想的？陈小元说，吴哥先干正事，这事不急。老吴看了看站在身后的一个小姐说，还是算了吧，现在外边风声紧，万一让人给拍个裸照传到网上去，我不就死翘翘了？陈小元说，吴哥是不信任我，还是怕别的？我看你现在最需要的，恐怕就是女人了。老吴说，你怎么看出来的？陈小元说，你满面红光，印堂发亮，一看就是好久不近女色了，和那个女人闹别扭了？老吴说，再别提了，自那个女人用怀孕要挟我之后，我一个女人也不敢沾了，好在你当时帮我处理得干净，不然我恐怕已经身败名裂了。

小姐走下水池子，拉着老吴风摆杨柳地离开了。老吴办完事回到水池子里，就彻底地放松了。老吴说，你是不是有什么计划在等着我？陈小元说，其实也没有什么，就想和吴哥合作一把，把我注册的那家公司好好经营下去。老吴说，就是你那个“发财狮子”？陈小元说，这个名字满意吧？我们实行股份制怎么样？老吴说，我这个拿工资的，凑个十万八万的还可以，要拿出一两百万，让我去抢银行才行。

陈小元说，人是最大的资本，只要你一句话，就算这个公司的大股东了。老吴说，你这算什么公司呀，连个正式财务都没有，和皮包公司有什么差别吗？陈小元说，不管皮包不皮包，我的公司是合法的，有了公司这个舞台，我们就好在上边唱戏了。老吴说，你想唱哪一出？是《狸猫换太子》还是《凤还朝》？你还想着那块空地？

陈小元说，不是我，是我们，我们只要配合一把，肯定能成功的。

老吴说，我已经说过了，那是一个亏本的项目，你怎么还这样有把握？那说说我们的计划是什么吧。

陈小元见老吴把“你”改成了“我们”，心里基本有数了，于是说，项目招标启事已经公布了，想让政府自己把规划方案改过来，应该是有难度的。老吴说，开会研究的时候，我在心里就预料到了，在这个地方建一个医疗垃圾处理站，根本是行不通的。陈小元说，当然了，周围的居民肯定会强烈反对的，在这种特殊情况下规划是一回事情，按不按规划建设那又是一回事情。老吴说，你这个小九九，别人不知道，我可是清清楚楚的，所以在开会的时候，我给你打下了埋伏，判断居民一定会闹事，这个项目即使招标了，也有可能无法开工。

陈小元摸了摸光头，嘿嘿一笑说，到底还是吴哥的江湖深啊，你是不是已经明白我想干什么了？老吴说，你想先把这个项目拿下来，然后再利用居民闹事，把这个项目给拖下去，拖到一定程度，再想办法改变规划。陈小元说，让政府改变规划的希望有多大？老吴说，等于零，哪怕规划真给改掉了，规划成了真正的房地产开发，也会重新拿到市场上去拍卖，到那个时候我就没有多少分量了，就得靠实力说话了，你有这个实力吗？

陈小元说，我几斤几两，吴哥你是清楚的，想真正地拿到这块地皮，那简直是在做梦。

老吴说，那我们怎么办？就等死吗？

陈小元说，如果拿到这个公益性的项目之后，我们是不是可以自己做主呢？老吴说，你是想私自改变规划？等我们无偿地拿到这块空地，不建医疗垃圾处理站而建居民楼？陈小元说，那是违章建筑，谁敢花钱买违章建筑呢？老吴说，那你到底想拿这块空地干什么？陈小元说，我们之所以要拿到这个项目，就是想无偿地拿到这块空地，吴哥你换一个思路，假设我们借着居民闹事，把这个医疗垃圾处理站的项目停掉，然后私自建成另外一种形式的垃圾处理站，政府规划的那个项目是处理物质垃圾的，我们私自建设的这个项目是处理精神垃圾的，虽然还是违章建筑，但是我们又不卖，而且仍然是公益的，那又会是什么情况呢？

老吴说，你绕来绕去，都把我给绕糊涂了。

陈小元说，比如说，我们不建垃圾处理站，而在这里盖一座寺庙，那还存在什么问题吗？

老吴一听，哈哈大笑着说，陈医生啊，你给女人打胎有一招，没有想到你在偷奸耍滑上面也是一个奇才呀，我终于明白了，你不是真正想盖房子，你是想在这里盖一座寺庙，处理人们精神垃圾的寺庙。如今哪里油水最大，又不惹人眼红？那就是寺庙了。无论是大老板，还是当官的，人人都觉得好无奈，都认为自己是弱势群体，再说谁也不愿与寺庙作对，那不就是与神灵作对吗？

老吴沉思了一会儿说，假设垃圾处理站的项目你中标了，借着居民闹事的空当，私自把寺庙建起来了，上边突然冲出一个不信鬼神的，非得把你的寺庙当成违章建筑拆除，那怎么办？别说赚钱了，投入的本钱不就全打水漂了？

陈小元说，医疗垃圾处理站是政府批准的，如果因为居民闹事不能动工，临时建一个寺庙供市民烧烧香也在情理之中，相信没有人会有什么意见的。再说了，因为居民闹事而停工期间的损失，中标公司是不是可以申请政府补偿？到时候补不补，补哪些，怎么个补法，还不是吴哥一句话吗？

老吴说，万一政府把居民的思想工作做通了，居民答应在这里建垃圾处理站了，你又怎么办呢？陈小元说，吴哥你放心吧，居民答应在这里建一座垃圾处理站，并不代表他们会答应拆除一座寺庙，所以最坏的结果是，垃圾处理站与寺庙共用这块空地。而且吴哥你是清楚的，政府如果不花血本，要想让居民全部同意这个项目，那绝对是不可能的。为了万无一失，我还有一个小聪明，不妨全部说出来，请吴哥给参谋一下。

这间桑拿房的窗户正好对着那块空地，老吴透过雾蒙蒙的玻璃朝外边看了看，然后说，我看你是早有预谋的，有什么花花肠子就统统说出来吧。

陈小元摸了摸光头，嘿嘿地笑着说，要让寺庙长久地存在下去，必须有一个神像对吧？我想预订一个财神爷，到时候竖在寺庙的大殿上。老吴说，就算是财神爷，想拆除的话仍然照拆不误的。再说了，世上的财神爷千千万，人家为什么要信你这个呢？陈小元说，吴哥想得有道理，那块空地开始就是一根大烟囱，后来有人摆了个断臂的服装模特，但是那些人下个跪，磕个头，再许个愿，那愿望就实现了，人家就不管你是不是一块空地，是不是一个垃圾场了，照样相信这里是有神灵的，香火虽然不是很旺，也从来没有断过。

老吴看陈小元还在卖关子，就笑了笑说，别绕了，你还是说结果吧。

陈小元说，如果在这块空地上，几百年前就有一座寺庙，而且寺庙里竖着的，也不是一尊普通的财神爷，正好就是当年那座寺庙里的财神爷，是个有着几百年历史的财神爷，那又会是什么情况呢？人家会不会就信了？政府部门会不会就舍不得把我们这个寺庙给拆掉，建成医疗垃圾处理站了呢？老吴说，那是当然的，市民冲着这个神像，会更加反对建垃圾处理站了；政府为了保护文物，也不会轻易对我们的寺庙下手了。

陈小元说，所以，我们得弄一个有几百年历史的财神爷回来。

老吴说，凭你的实力，弄个真的肯定是不行的，所以你想弄个假的，对不对？

陈小元说，还是吴哥厉害，一眼就看穿了。时间是什么？

是专家们信口雌黄的，专家说是五百年就是五百年，说是一千年就是一千年，普通人哪有办法去质疑呢？老吴说，也不是那么好糊弄的吧？陈小元说，专家掌控在谁手里？不都在你们手里吗？他们说到底，也是你们的口舌，怎么说，说什么，不都是听你们的吗？退一万步，即使发现那是个复制品，又有什么关系呢？政府只管真不真，哪里会管假不假呀。所以在这个关键环节上，对吴哥来说应该是小菜一碟吧？

老吴又哈哈一笑地说，你这不是小聪明，而是大智慧啊。陈小元说，其实我这是冒险，我还不知道吴哥到底是干什么的，既然现在我们是合伙人了，方便的话就透露一下怎么样？

老吴把话题岔开了。两个人没有再去蒸桑拿，只在水池子里泡了泡，匆匆地冲了冲水，就各自散掉了。临别之时，老吴一句话没有，只与陈小元握了握手。陈小元理解应该是“愿合作愉快”的意思。

医疗垃圾处理站的竞标结果是毫无悬念的，上海发财狮子置业有限责任公司在十几家投标的企业中中标了。中标后的某一天，陈小元站在这块空地当中，一边摸着自己的光头，一边眯起一对小眼睛仰望着那根大烟囱，独自一人嘿嘿地笑了。正是秋后的正午，阳光有一些晃眼，他心情十分愉悦，可以称得上心花怒放。他万万没有想到，自己也有让上海晃一晃的时候。

陈小元一下子有了写诗的冲动，这么多年在外漂泊，尤其从陕西一个叫塔尔坪的小村子一头扎进上海已经十年时间了，生存的压力，命运的无常，前途的迷茫，让他忘记自己曾经还是一个诗人。他从包里掏出一沓文件，有一份是自己公司的营业执照，还有一份是几个小时前刚刚拿到的垃圾处理站的项目标书，立即记下了这首诗：

> 我有一片空地
> 暂时允许它长满荒草
> 如果我愿意我可以种上麦子
> 也可以植入有毒的罂粟

八

这块空地被闹事的居民占领到一个星期的时候，他们似乎才醒悟过来，在这里安营扎寨的目的，不是来数星星的，而是来解决问题的。天上的星星是数不清的，数一次两次挺浪漫的，时间久了就显得枯燥无味了，就跟夫妻之间的柴米油盐是一个道理。于是几个黄毛小青年隔一会儿，就去临时建设指挥部踢一次门，最后不但把陈小元的门给踢掉了，还把陈小元的床也给抬走了，害得陈小元与小护士只能睡在地板上。

陈小元依然不恼不火地说，还是老话，你们在我这里闹翻天，也是不起作用的，要想解决问题，只能去政府部门。说是这么说，陈小元的内心还是有点慌的。时间一天天过去了，闹事的居民已经疲惫不堪，帐篷虽然还在那里撑着，跟稻草人是一个样子，好多里边已经空了，他们悄悄地溜回家了。据陈小元探听到的消息，去政府那边上访的一拨人，现在也只剩下十来个了，而且都是老大爷老大妈，根本毫无战斗力。再这样下去，时间会把这股力量彻底给消耗干净的。

陈小元不敢给老吴打电话汇报，只好不停地发短信。有时一条条短信石沉大海，有时老吴只回短短三个字，要么“开会中”，要么“研究中”。陈小元不明白老吴开的是什么会，研究的是不是这块空地的事情，在他快沉不住气的时候，老吴发来了一条短信说，“万事俱备，只欠东风”。

陈小元领会了老吴的意思，赶紧带着焦大业跑到工地上，对着那些还在打牌的工人说，不能再拖了，赶紧开工吧。工人说，那么多的帐篷，挖掘机施展不开呀。陈小元说，那就用镢头和铁锨，如果今天再不开工，我就不发工资了。工人们说，万一居民来阻挠怎么办？陈小元说，这是政府的工程，出事了由政府负责，大家放心地干吧。

陈小元与焦大业带着工具，带头开始平整这块空地。说是施工，工地上没有一条线，没有任何设计图纸，也没有一个工程师，谁也不知道垃圾处理站要建成什么样子，是不是与废品收购站是一样的。所以陈小元说在哪里挖，他们就跑到哪里挖，陈小元说挖多深，他们就挖多深。焦大业实在看不下去了，就问陈小元，我们这是要盖房子吗？我怎么感觉像是在开荒种地呀。

陈小元说，你盖过房子吗？

焦大业说，我没有盖过房子，难道没有见过人家盖房子？

陈小元小声对焦大业说，你别废话了，赶紧干活儿吧，我这是在试探一下军情知道不？正说着，一帮老大爷老大妈就朝着这边拥来，他们与年轻人是不一样的。年轻人是冲动的小野兽，打打杀杀的还容易对付。这些老年人个个都像橡皮筋，他们不说话也不动手，只是坐在地上打滚耍赖，工人们挖到哪里，他们就赖到哪里，于是更加难缠了。

有个工人一不小心，把泥巴溅到了一位老大爷的身上，老大爷操起屁股底下的一只凳子，朝着工人扔了出去。

焦大业当时就在旁边，说时迟，那时快，他一个箭步冲上前，伸着胳膊挡了一下，凳子没有砸到工人，而是砸在了焦大业的小腿上，只听到咯嘣一声，焦大业身子一斜，蹲下去就立不起来了。

居民们提着砖头瓦块围过来了，工人们也提着镢头铁锨围过来了。两支队伍虎视眈眈地对峙着，稍有个风吹草动，就会爆发一场血战。

陈小元仍然默默地挖着，整个空地上一时十分安静，只有他抡起镬头挖地的声音，显得十分雄壮而威武。在这个关键的时刻，陈小元惊呼道，焦大业，你快来看看，我从地下挖出什么宝贝来了？！焦大业仍然蹲在地上，他的小腿已经开始肿胀。

两支队伍的人听到陈小元的惊呼，一时图个稀奇，就放弃了对峙，朝着陈小元围了过去。于是他们看到了陈小元脚下的一尊神像，长脸，大胡子，红脸膛，屈膝而坐，腰间挎着一把青龙偃月刀。有人一下子就认出这个神像不是别人，而是关羽关云长，如今号称“财神爷”的关公。

那个老大妈连连说，这里怎么会有关公呢？这里怎么会有关公呢？

陈小元说，也许这里并不是一块空地，原来就有一座关公庙吧？

有位老大爷说，我们搬来时，这里已经是一块空地了，从来没有看到有寺庙呀。陈小元说，我说的是从前，一百年前，或者几百年前，不然的话这个神像是哪里来的？那个老大妈说，难怪我每次在这里许愿的时候，一个个都灵验了，我的高血压降下来了，而且已经抱上孙子了，原来是关公在保佑我呀。

老大妈说完，扑通一声跪了下去，又是磕头又是作揖。旁边有个女人，挤到人群中间惊奇地说，你们认识我吗？一位大爷说，你不是对面包子店的老板娘吗？老板娘说，是呀，我同时还卖彩票呢，你们明白了吧，我那里中过一注二等奖，听人家说，那个中奖的人，就是在这里拾垃圾的。

陈小元心想，不就是指自己吗？于是接过话说，我是见过那个中奖者的，个子不高，留着一头长发，明明走投无路了，但是他跪在这里，对着天空绝望地喊了一声，财神爷啊，你看见我了吗？！自那天起他就消失了，或许就是关公显灵了，让他中大奖了。

陈小元说着，对着公关跪了下去。平时在空地边上拜过神许过愿的，也一齐朝着关公跪了下去。在他们跪下去的那一刻，刚刚还是万里无云，突然之间响了几个霹雳，天空哗哗啦啦地下雨了。

天有异象，在场的人都震惊了。居民们一拨拨地跪了下去，工人们一拨拨地跪了下去，陈小元拉着身边的小护士也跪了下去。唯一没有下跪的，只有焦大业一个人。他仍然蹲在一边，看着这边的情形，抹着脸上的雨水，像个傻瓜似的，呵呵地笑着，也许他不是笑，是小腿实在太痛了。他这是扭曲中的痛苦。

时间已经进入黄昏时分，夜色慢慢地向这里淹来，时不时地还下着零星的小雨，但是众人没有一点儿要散去的迹象。

陈小元让小护士回房间拿来几炷香，给每个人分发了三根。陈小元像是主持一场公祭一般，带着众人点燃了香，迈着整齐而苦难的步子，在苍茫的暮色中绕着关公一边转圈子，一边嘴中念念有词。有人念的是“阿弥陀佛”，有人则念的是“神仙保佑”，还有人念的是“阿门”，反正每个人心中都有自己的神灵。

大家念着念着干脆就唱了起来。众人转了九九八十一圈，把一支支香插在了关公前边的空地上，整片空地上一下子繁星点点，烟雾缭绕，而且弥漫着一股好闻的檀香味道。

陈小元笑了，这不就是寺庙的气味吗？不就是佛门里禅修的氛围吗？

燃完一炷香，陈小元开始给有关部门打电话。他最先找的是派出所。陈小元说，我的工地上出事了。派出所说，怎么了？闹出什么人命了？陈小元说，他们把我们副总经理给打伤了，恐怕都骨折了，不过现在又有更严重的情况。派出所说，什么情况？还有什么比性命更重要吗？陈小元说，我们施工的时候，从地下挖出了一个关公，好像是一个文物，请求你们来保护一下。陈小元似乎又给文物部门打了一个电话。陈小元说，我这里施工的时候，好像发现了一个文化遗址，而且挖掘出了一个文物，请你们赶紧派个专家来鉴定一下吧。

不到半小时，派出所派人急匆匆地赶到了工地，围着那个大坑拉出了一个“不准入内”的警戒线。不到一个小时，有个长满络腮胡子的人也风尘仆仆地赶到了，也许是上边文物部门派来的。“络腮胡子”钻进了警戒线，先是咔嚓咔嚓地拍了一通照片，然后跳下那个大坑，戴上一副雪白的手套，用手轻轻地刨着，抓起一把泥巴放在鼻子下闻了闻，又在手指上捻了捻。他把关公像小心翼翼地抱在怀里，因为这个近两米高的关公像实在太沉了，他只能像大熊猫一样坐在地上，把关公像放在腿上翻过来看看，翻过去看看。有一次他失手了，关公像从他怀里滑到了地上，撞出陶瓷一般嗡嗡的回响。他抱歉地抬起头，冲着围在四周的人们深沉地一笑，似乎告诉大家，这个宝贝是安然无恙的。最后，他用塑料袋子装了几把泥巴，站起身准备离开了。

陈小元说，怎么样？这是不是个什么遗址？这关公像是不是有些来头？

“络腮胡子”对陈小元说，你是这个工地的负责人吧？我初步勘查的结果，这里虽然没有广富林遗址那么久远，但是起码证明上海是有根基的。而且这个关公像，应该是一件十分珍贵的文物，它对研究上海文化有着十分重要的意义，说不定能把上海的历史向前推进好几百年。但是我还得回去实验室继续进行分析，在化验结果没有出来之前，请你们一定要停止施工，保护好现场。陈小元说，这个关公像呢？“络腮胡子”说，我们得先把它带走，如果查实是文物，至于是原地保护，还是移交给相关的博物馆，这得听上边的。

站在四周围观的居民们，刚刚还进行了祈祷，如今他们的关公，他们心目中的偶像，他们信仰中的保护神，却要被人搬走了。虽然说是暂时的，万一回不来了呢？那让他们怎么办呢？当陈小元招呼几个工人，要把关公像抬上车的时候，竟然没有一个人响应，也没有一个人让出通道。不知道是谁喊了一句，不许搬！大家纷纷说，是我们这里发现的，必须放在我们这里，谁也不许把它搬走。

“络腮胡子”说，只是暂时拿回去检验一下，你们的想法我可以理解，我也喜欢这个东西，但是没有办法啊。大家纷纷说，不管怎么样，就是不准搬走，也请警察放心，从今天起我们轮流来看着它。警察说，那好吧，借谁十个胆子，也不敢对关公下手的。于是警察留下警戒线，就全部收队了。

“络腮胡子”假装为难地看了看陈小元。陈小元说，你是专家，没有这个是不是也能得出进一步的结论？“络腮胡子”说，泥巴才是最好的记录者，凭我带回去的一把泥巴，它是不是真文物，到底出自唐代还是明代，检验一下泥巴基本就明白了。陈小元说，既然如此，你就理解一下大家的感情吧。“络腮胡子”说，那好吧，你们要保证万无一失才行。陈小元说，明白了，辛苦专家了。

陈小元把“络腮胡子”送上车，说你装得还挺像的嘛。“络腮胡子”说，这么多年私下倒腾文物，什么样的东西没有见过？况且又在文物部门工作，虽然只是一个打杂的，受过这么多年的熏陶，不是专家也是专家了。我早就说了，我卖给你的这个关公像，就是我们单位的真专家来，也不见得能检验出真假。

陈小元把一个大信封子塞了过去，对“络腮胡子”说，真真假假的，关键是看你怎么说了。

“络腮胡子”说，我这口风，像木乃伊，你就放心吧。只是这事一传开，上边追问起来，或者再派一帮人来，不就一下子漏气了吗？陈小元说，今天只是演戏，你可以告诉大家关公像是真的，如果上边问起来就不能演戏了，你可以告诉他们应该是假的。“络腮胡子”说，我糊涂了，到底怎么说呢？陈小元说，糊涂就对了，反正真中有假，假中有真，你把别人也说糊涂了，事情不就结了吗？“络腮胡子”说，万一说不明白，也说不糊涂，那又怎么办呢？陈小元说，你这满脸胡子是不是白长了？你不会打太极，难道不能拖着吗？如果拖也拖不住了，你就什么也别说了，笑你总会吧，神秘地笑一笑，别人自然就糊涂了。

陈小元回工地的时候，给老吴发了一条短信说，戏已经演完了。

老吴则回了一条短信，只有一个微笑的表情符号。

焦大业虽然蹲在旁边，一副置身事外的样子，但是他听得清清楚楚，而且这个“络腮胡子”似乎在什么地方见过，或者在陈小元那个缺德的小诊所，或者在自己曾经待过的洗脚房，或者就在这块空地上。最后他一下子明白了，几次都想冲上去告诉大家，说这个东西不是古代人埋的，而是自己几天之前埋下去的。每当他的目光碰到陈小元的目光时，就像是一块铁碰到了几千摄氏度的高温，他的勇气一下子就被熔化了。

雨早就停了，天空一片瓦蓝，有一轮残月淡淡地挂在上边。陈小元跑过去，拉起焦大业说，走吧，我们去医院吧。焦大业拒绝了，一瘸一跛地回到自己房间，仰躺在床上看着天花板发呆。他想起小时候听到的第一个故事，就是有关《三国演义》的，关云长的忠诚，关云长的威武，还有关云长的义气，在他幼小的心灵中扎下了根。如今好多东西他都不信了，但是依然相信关公，关公是他唯一的信仰。

小护士拿来一块热毛巾，让焦大业敷在红肿的小腿上。陈小元说，我这是没有办法啊，不这么做你告诉我怎么做呢？焦大业说，不管过去干什么伤天害理的事情，我都没有意见，都尽力地配合你。这一次，你知道我为什么生气吗？陈小元说，因为自己受伤了？焦大业说，这点伤有什么了不起的，它是个报应你知道不？我们南阳老家盖房子，会埋个东西用来镇宅，那天埋关公的时候，你说是奠基，我就相信你了，如今你想干什么？明显你是想造假，神像能造假吗？

陈小元说，这要看你怎么想了，这天下的神像都是泥巴捏的，有什么假不假的？话再说回来，我这么做也是造福一方，现实是残酷无情的，人生是多灾多难的，你看看那些居民们，原来是来闹事的，他们一见到关公，烧支香，下个跪，磕个头，烦恼就化解了，立即把自己给忘记了，这就是信仰的力量，这就是一种寄托。

焦大业说，我现在说不过你，但是这会遭到报应的，我跟着你拿着神像做文章，特别是拿着关公做文章，总有一天我会遭到报应的。

九

上海虽然已经进入秋后冬初，但是仍然像个梅雨季节似的，淅淅沥沥地下起了小雨。自从挖出关公像之后，四周的居民就安定下来了，天天跑过来，有的是看稀奇的，有的是求平安的，不管是冲着什么目的，来了必然会烧香，也会放放鞭炮，向关公祈福一番。

此时，关公依然东倒西歪地被扔在烂泥地里。陈小元看到前来的人，进来一身水，出去一身泥，赶紧从外边运回了几车青砖，在这块空地中间铺了一条小路，小路两边栽了两排柳树苗子。而且在挖出关公像的地方，支起了一个不大的亭子，亭子四周各栽下一棵银杏树。亭子里用青砖垒起了一个一米高的平台，把关公像扶正了，坐北朝南地立在平台上。

亭子里同样也铺了青砖，约有一百平方米左右，关公前边设了一个功德箱，摆上了三个草编的蒲团，蒲团上各套一个黄色的绒套，一个绒套上绣了一朵莲花，一个绒套上绣了一个太极，第三个绒套上什么也没有绣，是一片空白。

如此这般，就有了寺庙的雏形。陈小元与小护士每天清晨起来，把香坛四周仔细地洒扫一遍，然后在临时建设指挥部的台阶上，摆上了一张桌子，桌子上摆着各色香烛。香里边有平安香，有发财香；蜡烛里有许愿烛，有还愿烛，有些蜡烛足有一人多高。当然还有苹果、香蕉与西瓜，这些都是供品。小护士坐在桌子背后，当起了掌柜的，向前来的香客们提供服务。生意还真不错，小护士说，一天下来有一千块的进账，但是看看香坛基本就明白了，远远是不止这个数的。香坛上香火十分旺盛，空气中弥漫着浓烈的蜡烛味，地上的火灰足有十几厘米厚，关公四周扔满了一块钱的硬币，脚下被各种各样的供品摆得满满的，需要陈小元不停地去清理一下。

看到陈小元在这块空地上，没有建垃圾处理站，而建起了一个香坛，大家纷纷地拍手称快，表示绝对支持陈小元。在铺路的那阵子，有些人捐了几袋子水泥；有些人有了空闲就跑来，帮忙清理一下四周的垃圾。有一天，那个老大妈烧完了香，上完了供，她找到了陈小元，表达了自己的不满。老大妈说，以前没有关公的时候，我们对着大烟囱也就算了，如今有了关公，再不盖座关公庙的话，怕是不太像话吧？陈小元说，你说得太对了，你看看前几天下雨，不但香客们被淋湿了，就连关公也被淋湿了。老大妈说，那赶紧盖座庙，你是没有钱呢，还是舍不得啊？

陈小元说，我没有办法呀，上边还没有批准呢。老大妈说，要他们批准干什么呀，想要政府给你拨款吗？如果是钱的问题，那我们到外边去化缘吧，我个人先捐一点儿，这是我今天准备买菜的。说着，就从口袋里掏出二十块钱，塞进了功德箱里。从老大妈发起倡议那天起，临时建设指挥部的台阶上，又多摆了一张桌子，桌子旁边贴着一张“关公庙筹款处”的告示，桌子上放着一个大红色的“功德簿”。小护士又多了一项任务，凡是有人来捐款的，就逐一登记下来。

小护士对着捐款的人说，你们的名字将来是要刻到碑上去的。

再说说焦大业吧。他原以为跟随陈小元，真是为了搞房地产开发，自从那天发现陈小元在关公身上造假的秘密之后，对于陈小元所干的一切，开始他是漠然视之的。但是后来每每想到护佑过自己的关公，而且越来越多地梦见了关公，他终于忍无可忍了。当陈小元叫他去帮忙的时候，他就告诉陈小元，他要揭穿他的把戏。

陈小元摸了摸光头，嘿嘿一笑说，为什么呀？

焦大业说，不为什么，我只为了不遭报应。

焦大业不是说说而已，他果真打电话给了文物部门，接电话的人回他说，我们只管保护真文物，不管假文物，不过你反映的情况我们记下了，会尽快给上级部门汇报的。焦大业又以非法开展宗教活动，给宗教部门打了电话，接电话的人反问，什么是非法宗教活动？他们是信全能神，还是别的什么邪门歪道？焦大业说，他们在拜关公，关键那个关公是假冒的，他们用这个假冒的关公在敛财。接电话的人说，他们非法集会了，还是坑害百姓了？如果大家捐钱是自愿的，拜一拜也是自愿的，那就很正常了。焦大业还向一个和尚咨询过，这个和尚只回了一句，阿弥陀佛，随他去吧。

以前焦大业对着这块空地上的大烟囱，还会鞠个躬作个揖什么的，自从这块空地上竖起了一个关公，因为自己明白这是一个假关公，每每看到这个假关公心情就特别复杂，总在心里念叨着祈求关公能够宽恕他。所以他不但不鞠躬不作揖，干脆转悠到香坛前边，对那些正在烧香的人说，这个关公是假的。

那些许下美好心愿的人，都会回过头盯着焦大业说，你是不是神经病啊？！

慢慢地，大家真以为焦大业是个神经病，对他的话都是一笑了之。

有一天正午，当焦大业吃完饭，正准备到外边街上转转的时候，他接到了一个电话。这个电话是老家的姐姐打来的。

姐姐说，咱大咱妈出事了。焦大业说，出什么事了？生病了吗？姐姐说，是出车祸了！他们好端端地在地里种麦子，有辆车竟然开进了庄稼地，莫名其妙地把他们给撞了。焦大业说，司机给抓住了吗？姐姐说，逃跑了，人家逃跑了，医院要先交六万块钱，我们哪里拿得出这么多钱啊？所以咱大咱妈还躺在医院外边。姐姐说着说着，就嘤嘤地哭了。

焦大业一下子愣住了，别说六万块钱，自从来到陈小元的公司，虽然说好了一月八千，并没有发过一分钱，原来当按摩师时，积攒了六千多块，如今已经花得差不多了。

香坛那边响起了噼里啪啦的鞭炮声，听声音足有一万响的样子。原来是一位老板来求财的，他响完了炮，在陈小元的陪同下，又来到“关公庙筹款处”，一下子捐了一万块。焦大业格外地生气了，他来到这位老板面前，拍了拍他的肩膀说，你这钱是不是骗来的？你不知道他在造假吗？老板说，怎么个造假法？难道他根本不会把钱花在寺庙上？

焦大业说，我说的是关公，你刚才拜的那个关公是假的。

老板说，关公就是关公，是三国时候的人物，历史书上写得明明白白的，怎么个造假法？你是不是神经病啊？

在这个世上，焦大业好像说不过任何一个人，尤其一旦说到关公的身上，他更是有口难辩了。他十分无奈，一屁股坐在地上。陈小元送走了大老板，然后折回来说，焦大业呀焦大业，眼看着我们的梦想要实现了，你怎么一下子就变了一个人似的，你这是何苦呢？我刚听到你打电话了，谁出车祸了？

小护士说，是他父母，好像现在急着用钱。

陈小元对焦大业说，这是真的吗？如果是真的，也许我可以帮帮你。

焦大业说，我需要你帮？你欠我多少钱？在小诊所时欠的大半年工资，现在又几个月了，加起来是多少？陈小元摸了摸光头，嘿嘿一笑说，你的账还挺清楚的嘛，你这是要和我算账了？那我偏偏告诉你，焦大业同志，你在小诊所的时候，搞得我倾家荡产，这个账怎么算？你在我公司的这几个月，项目还没有正式开工，这个账又怎么算？如今好不容易有了一点儿收入，有了收入我们想干什么不行啊？你却老拿一个关公坏我的事情，还坏我的名声，除非你以后给我闭口，不然，向我要钱一分没有，要命只有一条。

焦大业说，关公那是多值得人尊敬的，你不觉得变了的是你吗？我不知道你在陕西老家，过年过节门上贴什么，我们从小贴的门神就是关公，身边守着的就是关公。如果不是跟着你造假，我的父母在地里种个庄稼，也不会遭报应出车祸的。

陈小元说，要说报应，我应该比你罪孽深重，更应该遭到报应的，但结果是什么？我不但平安无事，而且梦想在慢慢地变成现实，原因是什么？一是我在向普罗大众传播福音，让他们信这个假关公，总比什么都不信的好吧？真假其实就是一个“信”字，你信了它就是真的，你不信它就是假的。二是你心理有问题，你变成了神经病，你知道不？

焦大业不得不承认，是自己心理出了问题，自从知道与陈小元一起埋下去的那个关公是个假关公，是陈小元设计的一个假神像，他的脑海里和睡梦里总是出现关公。每次梦见的时候，关公都会佩着青龙偃月刀，拦在焦大业的前面，然后大喝一声，我看你哪里去？！

陈小元回到房间，对着小护士招了招手。小护士说，这次你真不帮他吗？陈小元说，怎么会呢，他跟着我这么长时间，吃了不少苦，受了不少煎熬，这个关键时候，我不出马他家人不就死定了？小护士说，那怎么办？陈小元说，老实说，我也没有钱了，这些天我们从香坛那边扫回来的，包括人家捐来建关公庙的，还有出售香烛的，大概有多少了？小护士说，有十万块了吧。陈小元说，等会儿我走了，你把他叫进来，十万块全部给他，让他赶紧回家救命要紧。

小护士听了十分感动，泪眼婆娑地一下子抱住了陈小元。陈小元说，都火烧眉毛了，还是先办正事吧。

陈小元整理了一下衣服出门了，他从焦大业身边经过的时候，嘿嘿地笑了几声。

即使是姐姐一再打电话来说，再不想办法，咱大咱妈恐怕就活不成了，焦大业仍然死活不接小护士的钱。小护士说，这是你的工资，为什么不要？焦大业说，你在蒙我，你以为我不知道呀，这都是人家捐来的香火钱，这些钱是捐给关公的，我如果花掉了，不是更加罪过吗？小护士说，你不是口口声声说这个关公是假的吗？如果它是假的，那钱就不是捐给真关公的，而是捐给假关公的，你还怕什么呢？再说了，这是人家捐过来的善款，善款用在做善事上，不是正好吗？

焦大业这一次，没有觉得他说不过小护士，而是小护士的话很有说服力。在小护士的百般劝说下，焦大业说，那就先借用一下吧，等我回来，我想办法把这些钱还给你们，也不对，是还给关公，哪怕是假关公，我也得还给这个假关公。如果还不起我就做和尚算了。

焦大业是两个月后从南阳老家返回来的，当他返回上海的时候，陈小元的那块空地依然空着，一切还是老样子，只是香火更加旺盛了。

陈小元问，怎么样？你父母还好吧？焦大业说，母亲被撞断了左腿，现在落下了残疾，成了一个跛子，不能下地干活了；父亲没有抢救过来，他一直想要一双牛皮鞋，我都没有满足他，他就走了。陈小元摸了摸光头，这次没有笑，而是含着泪光说，等你哪天有钱了，把你妈接到上海享福吧。焦大业说，谢谢你，不是你的钱，我妈恐怕也活不成了。

陈小元说，谢我干什么？要谢就谢小护士，关键要谢谢那个关公。

这时，老吴打来了电话。陈小元说，我们要建精神垃圾处理站的项目，是不是上边已经批下来了？老吴说，看看年后吧，我们的香火还是很旺吗？陈小元说，这么好的风水宝地，那是自然的，吴哥你有什么事情？老吴说，事情也没有，就是通知你一下，大年初一的头炷香，你就不要卖出去了，给我留着吧。陈小元说，吴哥你要在大年初一来这里烧香？我们这里的庙是不是小了点？老吴说，龙华寺，玉佛寺，静安寺，庙都很大呀，但是能轮到我吗？我来还有一个目的，你应该心里有数吧？

放下电话，陈小元骂了一句，狗日的，要收租了。焦大业说，怎么了，难道这块空地你是租人家的？我怎么从来没有听说过？陈小元没有正面回答，接着说，撞你父母的司机抓住了吗？焦大业说，后来抓住了，一个小毛孩子开的车，抓住了也是白抓，家里穷得叮当响，根本一分钱赔不起，回家这段时间我又想通了。

陈小元说，你又想通什么了？

焦大业笑了笑说，你给我剃发吧？

焦大业原来是寸头，从老家回来后，已经变成一头长发。陈小元以为焦大业想理发，于是说，你去理发店，好好整治整治，明天正式上班，马上过年了，事情一大堆，特别是大年初一，烧香的人肯定很多，我们得提前准备准备。焦大业说，我不是要理发，我是剃发。陈小元说，这有什么差别吗？

焦大业说，差别当然大了，头发再怎么理，俗念还是会长出来的，但是剃发就不一样了，剃发之后就成了佛门中的人。

小护士说，他这是要还债。

陈小元说，还什么债？你还是为关公的事情想不开吗？

小护士说，哪里呀，他想还那十万块钱的债，当和尚还那十万块钱的债，也就是说，他要出家了。

陈小元说，瞎扯，焦大业，你真的要出家了？即使我们真盖一座关公庙，也不是佛庙而是神庙，你出什么家呢？

焦大业很严肃地说，管它是佛还是神，对一个想还债的人来说，其实都是一样的，所以我怎么可以乱说，乱说是会天打雷劈的。

陈小元摸了摸光头，得意地说，你是不是觉得我们盖一座寺庙，才是真正能行善的好地方？

焦大业说，原来总是漂着浮着，如今是真的想出家了。

陈小元说，这寺庙还没有建好呢，出什么家呀。

焦大业说，难道在寺庙里才能出家吗？我觉得这块空地本身就是一座寺庙。

最后，小护士帮忙烧了一盆水，陈小元按住焦大业的一颗头，提着一把闪着寒光的剃头刀，开始给焦大业剃发。正是中午时分，刚刚还在飘着雪花，如今彻底放晴了。慢慢地，阳光下出现了两个光头，一个是陈小元的，另一个是焦大业的，这两个光头在阳光下闪闪发光，犹如两面不停乱晃的镜子。

陈小元每一刀下去，就会有一缕头发随风飘落。在头发飘落的时候，他就会仰望一下那块空地，奇怪的是最能吸引他目光的，并不是那个烟雾缭绕的神坛，依然还是那根大烟囱。

陈小元突然之间又想写诗了。这一次，他想写的还是一块空地，在他的诗里，他希望的不再是盖一座寺庙，而是推倒一根大烟囱。陈小元无法停下他的刀，所以把酝酿已久的那首诗，在心中再次酝酿了一遍，只是结尾的那几句，与当初已经完全不同：

在如此拥挤的世界，一块空地
只是一个漂泊者小小的幻想
事实是，我只能在一块空地上
做一根不停吞咽毒气的烟囱

后　记

一

《地下三尺》的灵感是从朋友那里用一碗羊肉汤和两个大饼换来的。这位朋友叫赵武，是一位导演，目前在上海一所大学里教戏曲表演，也是一位唱念做打功夫深厚的京剧票友。我给他打电话，想请他出来聊一聊。他欣然答应了，选择的地点是喝羊汤吃羊肉的饭馆。坐在这家饭馆里，可以看到一座寺庙，他在离开的时候说，如今建什么都不如建寺庙。

他的话深深地刺激了我。在很久以前，我就设想有一天，假如自己一夜暴富，应该如何支配自己的财富，建几座寺庙确实列入了我首先要实施的计划。其中有一座寺庙是建在我的老家——陕西塔尔坪，那个地方原来有一座寺庙，但是后来被拆掉了，盖成了戏楼；戏楼后来被拆掉了，盖成了学校；学校后来被拆掉了，被一个发了财的村民盖成了楼房。如今塔尔坪是没有一座寺庙的，乡亲们有灾有难了是没有地方祈祷的，只有对着死去的亲人——哪怕是自己年轻的后代，并没有护佑他们的法力。第二座寺庙就建在上海，我多么希望在这座城市有一座自己建成的寺庙，让那些充满欲望和失去寄托的人们有一个可以求得灵魂安妥的地方——哪怕这个地方处于一个荒草连天的空地上。

于是，这样的念头在《地下三尺》里不停地出现：你看着它是垃圾，它就是神灵；你看着它是神灵，有时候它却是垃圾。直到结尾，主人公陈小元问，寺庙还没有建好呢，出什么家呀？焦大业回答，难道在寺庙里才能出家吗？我觉得这块空地本身就是一座寺庙。其实我力图表达的就是，我们不要把所有的罪责全部推到他人头上，或者说推到社会与时代的身上，这明显是非常不善良的，也是没有道德追求的。每一个企图修为向上的善人，其实都是一座行走的寺庙，无论他身处何时何地何种苦厄之中。

《地下三尺》开始叫《一块空地》，后来在责任编辑的指引下才改了过来，我对这个名字是非常满意的，因为中国有句古话——“举头三尺有神明”，而且在我这个农民之子的心中，真正的神灵应该是在地下三尺的地方。

二

“从前有座庙，庙里有个小和尚，在听老和尚讲故事。讲的是啥呢？从前有座庙，庙里有个小和尚，在听老和尚……”《从前有座庙》的题目自然由此得来。

《从前有座庙》的故事也是从一位朋友那里得到的，我相信一定是有原型的。还有那座庙，真是有原型的，就在我窗外的那片树林里，名字叫秦公祠——是因为拆迁，从外地搬过来的。从法律的角度来讲，选址在一个公共绿地中间，这应该是一个违章建筑。庙的选址都是很有讲究的，都应该是风水宝地，是神灵下凡的地方。正是因为怀疑这座庙的合法性，我至今还没有进去过，不知道里边供奉的是谁。

其实很多时候，我不知道什么是小说，只觉得有个故事非要转述，像老和尚与小和尚一样。或者是他们念过的经文，有一种不知所云的美在推动着自己。这种美就是“善”，像假和尚陈小元，善是一味药，可以救自己，也可以救别人。

三

首先，请相信我，在小说里反复出现的摩擦取火的镜头都是科学的。那是二十年前，我去看守所接一位朋友出来，他提的第一个要求就是抽烟。我给他买了一盒羊群烟，于是他蹲在看守所门口，仅仅在水泥地面摩擦了几分钟，像玩魔术似的就把烟给点着了。

《摩擦取火》里的陈小元虽然有些不幸，但是作为小说本身，命却是非常好的。对于好命，常常有人问，看你长着一副和尚样子，上辈子应该是一个做了很多善事的和尚。人的灵魂是可以转世的，人的相貌是不是可以同时转世呢？反正，我上辈子有没有皈依佛门我不清楚，但是这辈子肯定没有故意伤害过一只蚂蚁，在马路上遇到蚂蚁的时候，我都是要绕道而行的。当然，我也没有伤害过一只老虎，哪怕老虎整天张着血盆大口想把我吃掉，因为我知道生为一只老虎，你不让它吃肉难道你要让它吃草吗？无论是蚂蚁卑微地活着，还是老虎天天想吃肉，都是它们的使命，是上天注定，是自然法则。

我什么都不信，只信自然，自然是由生命组成的，自然法则是最公平的法则。遇到一草一木，我就觉得它们非常了不起，虽然它们站在那里摇摇晃晃，但是它们活得有滋有味，红红绿绿，问心无愧；遇到一只鸟一条虫，我也觉得它们非常不容易，它们不知道从哪里来，到哪里去，但是它们可以上天入地。在我眼里，任何一条生命都是神，都是为了化我而来的。

在这个世界上，我没有一个仇人，全部都是恩人。哪怕打过我、骗过我、诬陷过我，甚至想灭掉我的人，他们以为自己是我的仇人，但是我不承认他们是我的仇人。一是我无论如何不想记仇，我小小一个心脏，连热爱的东西都放不下，哪有空间放仇恨的东西呢？二是我从来没有报过仇，我有太多自己喜欢的事情要做，何必把精力与时间花在报仇上边呢？其实做一个善人有很多好处，上可以通神，下可以通鬼，因为三界之中共用的语言就是善；善是一种福气也是一种运气，人们常常讲因果关系，也就是“种豆得豆，种瓜得瓜”，但善是一颗万能种子，如果你处处行善，世界就会变着样子回报你，你的福气就来了，你的运气就特别好。

《摩擦取火》看似在讲因果报应，其实并非如此，而是想给多灾多难的人们寻找一条宽慰自己的出口。像小说里的陈小元，面对天大的冤屈，面对五年的牢狱之灾，面对家破人亡的沧桑，他应该选择报复吗？答案是显而易见的，无论是当事人还是旁观者，所有人的命运都在冥冥之中开始拐弯，这是心魔的力量，更是时间的力量。而被投入大牢中的陈小元，却意外地躲过了尘世的杀戮，竟然成了过得最好的一个人，这就是饶恕别人、宽容整个世界的生存逻辑。

我家曾经失窃过一次，小偷很快就被抓住了，储存在手机、电脑中的许多电话号码和文章都再也找不到了，抓住小偷肯定是有益的，对我个人而言又有什么呢？法律不是善恶标准而是生存规则，它起到的多是惩戒作用而不是救赎作用，在这个世界活着，谁也不能保证你不是陈小元，如果你一旦沦为陈小元，我认为，终极的救赎还是宽容，还是悲悯，还是善待。何况上天创造万物的同时，也在帮助我们清除它们的阴影。

四

每朵花都有两个方向，开，或者不开。似乎是仓央嘉措说的，不开，比开还要累。在上海，我常去西南偏西的青浦，理由多数是为祭祀我的岳父，我的岳父就埋在那块土地上，那块土地上有中国最美的坟地，坟地上有玉兰树，有太阳花，有清水河。这块坟地叫福寿园，福寿园给很多人的印象，其实不是一个坟地，而是一个高尔夫球场。我认定，我的岳父在这里，正在进行着一场永无结局、无比奢侈的高尔夫运动。

《墓园里的春天》里写的很多东西，都是我的亲身体验，或者是我个人的思考，比如去墓园里工作，比如把一个人的骨灰分成两份……每次去福寿园看到自己的名字,雕刻在一块黑色的石头上,而且一半被埋在草丛中，我就觉得自己是扎根了的。每次去青浦，不管冬至清明，还是别的什么日子，除了去坟地之外，更多时间还要去朱家角，去淀山湖，去佘山，去东方绿洲。因为在那条路线上，除了故人安息之外，还有好多的旅游景点。

我说过不止一次，农村人要在城市安家，无异于是重新建造一个新的故乡，这个过程不仅有人出生，关键是要有人死去，要有人埋在这里，化为泥土的一部分，那才是我们的根。对于埋在地下的东西，不见得都是死亡，而应该还有更加美好的、充满想象空间的、具有生机的、温暖的东西，那就是根或者种子。只有埋下这样的东西，才会一生二，二生三，三生万物。

其实，所有的东西都来自地面以下，花草树木是从地下长出来的，鸟是从地面飞上去的，云是从水中蒸发上去的，连阳光和我们的影子也必须投在地上，所以世界上没有任何一件东西来自于天空。

2022 年 4 月 28 日于上海

图书在版编目（CIP）数据

从前有座庙 / 陈仓著．-- 石家庄：河北教育出版社，2022.10

（年轮典存丛书 / 邱华栋，杨晓升主编）

ISBN 978-7-5545-7189-7

I. ①从… II. ①陈… III. ①中篇小说 - 小说集 - 中国 - 当代 IV. ① I247.5

中国版本图书馆 CIP 数据核字（2022）第 156159 号

年轮典存丛书

书　　名　从前有座庙

CONGQIAN YOU ZUO MIAO

作　　者　陈　仓

出 版 人　董素山

总 策 划　金丽红　黎　波

责任编辑　武丹丹

特约编辑　张　维　武　斐

出　　版　河北出版传媒集团

河北教育出版社　http://www.hbep.com

（石家庄市联盟路 705 号，050061）

印　　制　天津盛辉印刷有限公司

开　　本　787 mm × 1092 mm　1/32

印　　张　10.5

字　　数　201 千字

版　　次　2022 年 10 月第 1 版

印　　次　2022 年 10 月第 1 次印刷

书　　号　ISBN 978-7-5545-7189-7

定　　价　48.00 元

版权所有，侵权必究